FOLIO POLICIER

Staffan Westerlund

L'institut de recherches

Une enquête d'Inga-Lisa Östergren

Traduit du suédois
par Philippe Bouquet

Gallimard

Titre original :

INSTITUTET

Né en 1942, suédois et professeur d'écologie, Staffan Westerlund inaugure avec ce roman une série consacrée au personnage d'Inga-Lisa Östergren. Cette avocate redoutable dénonce la corruption institutionnalisée et l'aveuglement de la société suédoise.

À maman

CHAPITRE PREMIER

La journée avait été chaude, pour la quatrième fois de suite. Mais, en fin d'après-midi, il y eut de l'orage et cela atténua quelque peu la canicule de ce mois d'août. Au-dessus de l'archipel, on entendit gronder le tonnerre pendant deux ou trois heures. La foudre zébrait parfois le ciel en plusieurs endroits à la fois. La nuée orageuse dériva ensuite vers le nord sans avoir véritablement rafraîchi l'atmosphère. Au lieu de cela, le vent tomba.

Il descendit son matériel de pêche dans son bateau, sans oublier le café, et se retrouva bientôt au large. Après avoir dépassé les limites de l'archipel, il resta assis un moment à regarder, dans un air qui était demeuré pur, malgré tout, le sommet de cette énorme masse orageuse, là-bas, en direction du nord. Depuis les écueils et les hauts-fonds lui parvenait un grondement incessant — un peu atténué, à vrai dire, car la houle n'était pas bien forte, mais le son portait assez loin, dans un air aussi calme. À travers le bruit des vagues qui se brisaient, il entendit le moteur d'une embarcation. Autrement, tout était paisible, comme souvent en ce lieu à la fin de l'été.

Il jeta une ligne à morue à l'eau et s'apprêtait à ficher la canne dans son support, lorsqu'il vit l'avançon s'immobiliser au bout de quelques mètres seulement. Il y avait une quarantaine de mètres de fond, à cet endroit-là, mais sans doute cela avait-il déjà mordu. Il se mit donc à actionner le moulinet et souleva la canne, qui se tendit immédiatement. Il trouva cela étrange mais se dit que les morues étaient peut-être montées à la poursuite de quelque appât nageant très haut ce jour-là.

Cependant, la ligne fut agitée de soubresauts et fila à plusieurs reprises sous le poids de sa charge, avant que la surface de l'eau ne se fende. La lumière du nord-ouest, avec ce soleil juste derrière les nuages, à l'horizon, l'empêcha de voir le poisson plus tôt. Une morue était venue se prendre à l'hameçon supérieur, mais il y en avait d'autres en dessous. Avec sa gaffe, il en ramena une, puis deux, puis trois et enfin une quatrième. La dernière mesurait près d'un mètre de long et sa tête était énorme.

Il regarda autour de lui. En direction de l'est, la surface mate de l'eau était presque noire ; vers l'ouest, elle se confondait avec le ciel. Un bateau à moteur sortit alors de la passe séparant les deux écueils les plus proches. Sans doute était-ce celui qu'il avait entendu un moment auparavant. À part cela, tout était calme — ou bien l'aurait été si ce bateau n'était venu déchirer le silence à un tel point.

D'une main preste et expérimentée, il décrocha les poissons et rejeta la ligne, afin de pouvoir mettre sa prise à mort après avoir reposé la canne dans son support. Mais, de nouveau, il constata que l'avançon ne s'enfonçait que de quelques mètres avant de s'immobiliser. Cette fois-ci, il releva trois poissons. Il lui semblait maintenant que des gueules de morue bâillaient dans toute l'embarcation, dont le fond grouillait la vie. Apparemment, il en allait de même au fond de l'eau. Quels morceaux, se dit-il. La plus grosse, là, je crois bien que je pourrais lui enfoncer la main dans la gueule. Et il doit y en avoir d'autres.

Il savait désormais à quoi s'attendre et suivit donc attentivement le moulinet tandis qu'il se déroulait. Au bout d'une dizaine de mètres : nouvel arrêt. Cette fois, il n'eut même pas le temps de commencer à rentrer la ligne avant que cela se mette à tirer puissamment. Il imagina un véritable essaim de morues en train de se bousculer pour arriver en premier à cet avançon luisant, avec ses quatre hameçons aux morceaux de plastique colorés accrochés à la ligne. Il la releva de nouveau très péniblement. Quatre de plus ! Sans doute en avait-il déjà au moins une trentaine de kilos. Toutes frétillaient et tournaient sur elles-mêmes au fond du bateau — comment des morues peuvent-elles se tordre à ce point ? Elles nageaient tellement haut que la différence de pression n'avait pas dû être bien grande. Mais quelle frénésie ! Inutile de s'obstiner. Il en avait déjà bien trop pour la journée.

Il se demanda s'il allait regagner la terre ferme pour s'occuper du poisson. Il regarda autour de lui. Il n'avait guère dérivé, depuis qu'il s'était mis à pêcher. Il était toujours à environ deux kilomètres des écueils les plus proches. Le bateau à moteur était maintenant tout près de là. C'était l'une de ces petites embarcations en plastique, si courantes maintenant, munies d'un pare-brise. Deux jeunes gens — un garçon et une fille — étaient à bord et il reconnaissait cette dernière, qui appartenait à l'une des familles passant l'été dans le voisinage. Il décida de s'occuper du poisson sur place.

L'un après l'autre, il les tua en leur brisant la colonne vertébrale au moyen d'un petit coup sec assené contre un angle, à l'intérieur du bateau. Puis il s'assit, sortit son couteau et ouvrit la première morue le long de la nageoire dorsale. En quelques coups de couteau, il eut détaché tout d'abord le premier filet puis le second. Le reste, il le jeta par-dessus bord. Comme d'habitude, cela avait l'air parfaitement grotesque : une grosse tête morte au bout d'un corps mince et effilé, et puis ces lambeaux de chair blanche contrastant avec la peau sombre de la tête. Un gros poisson privé de l'essentiel de ses flancs et dont l'arête dorsale constituait une sorte de peigne reliant ce gros crâne à la nageoire caudale. Il ne flottait pas vraiment, il s'enfonçait plutôt lentement dans l'eau en tournant sur lui-même pour aller retrouver ses congénères encore vivants.

Il procéda de même avec la seconde puis la troisième morue. Les jeunes gens étaient venus s'installer à environ deux cents mètres de lui et avaient coupé le moteur de leur bateau. Sans doute venaient-ils pêcher, eux aussi, et étaient-ils attirés inconsciemment par la proximité d'un autre être humain — ou bien alors l'avaient-ils vu mettre ses victimes à mort et espéraient-ils pouvoir réaliser une prise analogue.

Lorsqu'il les regarda, la jeune fille lui fit un petit signe prudent de la main et lui tourna ensuite le dos. La compagnie, c'est une bonne chose, à condition cependant de ne pas être importun. Mais il n'eut guère le temps de s'attarder sur cette idée, car il s'attaquait déjà aux autres poissons.

Il garda le plus gros pour la fin. Plus ils sont gros, plus cela ressemble à de la boucherie, pensa-t-il — pour la centième fois de sa vie, au moins, aurait dit sa femme — tout en donnant un coup de couteau par-ci, découpant par-là, avant de recommencer. Et le reste par-dessus bord de nouveau. Mais du côté opposé au bateau des deux jeunes, pour qu'ils ne voient pas cela. L'eau était sombre, mais il suivit malgré tout pendant un bon moment cette caricature de poisson qui descendait vers le fond en lentes spirales. Peu importait que ses voisins le voient, à vrai dire, mais ils devaient se dire qu'il ne fallait pas jeter les déchets de cette façon. Pourtant, il ne faisait que rendre à la mer une bonne partie de ce qu'il lui avait pris.

Le regard qu'il plongeait dans l'eau était dû à cette fascination qui s'exerçait sur lui depuis bien longtemps, au sentiment de se trouver au-dessus d'un univers immense mais qui lui restait invisible. Il eut l'impression d'apercevoir de nouveau la morue qu'il venait de rejeter. Pourtant, il savait bien qu'il n'en était rien. Il ne voyait rien, en fait.

Un tas assez important de filets était maintenant posé sur le banc de nage, dans un sac en plastique. Il les prit l'un après l'autre pour enlever la peau. Il rinça ensuite chacun d'eux dans la mer et les posa sur le plat-bord pour les laisser s'égoutter. De l'autre bateau lui parvenait la voix de la jeune fille et il les voyait appuyés l'un contre l'autre et penchés sur l'eau pour tirer une ligne de la mer. Elle décrocha une morue, sans doute la première qu'ils prenaient car ils restèrent longuement accroupis dans le bateau, en train de faire quelque chose, avant de se redresser et de jeter de nouveau la ligne à l'eau.

S'ils mettent autant de temps à en prendre un, c'est qu'ils n'ont pas trouvé le banc, se dit-il, tout en rassemblant les filets et les déposant l'un sur l'autre dans une caisse qu'il emportait toujours en pareille occasion.

Le soleil était depuis longtemps caché derrière les nuages, au-dessus de la terre, et devait être en train de se coucher, maintenant. Mis à part ces nuages, au loin et au nord, le temps était clair. La nuée orageuse faisait penser à des montagnes. Dans l'autre bateau, les jeunes gens conversaient de temps en temps. Un alque torde passa très rapidement devant eux, volant presque au ras de l'eau, mais sans faire le moindre bruit. Il sortit son café.

Il ne désirait pas encore rentrer. Il n'était nullement esseulé. Bien sûr, ces deux jeunes n'avaient aucune importance et il ne se souciait nullement d'eux. Mais ils lui tenaient tout de même compagnie.

Ils ne devraient pas tarder à trouver le banc, se dit-il. Mais il n'était pas du genre à entamer la conversation. Pas dans un tel endroit. Son café avait déjà refroidi.

Sa femme s'obstinait à lui remplir sa thermos, mais elle n'avait pas un sens bien exact de la température qu'il convenait de lui donner. Rien ne valait les fois où il le préparait lui-même.

Quoique bien conscient de cela, il se versa une seconde tasse et se demanda ce que diraient le garçon et la fille de l'autre bateau s'il leur proposait quelques filets de morue tout préparés. Car il ne semblait pas que la chance fût avec eux. Il ne les avait rien vu prendre d'autre. Ils semblaient même avoir emmêlé leurs lignes car, depuis un bon moment, ils étaient penchés par-dessus le bord de leur embarcation, en train de s'activer à quelque chose. Il commençait à penser à rentrer chez lui. Mais dans un petit moment, seulement.

— Un mort !

C'était la voix de la jeune fille.

Il maudit leur malchance. Bon sang, se dit-il, à force de dériver ils ont dû se retrouver parmi les squelettes de morue que j'ai rejetés. Je devrais peut-être les dédommager d'une façon ou d'une autre. Par exemple leur conseiller de se rapprocher des hauts-fonds. Ou bien tout simplement leur donner un peu de poisson.

Mais, au lieu de cela, ce fut la jeune fille qui lui adressa la parole.

— Monsieur ! Monsieur ! dit-elle. On vient de remonter un mort !

— Pas de panique — il suffit de le décrocher. C'est un de ceux que je viens de rejeter.

Elle va croire qu'il vient de se produire une catastrophe écologique, se dit-il. Mais la politesse ne commandait-elle pas de leur fournir des explications ? Les deux jeunes gens étaient debout sur le petit pont avant. Mais, à ce moment-là, le garçon en descendit d'un bond, laissant la fille là où elle était. Et celle-ci continuait à crier à leur semblable, dans l'autre bateau :

— C'est un cadavre, monsieur. Un cadavre ! On n'arrive pas à le décrocher. Oh, soyez gentil, monsieur, venez nous aider !

Un bref instant, il fut glacé d'horreur. Il lui arrivait

parfois de penser à diverses choses affreuses qu'on était susceptible de remonter des profondeurs. Non pas ces noyés à la recherche et à la remontée desquels il avait déjà participé. Mais le genre de choses qu'on ne devrait justement pas trouver dans la mer. Qui n'a pas le droit d'y être.

Et voilà que cette fille criait qu'un cadavre était venu se prendre dans leur ligne.

Un noyé.

Un noyé comme tous les autres, se dit-il. Faut que tu y ailles. Cette fille a l'air complètement affolé et le garçon, lui, de ne pas être bon à grand-chose. Il mit le moteur en marche. Celui-ci fit aussitôt entendre un véritable rugissement qui couvrit tout le reste et, tout en s'asseyant, il fit décrire à son bateau un arc de cercle très serré en direction de celui des jeunes, à deux cents mètres de là. Sous la violence du départ sa canne tomba dans le fond de l'embarcation, de même que la thermos, et le café presque froid vint se mêler aux entrailles de poisson qui s'y trouvaient déjà. Il ressentit une contraction au niveau de l'estomac et coupa les gaz. Le bateau retomba dans l'eau et il fit alors machine arrière, gagna la poupe en courant et jeta le bout à la fille qui, Dieu soit loué, eut le bon sens de l'attraper et de le virer. Pour sa part, il resta dans l'autre bateau, du côté opposé, les yeux baissés vers cette ligne qui s'enfonçait dans l'eau.

Le garçon était assis à l'arrière — il pouvait avoir dix-huit ou vingt ans — et semblait incapable de faire autre chose que de fixer des yeux cette ligne, fasciné, effrayé. Il le regarda et l'expérience qu'il avait de ce genre de situation lui disait qu'il était inutile de compter sur lui. Il s'adressa donc à la fille, à la place.

— C'est bien un cadavre humain, que tu dis que vous avez au bout de votre ligne ?

Elle hocha la tête et il détourna de nouveau le regard vers la ligne. Mais il n'y toucha pas.

— Tu es bien certaine ?

Cette question donnait presque l'impression d'être une prière, une supplication. Mais elle lui dit :

— Je crois bien. Il y avait de l'étoffe dessus...

— À quelle profondeur ? Combien est-ce qu'elle fait de long, ta ligne ?

Il fallait être prêt pour le moment où il apparaîtrait à la surface. Comme avec tous les noyés.

— On l'a relâchée quand on a vu ça.

Il la regarda. Une chance qu'elle se soit trouvée là, se dit-il, avec une logique très relative. Sa présence lui donnait des forces. Il est plus facile d'apporter son aide à quelqu'un d'autre que de se livrer seul...

— Tu crois qu'il est toujours au bout de la ligne ? demanda-t-il.

Elle répondit par un hochement de tête.

Il tâta la ligne. Elle n'était pas tendue. L'espace d'un instant il ressentit un immense soulagement. Il rentra plusieurs mètres de ligne. Mais alors. Alors, il sentit une résistance. Importante. Il continua donc à tirer, mais avec plus de prudence. Et soudain, ce fut devant ses yeux. Juste en dessous de la surface de l'eau. La lueur du ciel vespéral se reflétait sur quelque chose et ce n'est qu'au bout de plusieurs secondes qu'il se rendit compte que c'était une main. Il relâcha la ligne et resta silencieux. Merde alors, se dit-il. Merde...

Il la regarda à son tour et hocha la tête.

— Sacrée poisse, c'est bien un macchabée.

Il regarda autour de lui, mais sans chercher quoi que ce soit de précis. La jeune fille se douta de ce qu'il voulait faire.

— Non, dit-elle, pas dans le bateau.

Le hisser à bord de son propre bateau, alors ? Non, il comprenait parfaitement les sentiments de cette jeune fille. Rien ne pourrait le faire prendre un macchabée à bord de son bateau. Absolument rien.

— On va attacher la ligne à mon bateau et l'ancrer ici. Et puis on va rentrer à bord du vôtre prévenir la police ou bien je ne sais pas qui — les autorités compétentes. Venez m'aider à le faire passer de l'autre côté.

Mais il comprit qu'elle ne désirait pas non plus participer à cette opération.

Ils jetèrent alors dans son bateau le dévidoir sur lequel se trouvait la ligne des deux jeunes. Il enroula ensuite rapidement celle-ci plusieurs fois autour de l'un des tolets et jeta l'ancre, après avoir tout d'abord essayé de deviner où se trouvait le cadavre, car il ne le voyait pas. Et il n'osa pas regarder l'eau à l'endroit où l'ancre s'enfonça, entraînant avec elle la presque totalité des cinquante mètres de filin. Il jeta le reste à l'eau. Une chance que le temps ait été calme car, avec aussi peu d'angle, l'ancre pourrait très bien glisser sur le fond, si le vent se levait.

La fille et lui repoussèrent son bateau. Puis elle mit le moteur du sien en marche — comment ose-t-elle se fier à l'allumage automatique ? se surprit-il à penser — et il lui demanda :

— Tu n'aurais pas un peu de café bien chaud ?

II

Malgré ses nombreuses années en tant que chef des pompiers, Andrén était toujours aussi gêné lorsque quelqu'un était brûlé vif. Et les deux incendies de ce matin-là ne constituaient nullement une exception à cette règle. Deux maisons du début des années 70 qui se mettaient brusquement à brûler, comme avait dit l'un des voisins. Elles avaient été réduites en cendres et le travail des pompiers avait essentiellement consisté à empêcher le feu de gagner les demeures avoisinantes. Par chance, le reste du quartier était surtout composé de constructions assez anciennes situées sur des terrains relativement grands. Des matériaux de construction moderne auraient certainement favorisé l'extension du brasier.

Lors du premier de ces deux feux, celui d'Oxvägen, on n'envoya personne à l'intérieur de la maison. Celle-ci était déjà bien consumée et le voisin — comment s'appelait-il déjà, Kråkén ? Quel nom ! — avait dit au commandant que la famille qui l'occupait était partie en voyage. Ce Kråkén était chargé de faire suivre leur courrier car ils devaient être absents pendant environ une semaine. On n'avait donc pas jugé bon de risquer des vies inutilement.

Le seul problème, c'était qu'on avait ensuite trouvé cinq cadavres dans les ruines de cette maison. Deux adultes et trois enfants.

Tout laissait penser que cet incendie était volontaire. Autrement, les choses ne se seraient pas passées comme cela avait été le cas. Andrén avait été appelé sur place mais, en cours de route, on l'avait avisé par radio qu'un autre feu avait éclaté à quelques pâtés de maisons d'Oxvägen, et il avait préféré se rendre sur les lieux de ce second sinistre. En fait, il aurait pu s'agir du même. Il s'était déclaré de la même façon et les maisons étaient du même type. Et on n'avait pas tardé à s'apercevoir que le père de l'une de ces familles et la mère de l'autre exerçaient le même métier. De plus, les deux familles avaient été brûlées vives. Il n'y avait qu'une seule différence : dans le second cas, il n'y avait pas de Kråkén.

Le ciel était gris et couvert, en ce dimanche après-midi, et Andrén observait avec une aversion bien déguisée la femme qui se trouvait devant lui. Elle était employée à temps partiel au journal local et s'appelait Lisbet quelque chose. Andrén était plein de préjugés à l'égard de ces fouille-merde de gauche, maigres et gris, qui avaient survécu à l'extinction de la vague des soixante-huitards. Et cette Lisbet correspondait en tous points à ce qu'il détestait en eux. Elle devait une fois de plus être sur la piste de quelque obscure affaire, ayant cette fois trait à l'appât du gain des entreprises du bâtiment, toujours prêtes à mettre des vies en péril en utilisant des matériaux dangereux, etc. Il ne s'aperçut pas qu'elle était plus calme que d'habitude. Elle n'avait encore rien noté et son bloc était posé sur ses genoux.

— Mais ces maisons auraient-elles brûlé aussi vite si les normes concernant les matériaux de construction avaient été un peu plus sévères ?

— La question est mal posée. Il n'est pas possible d'y répondre de façon générale.

— Eh bien alors tu peux peut-être y répondre de manière un peu plus détaillée[1].

— Il faut d'abord procéder à l'expertise.

— Des causes de l'incendie ou bien de la façon dont il s'est déroulé ?

— Les deux.

— Il y a un rapport ?

— Qu'est-ce que tu veux dire par là ?

— Est-ce que vous pensez qu'il s'agit d'un incendie criminel ?

— Nous n'excluons jamais cette éventualité.

— Ce n'est pas ce que je t'ai demandé et tu le sais très bien. Est-ce que vous partez de l'hypothèse d'un incendie criminel ?

— Je ne peux encore rien dire. Il faut attendre la fin de l'enquête. Enfin quoi, on en est encore à surveiller que l'incendie est bien éteint.

— Mais les deux cas présentent tellement de ressemblances. Sur les lieux du premier, j'ai entendu les pompiers dire que, vu la façon dont ça brûlait, il ne pouvait s'agir que d'un incendie volontaire. Ils étaient

1. Le tutoiement est maintenant d'usage quasi général, dans une Suède longtemps adepte d'une forme de politesse à la troisième personne devenue impraticable. *(N.d.T.)*

tous très sûrs de leur fait. Est-ce qu'il y a un pyromane dans le secteur ?

S'il y avait quelque chose qu'Andrén désirait éviter, c'était bien la psychose du pyromane. Et il avait des raisons de penser que Lisbet ne l'ignorait pas. Une sale garce, voilà ce qu'elle était. S'il ne lui lâchait pas un petit quelque chose, elle allait certainement laisser entendre, dans son article, que certains indices semblaient indiquer qu'on avait affaire à un pyromane. Le pire, c'était qu'elle risquait fort d'avoir raison. Il était encore en train de réfléchir à tout cela lorsque Lisbet reprit :

— Je connaissais tous ceux qui sont morts...

Peut-être Andrén sursauta-t-il légèrement, mais il se contenta de la regarder — pour une fois — en face.

— Je les connaissais tous. Par l'intermédiaire d'Erik. Ils entretenaient certaines relations du fait de leur boulot. Karl Olsson et Gertrud Lindgren travaillent dans le même labo qu'Erik. Je suis allée chez eux plusieurs fois et j'ai vu les petits...

— Ah bon, très intéressant...

L'embarras d'Andrén était perceptible. Il se demanda — pendant un bon moment — s'il convenait qu'il fasse preuve de compassion. Peut-être avait-elle besoin d'un peu de gentillesse, cette sale garce ? Il n'était pas très fort sur ce genre de choses. À vrai dire, il désirait surtout être débarrassé d'elle. Et puis il ne voulait pas d'hystérie collective à propos d'un quelconque pyromane. Après tout, peut-être pourrait-il se servir d'elle ? Il prit donc son air le plus aimable.

— Au cas où — je ne dis pas que ce soit vraisemblable — mais *s'il se trouvait* qu'il s'agisse d'un pyromane, nous avons besoin d'un peu de temps pour trouver une piste. Quand je dis nous, je devrais plutôt dire la police. C'est pourquoi il faut qu'un éventuel pyromane puisse penser que nous ne soupçonnons rien.

— Mais les pyromanes se fichent pas mal de ça. Je croyais au contraire qu'ils étaient excités par l'attention qu'on leur portait.

Elle n'était pas aussi bête qu'elle en avait l'air. Andrén conserva donc son air aimable.

— Mais c'est bien pour cette raison, entre autres. Il est peut-être possible de l'amener à se calmer en ne prêtant pas trop d'attention à tout ça.

Il grimaça intérieurement devant ce tour de passe-passe psychologique, mais il avait presque réussi à faire taire son interlocutrice.

— Mais est-ce que, ordinairement, les pyromanes n'ont pas également besoin d'une sorte d'escalade — je veux dire : d'en faire un peu plus à chaque fois — pour attirer l'attention sur eux ?

Bon sang, elle était encore loin d'être réduite au silence, cette sale... La mine amicale d'Andrén s'assombrit notablement. En outre, il avait l'impression qu'elle lui laissait le mauvais rôle. Mais elle n'avait toujours rien écrit, se contentant de le regarder sans discontinuer. Il continua à se donner l'air le plus aimable possible. Ce qui lui était totalement impossible, par contre, c'était de dire quelque chose d'aussi aimable que son visage. Ou de vraiment intelligent. La fille ne le lâchait pas.

— Est-ce que ça te dérangerait que je parle de pyromane dans mon article ?

— Oui, peut-être bien... Oui !

Bon sang, se dit-il.

— Pourquoi ne pas le dire, alors ? demanda-t-elle.

Bon sang, pensa-t-il de nouveau, au risque de se répéter.

— Andrén !

Au fond, il aurait été bien incapable de dire lequel des deux faisait la plus sale tête, en ce moment.

— Andrén ! Je n'en parlerai pas si tu y vois des inconvénients. Par la suite, j'aborderai peut-être la question des matériaux de construction et ce genre de choses. Mais dis-moi un peu de quoi il retourne, bon sang, ou bien alors trouve quelque chose pour que je sache s'il faut que j'oublie ces incendies ou que j'en parle.

Andrén n'était pas tout à fait stupide, lui non plus. Certes, il n'était pas très rapide dans ses réactions vis-à-vis des autres — à l'exception, peut-être, de sa femme. Mais il comprit bien que Lisbet ne se moquait pas de lui. Peut-être parce qu'elle connaissait les victimes. Peut-être parce qu'elle était dans un bon jour. Il la regarda. Toujours aussi incolore et aussi échevelée. Avec son chandail beige et ses jeans de velours de la même teinte, plutôt fatigués, qui ne faisaient que renforcer l'impression. Aussi haute en couleur qu'un film soviétique tourné en noir et blanc dans les steppes de l'Asie centrale à l'époque de Staline, quoi... Impossible de se défendre de ces associations d'idées, pas plus que de ce scepticisme politique. Pourtant, il était moins méfiant que d'habitude. Sans trop savoir pourquoi, il croyait comprendre qu'elle était prête à collaborer, ce jour-là. Ces neuf morts l'avaient ébranlée.

Il se demanda malgré tout, en passant, si une femme comme elle était capable de ressentir quoi que ce soit.

Mais il ne put aller plus loin en matière d'humanité. Il redevint tout à coup le Chef des pompiers.

— Il s'agit probablement d'incendies criminels, s'entendit-il dire à son grand étonnement. C'est même presque sûr. La police ne désire pas que ça se sache. Pour ne pas entraver l'enquête, bien entendu. Il y a des risques que ça fasse tache d'huile. Mais je ne veux pas parler d'hystérie. D'une part, ça peut nuire de façon générale. D'autre part, ça peut influencer des personnes déséquilibrées. En outre, ces incendies n'auraient pas été aussi violents s'il s'était agi de maisons plus anciennes (qu'est-ce qu'il n'était pas en train de dire à cette fille ?) et j'aimerais bien savoir comment il a pu se faire que l'une de ces familles soit chez elle. Alors, si tu pouvais te contenter de dire que ça a brûlé mais que la cause de ces feux est inconnue, et puis de déplorer toutes ces victimes humaines ? Qu'est-ce que tu en penses ?

— Rien d'autre ?

Elle n'avait pas pris la moindre note.

— Comme ça tu te rendrais utile. Pour une fois.

Sa méfiance n'était pas encore totalement dissipée. Il ne regretta même pas ses paroles. Mais Lisbet n'en fut pas offensée. Crut-elle. Et pensa-t-il.

— Entendu, dit-elle. Par la suite, j'aurai peut-être d'autres choses à dire, mais pas pour l'instant.

Il fut tout de même légèrement étonné.

La lueur grisâtre qui parvenait par la fenêtre n'éclairait plus guère. Au sud-est, la fumée avait disparu. L'intervention devait être presque totalement terminée, maintenant. Neuf morts. Dont cinq enfants. Certains d'entre eux auraient peut-être pu être sauvés si on n'avait pas cru que... Il avait vraiment besoin de se changer les idées. S'en irait-elle d'elle-même ou faudrait-il qu'il la mette à la porte — et comment ? Elle était toujours sur sa chaise, en train de regarder la photo accrochée au mur, près de son bureau. Son voilier, sa femme et ses enfants quand ils étaient petits. Ma vie tout entière, avait-il coutume de dire à ceux qu'il connaissait bien.

Sans doute n'entendait-elle rien à ce genre de choses. Elle était certes mariée, mais n'avait pas d'enfants — il le savait parce que l'un de ses propres collaborateurs lui avait dit que c'était pour cette raison qu'elle était tout le temps à l'affût des scandales. Mais, pour l'instant, elle gardait le silence. Il est évident que ça fait quelque chose, quand des personnes de connaissance meurent — même à des gens comme elle. Deux familles. Neuf personnes. Cinq enfants. Bon sang.

— Je vais prendre un café et manger un morceau. Tu veux quelque chose ?

Il décrocha le téléphone afin de demander à Persson-la-flemme d'aller lui chercher quelque chose. Il montra la photo du bateau et de sa famille et lâcha :

— Ma vie tout entière.

III

Lisbet tint parole. Le journal local publia donc, le matin suivant, l'un de ces articles de routine sur deux incendies survenus dans la localité. La cause en était encore inconnue. Neuf victimes. L'enquête était en cours. Les feux s'étaient propagés très rapidement, probablement du fait des matériaux de construction modernes (elle n'a quand même pas pu s'en empêcher, se dit Andrén).

Lisbet avait en fait été très affectée par ce qui venait de se passer. Bien plus qu'Andrén n'aurait pu le comprendre. C'était aux enfants qu'elle pensait. À la façon dont ils étaient morts. Et à la raison pour laquelle ils étaient morts. Elle se demandait s'ils s'étaient aperçus de quelque chose. Qu'est-ce qui se passait quand...

En ce lundi matin, Erik était encore plus taciturne que d'habitude. Peut-être ressentait-il durement, lui aussi, la perte de deux camarades de travail. À moins que ce ne fût simplement sa morosité naturelle. Ou bien les deux à la fois. Il sortit. Sans rien dire.

IV

La police explora à peu près toutes les pistes et l'enquête fut minutieuse. Et très lente. On s'intéressa en particulier au fait qu'il existait un dénominateur commun à ces affaires : deux des victimes travaillaient au même endroit. De longs procès-verbaux d'audition, péniblement tapés à la machine, constituèrent finalement un dossier rassemblant les déclarations de la plupart des employés de cette firme — un institut de recherches génétiques et autres —, des voisins, du facteur et ainsi de suite. On s'attarda en particulier sur le dénommé Kråkén, mais en vain. Il n'en démordit pas : pour lui, les Lindgren étaient partis en voyage ou, plus exactement, avaient dit qu'ils partaient. Il devait faire suivre leur courrier et pouvait même dire à quelle adresse : à Strömstad, aux bons soins de quelqu'un. Vérification faite sur place, il apparut que les Lindgren y avaient en effet loué une maison pour une durée d'une semaine, mais n'étaient pas encore arrivés. Non, il n'avait rien remarqué. Même pas lorsque la famille était rentrée. Oui, il était absolument certain qu'ils devaient être partis au moins une semaine.

Les voisins de l'autre famille, les Olsson, n'avaient strictement rien vu ni rien entendu. Les Olsson n'avaient pas l'habitude de partir en voyage. C'était affreux, cet incendie. Était-il vraiment volontaire ?

Lisbet avait parcouru tous ces témoignages. Mais ils ne pouvaient fournir matière à un nouvel article. Aucun autre incendie ne s'était déclaré au cours des dix jours qui s'étaient écoulés depuis lors. Elle s'interrogea de nouveau sur l'opportunité d'un article à propos des matériaux de construction utilisés. Son journal serait-il prêt à publier ses réflexions sur ce sujet ? Ou bien ferait-il valoir, comme d'habitude, que, jouissant d'un monopole local, il ne pouvait se lancer dans une polémique de quelque nature que ce fût.

La maison était déserte. Il était onze heures et demie. Il pleuvait et le vent soufflait, cette nuit-là. Erik n'était pas encore rentré. Ces recherches, toujours ces recherches. Elle se demanda si elle n'allait pas se mettre à écrire quelque chose de bien senti.

Lisbet était journaliste ou, plus exactement « pigiste à mi-temps », catégorie professionnelle susceptible de donner des cheveux blancs à tout spécialiste en matière de droit du travail. En même temps, elle menait des recherches en sociologie. Ou, plus exactement encore une fois : elle était inscrite en doctorat. En fait, elle n'était encore arrivée à rien, et personne ne s'en souciait. À part elle. Dans son for intérieur, elle savait parfaitement qu'elle ne mènerait pas ce travail à bien. Car elle ne faisait rien à fond. Tout à moitié, aussi bien sa vie de famille que cet emploi de journaliste (pouvait-on même le qualifier d'emploi ?) et ce travail de recherches. Plusieurs grands articles en cours — mais tous à moitié élaborés ou à moitié rédigés.

Elle se persuadait qu'ils seraient excellents une fois terminés. Mais son problème — car elle était très lucide, à quatre heures du matin, quand elle ne pouvait pas dormir — était qu'elle préférait se lancer dans quelque chose de nouveau plutôt qu'achever ce qu'elle avait déjà entamé. Mais il n'était pas encore quatre heures du matin, ce jour-là. C'est pourquoi elle pensait vraiment pouvoir mener quelque chose à bien. La seule question était de savoir quoi. Cette série d'articles sur la biotechnique et ses dangers ? Celui sur les matériaux de construction modernes et l'habitude qu'ont les capitalistes de jouer avec la sécurité des gens ? Celui sur la psychose de masse ? Mais pourquoi pas ouvrir cette bouteille de vin, afin de s'éclaircir un peu les idées ?

Lisbet n'était pas alcoolique. Même en cette matière, elle était adepte des demi-mesures. Simplement, elle était insatisfaite de tout, y compris de la vie. Elle n'en jouissait véritablement que sous le coup de l'indignation, ou bien quand elle se trouvait en compagnie de ses parents et de ses sœurs. Mais elle en avait rarement le temps. Elle faisait vraiment tout à moitié. Désormais, elle n'avait même plus la force de s'indigner pour de bon. Andrén se faisait bien des idées fausses à son sujet — mais par excès. Et aucun des deux n'en était conscient.

Tout en se demandant à quoi elle allait s'attaquer, elle se lança à l'assaut de... la bouteille de vin.

Erik rentra une heure et demie plus tard. Moins de dix minutes après, ils avaient déjà commencé à se disputer. Au bout de vingt, il repartit. Dans ces conditions, il préférait dormir au labo, disait-il.

Ce matin-là, Lisbet se réveilla vers neuf heures et demie. Les douleurs bien particulières, à la tête et au ventre, qu'entraîne une consommation excessive de vin rouge, trop tard le soir et à une cadence trop rapide, ne se manifestèrent pas ce jour-là. Elle resta couchée un bon moment. Peut-être ne pensait-elle pas vraiment et n'était-elle même pas totalement réveillée. Pourtant, elle se croyait quelque part, car elle sentait l'odeur sèche de la couverture qu'elle étendait sur elle, sur l'un des îlots de l'archipel, tandis que sa mère déballait les provisions apportées pour la collation.

Les douleurs à la tête reprirent dans l'après-midi, en même temps que celles au ventre et que l'orage. L'automne débutait de façon surprenante. Lisbet considéra ses dossiers d'un œil apathique. Puis elle alla se coucher.

Erik rentra vers cinq heures et demie. Il la regarda avec mépris, allongée sur son lit et encore mal éveillée. Il resta un instant sur le pas de la porte et repartit dans la cuisine, toujours sans dire un mot. Elle se leva. Il avait fait du café et sorti deux tasses. Ils burent en silence. Puis il lui dit qu'il était obligé de partir quelques jours. Elle se contenta d'un hochement de tête.

V

Lisbet ne se réveilla pas de bonne heure. Le soleil brillait à travers le store. Elle resta couchée un moment, se demandant ce que le jour qui s'annonçait pouvait avoir de remarquable. Elle n'avait plus mal au ventre. On sentait le matin de mai jusque dans la pièce. Mais il n'avait pas beaucoup de mérite à cela lui-même car, sur la table, se trouvait un vase contenant quelques rameaux de merisier. Erik avait dit que cela lui donnait mal à la tête, ce qui l'avait incitée à dire, à son tour, qu'il n'avait qu'à aller coucher ailleurs, dans ce cas-là. C'est ce qu'il avait dû faire, apparemment, puisqu'il n'était pas rentré depuis deux jours.

Mais cela ne faisait rien. Ce jour-là, elle se préparait à aller sur la côte et, le lendemain, à partir en voyage. Dans son esprit, son article avait pris les dimensions d'une série entière. Une partie en était déjà rédigée. Mais elle se doutait bien que le journal refuserait d'en faire paraître une seule ligne. Alors, il faudrait qu'elle en fasse un livre. Avec ce qu'il contenait, il ne serait pas impossible d'en obtenir la publication. Elle se demandait combien de temps prend ce genre de choses. Il faudrait qu'elle demande à quelqu'un.

Elle resta couchée un bon moment, assez satisfaite de l'existence. Il est vrai qu'il en allait presque toujours ainsi à cette époque de l'année. Mais les choses étaient tout de même un peu différentes, cette fois-ci. Ses recherches — non pas celles en sociologie, elle n'y avait pas touché depuis plusieurs mois — semblaient sur le point d'aboutir. Elle ne savait pas vraiment à quoi, mais elle était certaine que c'était à quelque chose de précis et probablement d'important. Elle avait retiré le peu d'économies dont elle disposait en vue de ce voyage aux États-Unis auquel elle se préparait pour le lendemain. Tout était réglé. Erik était encore de plus mauvaise humeur que d'habitude, en particulier du fait qu'il ne comprenait pas ce qu'elle allait faire là-bas et qu'elle ne lui en avait rien dit. Elle avait simplement marmonné qu'elle devait rencontrer des sociologues. Elle avait également prononcé le nom de Harvard. Mais il ne voyait vraiment pas pourquoi elle avait besoin d'aller aussi loin.

— Tu n'as encore abouti à rien, bon dieu, lui avait-il dit quelque temps auparavant. Pourquoi jeter l'argent par les fenêtres en faisant un tel voyage ? Est-ce que tu ne pourrais pas au moins te faire accorder une bourse ?

Bien sûr que non. Mais elle n'avait même pas daigné lui répondre. Les encouragements, ce n'était pas vraiment son genre, à lui. De plus, ses propres Recherches (avec un très grand R) étaient tellement importantes qu'aucun de ces pauvres sociologues à la gomme ne pourrait jamais rien faire qui puisse souffrir la comparaison.

Et, à cela, s'ajoutait encore, se dit-elle avec quelque chose qui ressemblait à un sarcasme intérieur, le fait que ces fameuses Recherches étaient en fait partie prenante dans son propre projet. Non pas tellement quant à leur contenu, peut-être, mais quant à leur existence même, leur fonction sociale... Elle fronça les sourcils. Elle se prenait de nouveau en flagrant délit, jargonnant comme un scientifique : « Fonction sociale, contenu, existence... » Alors que tout ce dont il s'agissait, c'était en fait de montrer le genre de saloperies auxquelles pouvaient se livrer ces mêmes chercheurs. Comment trouver une méthode sociologique pour procéder à une telle enquête ?

Mais, au fond, la question était peut-être posée à l'envers, se dit-elle. Est-ce que ce ne devrait pas être l'inverse ? Cette enquête ne pourrait-elle pas constituer en elle-même une méthode sociologique ?

Autrement dit : la réalité possède-t-elle quelque importance ? Elle s'adressait à la photographie de ses parents. Peut-être. Elle sortit du lit presque en se laissant rouler à bas de celui-ci. Fini de lambiner. Plus qu'une seule chose à faire avant de partir mais, pour cela, il fallait absolument qu'elle se rende sur la côte. Elle gagna la salle de bains en chantant tout haut.

Pour la quatrième fois ce jour-là, Alfred Östergren était descendu jusqu'au bord de la mer pour voir son bateau. Cette fois, il n'y avait pas besoin de pomper. Le bordage s'imprégnait comme il fallait. Dans deux heures, peut-être, il conviendrait de procéder à une nouvelle évacuation d'eau. Et dans deux jours, il pourrait prendre la mer à n'importe quel moment.

Il n'arrivait pas à se débarrasser de cette coque de bois antique et solennelle. Il disposait aussi d'un bateau à coque en plastique qu'on pouvait mettre à l'eau dès que la glace avait fondu. Mais celui-ci, son Bateau avec un grand B, c'était différent. Il fallait le poncer et le repeindre chaque année avant de le laisser reprendre la mer. Pour commencer, il fallait même le placer dans une sorte de petit dock flottant qu'il avait confectionné lui-même. Autrement, il coulait immédiatement. Chaque fois il était tout aussi passionnant d'empêcher son moteur non amovible d'être noyé. Mais cela marchait toujours très bien. Il ne laissait rien au hasard. D'une part, il ne manquait jamais le bon moment de s'occuper du bateau. D'autre part, il avait été jusqu'à installer un système d'alarme très simple, constitué d'un flotteur, d'un bras mobile et d'un contacteur relié à une batterie située à terre et elle-même branchée sur un avertisseur de voiture. Les deux premières nuits, il ne dormait pratiquement pas et descendait au bateau à intervalles réguliers. Il ne lui laissait pas la moindre chance de se livrer à des fantaisies, comme par exemple de prendre l'eau trop vite. Nul doute, Östergren était particulièrement minutieux en tout.

Il avait soixante et onze ans et était donc en retraite depuis quatre ans. Mais, en réalité, cela faisait un peu plus longtemps que cela qu'il jouissait de cette existence. Sa femme et lui étaient venus s'établir sur cette île une dizaine d'années auparavant. Préalablement, ils avaient passé là tous les étés. C'est également là que leurs filles avaient grandi. Inga, sa femme, s'y plaisait beaucoup. Peut-être surtout du fait qu'il s'y plaisait, lui, mais tout était parfait.

Les hirondelles domestiques avaient commencé à faire leur nid dans les hangars au bord de l'eau. Leur gazouillis constituait une partie de l'arrière-plan de la vie qu'il menait à cet endroit. Il n'y avait presque pas de vent et le soleil se reflétait chaudement sur les eaux de la baie. Sur les rochers émergés, on entendait les sternes se chamailler. Leur pleine période de pariade était terminée. Maintenant, elles avaient pondu leurs œufs et se disputaient sans arrêt quant aux limites de leur territoire respectif.

Lisbet, leur plus jeune fille, avait téléphoné pour dire qu'elle viendrait leur rendre visite au cours de l'après-midi. Elle avait quelque chose à faire sur la côte et pensait passer les voir. Il ne l'avait pas vue depuis Noël. Mais il ne lui avait pas échappé que sa voix était plus gaie que depuis bien longtemps. Non pas de cette sorte d'hilarité que procure l'abus du vin, mais plus claire, en quelque sorte.

Östergren avait trois filles. Lisbet était la dernière. Il savait que quelque chose était allé de travers dans sa vie, mais il ne savait pas quoi. Il se disait qu'il n'y comprendrait rien, de toute façon, même s'il se doutait bien qu'elle n'aurait jamais dû se marier avec ce prétendu savant. De temps en temps, Inga avait tenté de s'informer auprès de Lisbet sur ce qui n'allait pas, mais elle s'était fait remettre en place. Östergren se demandait si sa fille ne forçait pas un peu sur l'alcool. Et si ce n'était pas de sa faute, à lui. Il se posait beaucoup de questions, Östergren. Et il ne comprenait pas toujours pourquoi.

Sa seconde fille, Kerstin, était au moins plus fière

que Lisbet. Elle avait vraiment fait un mauvais mariage qui l'avait menée au bord de l'effondrement. Mais elle ne s'était pas laissée aller. En tout cas, il ne l'avait jamais vue hystérique ou ivre ou quoi que ce soit d'autre en matière de manque d'équilibre. Elle avait réussi à obtenir la garde de ses deux enfants, lors du divorce. Il y avait quatre ans de cela, maintenant. Elle était restée très discrète, pendant ces quatre années. Tout ce qui l'intéressait, c'était ses enfants. Östergren se demandait si elle se rendait vraiment compte que ces derniers grandissaient. Mais il se demandait également s'il s'était lui-même bien rendu compte que les siens étaient maintenant adultes.

Quant à Inga-Lisa, l'aînée, aucun doute sur ce point. Elle avait maintenant plus de quarante ans. Elle avait toujours été très efficace, même toute petite. À l'école, elle avait très bien travaillé. Elle était allée apprendre les langues à l'étranger. Puis avait étudié le droit. Ensuite le tribunal. Et maintenant elle avait son propre cabinet d'avocate. Froide. Sauf envers lui et Inga. Un mariage qui tenait bon, avec un mari plutôt effacé. Östergren n'éprouvait aucune sympathie pour ce genre d'homme restant volontiers à la maison. Mais il était capable de s'occuper des enfants et ce n'était sans doute pas un mal, étant donné tout ce qu'Inga-Lisa avait à faire.

La pipe courbe d'Östergren était bien connue dans toute l'île. Elle s'était éteinte. Ce qui signifiait qu'il était l'heure de prendre le café. Il remonta en direction de cette maison blanche qui leur avait jadis servi de villa pendant les vacances et qui était maintenant leur demeure permanente. Le seul foyer qu'il eût vraiment jamais ressenti comme tel. Il pressa légèrement le pas en voyant une voiture jaune garée dans la cour. Il ne savait pas que celle de Lisbet était jaune. Sans doute en avait-elle changé.

— Non, c'est celle du journal, avait expliqué Lisbet à sa mère. Je suis allée un peu loin, au nord, pour parler avec un pêcheur de quelque chose qui s'est passé l'été dernier. J'ai l'intention d'en faire un article avant de partir, demain.

La raison du voyage de Lisbet avait été source d'intarissables discussions entre ses parents. Selon sa mère, Lisbet essayait de tirer sa vie au clair. Son père, lui, avait bien peur que sa femme ne fût dans le vrai. Leur fille semblait être de ces gens qui suivent toujours les modes et les courants de pensée. La vogue de l'introspection, qui avait fleuri dans les années 70, était de nouveau à l'ordre du jour. Pour lui, il n'y avait qu'une seule façon de tirer au clair une vie comme celle de sa fille : divorcer. C'était, de bien des façons, un homme d'action. Mais il se croyait également capable de comprendre les autres. Il lui semblait que tout le monde s'y prenait mal avec l'existence. Parfois, il lui arrivait de se demander s'il comprenait vraiment quelque chose à quoi que ce soit.

— Qu'est-ce que tu es allée faire, aujourd'hui ? demanda-t-il, surtout désireux d'éviter de parler du lendemain.

— En fait, il s'agit des suites d'une histoire qui est arrivée l'an dernier.

Lisbet était inhabituellement détendue, lui sembla-t-il, assise sur le bord du hamac, avec un gâteau dans la bouche et un autre à la main.

Dans le jardin il y avait une palissade blanche qui

délimitait un petit coin à l'intérieur duquel on pouvait, dès le printemps, rester assis à l'abri du vent et sous la caresse bien chaude du soleil de la côte, et qu'ils avaient décidé d'appeler le Coin, tout simplement. Ce jour-là était parfait pour le Coin. Il se prêtait aussi magnifiquement à la consommation de café et de nombreux petits gâteaux. Pourtant il y avait encore, à quelques mètres de là, sur le côté nord de la pointe, des congères déjà bien effritées mais encore assez blanches.

— Une noyade, poursuivit Lisbet. Mais bien étrange. Vous devez vous en souvenir aussi, vous, de ce cadavre que quelqu'un a découvert et qui a ensuite disparu.

— Celui qu'un pêcheur avait vu ? se rappela Östergren.

— C'est ça. Mais que personne n'a jamais retrouvé. Je suis allée voir ce pêcheur afin de vérifier un certain nombre de détails. En fait, ce n'est pas lui qui a découvert le cadavre mais une fille qui était en train de pêcher la morue. Heureusement, cet homme-là — un type formidable, d'ailleurs, mais quelle sale bonne femme il a — était dans les parages. Et, à vrai dire, c'est lui qui a tout fait. En effet, le cadavre — il est sûr que c'en était un, parce qu'il a vu une main remonter à la surface — était venu se prendre dans la ligne de la fille, mais personne n'a voulu le remonter dans le bateau. Je lui ai demandé pourquoi ils ne l'ont pas pris en remorque, mais il m'a dit qu'ils n'y avaient pas pensé. Je crois plutôt qu'ils n'ont pas osé. Il m'a semblé le comprendre à ce que m'a dit ce type.

— Moi, j'aurais jamais touché un truc pareil, assura la mère de Lisbet.

— Mais, est-ce qu'ils n'ont pas laissé son bateau sur place, après y avoir attaché la ligne ? demanda Östergren.

— Si. Et il a même jeté l'ancre. Et, malgré ça, il avait disparu quand la police est arrivée, seulement quelques heures plus tard, le matin de bonne heure. C'est ça qui est très étrange. Il n'y avait pas de vent et le bateau était insubmersible. Pourtant, personne ne l'a revu depuis. Quant au cadavre — si tant est qu'il s'agisse bien d'un cadavre — personne ne l'a retrouvé non plus.

— Tu crois vraiment que ce type en a vu un ?

— Il l'affirme. Ce n'est pas la première fois qu'il voit un noyé. Et puis, j'ai déjà parlé avec la fille, également. Elle confirme ses dires. Elle jure aussi qu'elle n'ira plus jamais à la pêche.

— Mais, est-ce qu'ils ne peuvent pas s'être trompés ? Je veux dire : il paraît que c'était le soir et tu sais bien qu'à cette heure-là, tout a l'air un peu bizarre.

En effet, les filles Östergren avaient grandi au bord de la mer, même si Lisbet était désormais la seule à y prendre quelque plaisir. Il lui arrivait même de rester seule au large pendant plusieurs jours. Elle comprenait donc fort bien ce que voulait dire son père.

— Oui mais, tout d'abord, il y avait bien quelque chose dans l'eau. Ensuite, le type a clairement distingué une main sur cette forme — il a même dit qu'il avait remarqué qu'il lui manquait la moitié d'un doigt, tellement c'était net. Bon, c'est lui qui le dit. Mais, même si on ne se fie pas à ce qu'il raconte, il y a quand même eu *quelque chose.* Autrement, il n'aurait pas laissé son bateau là-bas. Il a passé toute sa vie dans l'archipel, il sait ce que c'est. Et il ne boit pas. Il n'aurait jamais abandonné son bateau en mer s'il n'avait pas eu une bonne raison pour ça. Non, je suis certaine qu'il y avait bien quelque chose et je suis d'avis que c'était un cadavre. Ce que je ne comprends pas, par contre, c'est ce qui s'est passé par la suite.

Ce qu'on savait, c'est que la police — qui ne disposait pas de bateau dans le secteur à ce moment-là — s'était fait conduire sur les lieux par un autre pêcheur. Le premier était bien sûr du voyage. Il se rappelait parfaitement l'endroit où il avait ancré son bateau. Il était six heures et demie du matin — la nuit avait été parfaitement calme et il n'avait donc pas paru nécessaire de sortir au cours de celle-ci. Au matin, le vent soufflait à quelques mètres à la seconde. La surface de la mer était déserte. Nulle part on ne voyait de bateau à la dérive. Aucun itinéraire maritime important ne passait à proximité. Par la suite, on avait envoyé des plongeurs qui n'avaient rien vu du tout. Tout ce qu'ils avaient trouvé, c'était une ancre avec un long filin, mais le vieux avait dit que ce n'était pas la sienne. Sans doute était-ce un de ces pêcheurs du dimanche qui l'avait perdue. On n'avait aucune raison de ne pas le croire sur ce point-là. Se serait-il trompé d'endroit, alors ? Non, il en était certain à une centaine de mètres près. Qu'est-ce qui lui faisait dire ça ? Il le savait. Mais comment le savait-il ? Il le prouva en leur montrant du doigt un endroit où, selon lui, il y avait un fond de trois mètres. On s'y rendit et on s'arrêta là où il en donna l'ordre. On procéda alors à un sondage. Il y avait bien trois mètres. Les policiers étaient maintenant convaincus. Ce haut-fond ne mesurait pas plus de dix mètres de diamètre et se trouvait à au moins un kilomètre et demi de l'amer le plus proche.

— Mais pourquoi est-ce que tu vas fouiller dans cette histoire ? demanda sa mère.

— À vrai dire, il y a beaucoup d'affaires comme ça qu'il faudrait suivre de près, répondit Lisbet. Ce n'est d'ailleurs pas vraiment mon fort de mener les choses à bien. (Östergren grimaça intérieurement : sa fille était sans aucun doute retournée consulter un psychiatre.) Je me suis dit qu'une façon d'y faire quelque chose (c'est bien ce que je pensais, songea Östergren) et en même temps de ramener un bon reportage, serait d'aller fouiller un peu dans de vieilles affaires non élucidées.

Elle versa encore un peu de café à ses parents.

— Mais je me méfie de loufoqueries comme les OVNI et les trucs comme ça.

C'est toujours ça, pensa Östergren, tout en disant quelque chose de différent :

— Mais ça n'a rien à voir avec ton départ en Amérique, demain ?

— Oh non, ça c'est complètement à part. J'y vais pour procéder à des recherches.

— Des recherches ?

La mère de Lisbet venait de s'apercevoir qu'il ne serait peut-être pas impossible d'en savoir un peu plus long sur les raisons de ce voyage.

— Mmm.

— Tu veux parler de tes propres recherches, n'est-ce pas ? Tu ne les as pas abandonnées ?

Quelques semaines auparavant, une pareille question aurait jeté un froid sur cette petite réunion de famille. La mère de Lisbet regrettait déjà l'imprudence de ses propos.

Elle fut donc très surprise d'entendre sa fille lui répondre :

— D'une certaine façon, non. Mais je ne sais pas encore ce que ça va donner. Mais d'une certaine façon...

Pas le moindre signe d'orage, ni autour de la table ni dans le ciel.

— Mais, papa, je crois qu'il va falloir que tu ailles voir ton bateau. Il me semble qu'il est bien bas sur l'eau.

Östergren regarda sa femme, l'air surpris. Lisbet s'essuya la bouche avec le revers de la main et prit ensuite son père par le col de sa chemise.

— Allez, viens. Je voudrais te voir travailler un peu.

Ils descendirent vers le bateau. Inga les suivit du regard. La démarche de Lisbet était presque aussi souple que lorsqu'elle était jeune.

Lisbet ne rentra chez elle que quelques heures plus tard. Tout d'abord, elle emporta des vêtements chauds, un gilet de sauvetage, des gants et une paire de jumelles jusqu'au bateau en plastique. Le puissant moteur hors-bord de celui-ci se mit en marche immédiatement et Östergren la regarda s'éloigner en direction de la pleine mer, entre les rochers, en pilotant avec l'aisance que donne une longue expérience. Elle n'était certes pas facile à manier, sa petite dernière. Mais il savait qu'elle était exactement là où elle voulait être pour l'instant. En ce moment précis, elle vivait dans le présent et dans la réalité. Voilà ce dont il était sûr.

L'air était froid, car il n'y avait pas longtemps que l'eau s'était débarrassée de sa glace. Le printemps avait donc été tardif. Le vent soufflait maintenant du nord, quoique modérément. Il lui mordait les joues. C'était exactement ce qu'il fallait. Mais elle ne pouvait pas avancer bien vite. La mer était déjà assez agitée pour opposer une certaine résistance. Elle passa au large des îles voisines à faible allure. Elle n'avait pas l'intention d'aller plus loin. Mais, une fois arrivée là, elle se sentit obligée de pousser jusqu'aux îlots suivants. Et ensuite les derniers écueils n'étaient plus bien loin. Il y avait encore des fuligules. Plusieurs petits groupes tournaient en rond au-dessus de l'eau, de leur vol rapide. Quand elle parvint près du dernier rocher, quelques macreuses noires s'envolèrent. Elle coupa le moteur. Lorsque le bateau commença à dériver, elle ne sentit presque plus le vent. Un peu plus loin en mer, elle entendait des eiders. Un avion à réaction en train de procéder à son approche de l'aéroport d'Arlanda, à plusieurs dizaines de kilomètres de là, grondait bien au-dessus d'elle. Elle pensa à son voyage du lendemain et au fait qu'elle ne tarderait pas à se retrouver là-haut, également. Elle contempla l'azur du ciel et se demanda s'il était aussi bleu là-bas.

Lisbet avait fréquemment mal à l'estomac, maintenant. Elle pensait qu'il s'agissait d'un catarrhe — un sur deux de ses amis en avait un. C'était presque le signe d'un certain niveau social. Elle avait un peu mal en ce moment même, mais elle n'y attacha pas d'importance — bien que la douleur fût parfois assez violente. Cela passerait lorsque les choses commenceraient à s'arranger pour elle, se disait-elle souvent. Elle ne tenait pas à avoir un ulcère. Elle voulait au contraire rentrer chez elle, après ce voyage, en rapportant dans ses bagages des éléments importants et ensuite venir peut-être passer l'été ici, dans l'archipel, pour écrire et se moquer de tout le reste. D'Erik, entre autres...

Il ne faisait plus très beau. Elle remit le moteur en marche et prit la direction de la côte. Mais elle fit tout d'abord un détour par le récif aux aigles — à distance respectueuse — pour voir si ceux-ci étaient bien là. Puis elle rentra droit sur l'île de ses parents, déclina leur offre de rester dîner et, une heure et demie plus tard, pénétrait dans la cour du journal à bord de sa voiture.

VI

Inga-Lisa regardait les deux autres, en face d'elle, dans l'expectative. L'idée qu'elle se faisait des rapports entre un avocat et ses clients n'était pas d'une limpidité parfaite. Elle préférait généralement recevoir ceux-ci autour de la table ronde de son cabinet de travail, et non pas près de son bureau, du moins lorsque les discussions commençaient à devenir sérieuses. Mais, d'un autre côté, elle était en même temps extrêmement autoritaire dans son rôle d'avocate — même si elle aimait dire, avec un petit sourire sarcastique, qu'il ne fallait pas confondre autorité et autoritarisme.

Elle était donc assise à la table ronde et menait la discussion.

— Je croyais que j'avais bien spécifié que je ne me chargerais pas de votre divorce si vous demandiez à partager la garde des enfants. Dans ce cas, je vous prierai d'aller voir ailleurs. Je peux vous donner des noms. J'ajoute que vous ne me devrez rien.

Le couple qu'elle avait devant elle était âgé d'une trentaine d'années. Le mari était peut-être légèrement plus vieux. Sa gorge se contractait de façon comique chaque fois qu'il prenait la parole. Il était très tendu. En fait, c'était la femme qui voulait divorcer. Et c'était lui qui souhaitait partager la garde des enfants. En d'autres termes, rien que de très banal.

La gorge se contracta une nouvelle fois :

— Je ne comprends pas pourquoi vous vous occupez des dispositions que nous souhaitons. Je me demande en effet si nous ne ferions pas mieux de nous adresser ailleurs. Voire à l'ordre des avocats.

— Eh bien, parfait. Je vais demander à notre secrétaire de vous fournir tous les renseignements nécessaires, aussi bien en ce qui concerne mes collègues que l'ordre lui-même. Je crois donc que nous en avons terminé.

Inga-Lisa fit mine de se lever. La gorge dit :

— Je ne comprends pas. La loi prévoit bien la possibilité de partager la garde des enfants. Et nous souhaitons mettre à profit cette disposition. Vous êtes avocate.

— Vous le souhaitez ?

— C'est ce que je viens de vous dire.

— Et qu'en pense madame ?

Tous deux se tournèrent vers elle. Elle était encore plus tendue que son mari, à supposer que ce fût possible. Elle n'avait pas encore dit un mot depuis leur entrée dans le bureau. Et elle n'ouvrit toujours pas la bouche.

— Il est évident que le partage de la garde est la meilleure solution, reprit l'homme d'un ton très docte. Entre adultes, ce genre de choses est facile à régler, même si l'un des deux (et en disant cela il lança un regard assez appuyé en direction de sa femme) est responsable de l'échec du mariage.

— Vous n'avez pas envisagé de demander vous-même la garde ?

— Non, il vaut mieux que ce soit Anna, car mon travail m'oblige à m'absenter fréquemment.

Inga-Lisa poussa un soupir. À ce moment, l'interphone se mit à grésiller.

— Oui.

— J'ai Tunell au bout du fil, dit la voix. Il dit que c'est important...

— C'est bon, je le prends. Mais veux-tu venir ici, une seconde. Les Nordman ont, d'une part, besoin de l'adresse d'avocats spécialisés dans les affaires de divorce et, d'autre part, de celle de l'ordre des avocats.

Elle se retourna vers le couple. Le mari la regardait fixement. La femme avait l'air très gêné. La porte s'ouvrit. Mikael était l'un des secrétaires de ce cabinet. Il regarda chacun des présents et comprit aussitôt ce qui se passait. Ce qu'il ne comprenait pas, en revanche, c'était pourquoi Inga-Lisa n'avait encore jamais fait l'objet d'une plainte en bonne et due forme auprès de l'ordre. Le mari se dirigea vers la porte, raide comme la justice. La femme hésita, puis dit à voix basse :

— Je t'attends à l'extérieur, si tu as le temps ?

Inga-Lisa acquiesça d'un signe de tête. Mikael leva presque les yeux au ciel. Mais il ne put s'empêcher de lancer à Inga-Lisa un regard lourd de signification.

Une fois seule dans la pièce, elle prit le téléphone.

— Inga-Lisa à l'appareil.

— Désolé de te déranger juste avant le week-end, mais je crois qu'il faut qu'on fasse quelque chose. J'ai vu tous les voisins de cette saloperie défiler au cours de la semaine, pendant que qui-tu-sais essaie d'étouffer l'affaire. Celui qui est mal pris, dans cette histoire, c'est bien entendu moi. Qui n'en peux mais.

— Alors, il va falloir qu'on trouve quelqu'un qui ose soulever la question publiquement.

— Mais c'est justement là qu'est le problème. Personne n'est prêt à le faire. Ils ont tous peur qu'on les prenne pour des cinglés, pour des hystériques.

— Parce que ce n'est pas le cas, selon toi ?

Tunell prit une voix grave pour dire qu'il ne le pensait pas. Inga-Lisa réfléchit un instant.

— Qu'ils le soient ou non, nous ne pouvons rien faire sans une plainte en bonne et due forme. Arrange-toi pour susciter tout le potin qu'il faudra pour en obtenir une. Autrement, on ne peut rien faire.

— Mais est-ce qu'on ne pourrait pas le dire publiquement ?

— Nous ?

— Oui, ou en tout cas quelqu'un... tu ne connais personne ?

— Si. Toi.

— Mais je ne peux pas, tu le sais bien.

— Tu veux dire que tu n'oses pas.

— Ce serait mettre ma carrière en péril.

— Si ce que tu penses est vrai, le risque ne devrait pas être bien difficile à courir.

— Mais tu sais bien que personne ne se souciera... Et puis merde. Bon, je vais chercher. Je te rappelle.

Inga-Lisa raccrocha avec un haussement d'épaules. Elle avait déjà oublié cette conversation lorsque, cinq minutes plus tard, elle se retrouva en compagnie de Mme Anna Nordman. Cinq minutes plus tard encore, elle avait obtenu confirmation de ce qu'elle soupçonnait, à savoir qu'Anna voulait vraiment divorcer et qu'elle pensait ne jamais pouvoir trouver le calme tant qu'elle ne serait pas débarrassée de son mari. Au bout de dix minutes de plus, Inga-Lisa et elle étaient tombées d'accord pour demander que la garde des enfants soit confiée à Anna. Celle-ci n'avait pas particulièrement l'air abattu quand elle quitta le bureau. Mikael entra.

— Encore un coup en dessous de la ligne de flottaison du droit conjugal moderne ? demanda-t-il.

Inga-Lisa se contenta de hausser les épaules.

— En fait, on n'a plus rien à faire aujourd'hui, avança Mikael.

— Qu'est-ce que ça signifie ?

— Que j'ai acheté quelque chose de bon. Que Stefan va en avoir fini dans cinq minutes avec les types de la société de Västerås. Qu'il n'y a pas de raison de faire quoi que ce soit d'autre avant la Saint-Jean qui — si je suis bien informé — commence demain. Et que tes enfants apprécieraient peut-être que leur mère, qui sait si bien comprendre les gens, rentre à la maison...

D'un simple regard, Inga-Lisa le dissuada d'aller plus loin. Il se mit alors à sourire. Et elle lui rendit son sourire. Puis il sortit et revint avec du café et un gâteau.

Inga-Lisa le regarda préparer la table ronde. Mikael était employé en qualité de secrétaire. En réalité, c'était un juriste diplômé. Et non seulement diplômé mais capable. Du moins, c'était l'opinion d'Inga-Lisa. Mais il était payé comme secrétaire et engagé pour remplir ces fonctions-là ainsi que certaines autres, essentiellement d'ordre pratique. Par exemple, conduire une voiture quand le besoin s'en faisait sentir. La première chose qu'il ait dû faire, après avoir été embauché, avait été d'apprendre à taper à la machine, puis de se familiariser avec le fonctionnement du traitement de texte dont le cabinet avait fait l'acquisition afin de ne pas devoir engager une autre dactylo.

Le cabinet d'Inga-Lisa était composé d'elle-même et d'un collègue du sexe masculin, Stefan Storm. En fait, ils étaient associés, mais un *modus vivendi* n'avait pas tardé à s'établir, en fonction duquel c'était Inga-Lisa qui prenait les décisions importantes concernant le cabinet en tant que tel. Quant à la répartition du travail, Stefan se chargeait des affaires de droit commercial et elle du reste.

La présence de Mikael était due à une idée qui était soudain venue à l'esprit d'Inga-Lisa. Leur cabinet ne pouvait manquer de prendre de l'importance. On aurait donc besoin d'un assistant juriste. Mais, avant cela, on avait aussi besoin d'un ou d'une auxiliaire efficace, en matière de secrétariat, pour seconder Elsa, le factotum du cabinet. Inga-Lisa se demandait s'il était vraiment possible de trouver ce genre de perle rare. Personne n'avait jamais pu lui reprocher de défendre des points de vue modernes en matière de rôle respectif des sexes dans la vie publique. À ses yeux, tous les efforts visant à plus d'égalité entre les sexes dans le cadre des bureaux n'étaient qu'entrave à l'efficacité et source de tracas. Si les appareils du type ordinateur et traitement de texte avaient rapidement fait leur entrée dans son cabinet, c'était largement dû au fait qu'ils pouvaient remplir des fonctions que le personnel de bureau accomplissait jadis mais auxquelles il se refusait désormais. Le syndrome du « je-ne-suis-pas-une-bonne-à-tout-faire » — comme disait souvent Inga-Lisa — était en train de réduire toute une catégorie professionnelle au chômage. Et Inga-Lisa n'avait pas l'intention de s'y opposer. Elle savait très bien exploiter les compétences. Mais elle s'imaginait que c'était dans une louable intention.

Par exemple, elle avait déniché Mikael en prenant contact avec la faculté de droit de Stockholm. Elle savait que les meilleurs juristes ne sont pas toujours ceux qui sont les plus diplômés. Les titres les plus ronflants pouvaient venir récompenser soit des compétences très poussées, soit une obstination bien décidée à tout sacrifier pour une place dans la magistrature. Or, elle avait suffisamment l'expérience des tribunaux et autres institutions du même genre, après toutes ces années, pour soupçonner que la sélection s'y pratiquait plutôt de façon négative que positive. Elle ne voulait pas d'un juriste ordinaire. Elle utilisa donc les contacts qu'elle avait conservés au sein de la faculté. On lui fournit le nom d'un certain nombre de personnes passant pour intelligentes mais n'ayant pas vraiment envie d'étudier avec une ardeur extrême. Elle les examina tous. Il finit par lui rester quelques noms « intéressants ». L'un d'entre eux était celui de Mikael. Ses notes étaient trop mauvaises pour qu'il puisse espérer entrer dans la magistrature. En fait, elles étaient si mauvaises qu'il ne put trouver de travail convenable lorsqu'il eut terminé ses études. Son goût de la chasse et des voyages était venu mettre des barreaux dans les roues d'une brillante carrière. Inga-Lisa fit en sorte de le rencontrer. Elle appâta prudemment son hameçon. Son cabinet avait temporairement besoin d'une auxiliaire de bureau et avait une jeune fille en vue, mais on ne savait pas trop quand elle pourrait prendre ses fonctions. Est-ce qu'un banal emploi de secrétaire dans un cabinet d'avocats pourrait l'intéresser, lui, Mikael... à défaut d'autres raisons, simplement pour voir comment cela fonctionnait ?

Oui, cela l'intéressait. À vrai dire, il était prêt à accepter n'importe quel poste et Inga-Lisa le savait très bien.

Au bout de un ou deux mois, il s'entendit dire que la fille en question n'était peut-être plus tellement intéressée par ce travail mais qu'Inga-Lisa avait l'intention de passer une annonce pour trouver une bonne dactylo. Ceci à un moment assez avancé de l'automne, époque où le marché de l'emploi ne s'y prête pas vraiment. Mikael proposa alors de se familiariser encore un peu plus avec le travail du bureau, ce qui lui permettrait peut-être de rester et de monter un peu en grade... Comme toujours, Inga-Lisa réussit parfaitement à feindre la surprise, puis à jouer celle qui nourrissait certains doutes. Mais on tomba d'accord pour essayer, au moins.

Mais, tout d'abord, elle s'arrangea, en les invitant tous les deux chez elle, pour faire la connaissance de la concubine de Mikael. Celle-ci s'appelait Annika. Elle trouva que Mikael avait bien de la chance de travailler chez une avocate pareille. Pour sa part, elle étudiait l'archéologie, dans l'intention de passer un jour un doctorat. En ce qui concernait les enfants, ils préféraient attendre qu'elle ait déjà quelques années de recherches derrière elle.

Inga-Lisa avait ainsi réussi à s'assurer que Mikael n'était pas susceptible de se transformer très bientôt en l'un de ces pères ayant absolument besoin d'un congé parental, etc. Il était donc utilisable. Bien sûr qu'il pouvait rester. Qui sait, le cabinet pourrait peut-être même se développer au point que l'on ait un jour besoin d'un assistant juriste...

Mikael était donc engagé en qualité d'employé de bureau. Inga-Lisa était persuadée qu'il ferait un excellent avocat. Mais, s'il ne s'avérait pas à la hauteur de cette attente, il serait parfait dans l'exercice de ses fonctions actuelles. Elle pouvait donc le conserver en tant que tel. Et, comme cela, elle n'aurait jamais à connaître le genre de problèmes de sécurité d'emploi que l'on a lorsque l'on essaie de se débarrasser d'un assistant juriste incompétent.

Mikael faisait absolument tout ce qu'elle lui demandait. Il se doutait depuis longtemps qu'il n'avait pas été engagé de façon aussi fortuite qu'Inga-Lisa avait bien voulu le laisser paraître. Mais, au lieu de s'en offusquer, il voyait là une raison de se plaire dans ses fonctions. Il comprenait bien qu'autrement il n'aurait aucune chance de devenir assistant juriste — mais choisissait d'en rire. S'il n'avait pas été tellement amoureux d'Annika, il aurait sans doute adoré Inga-Lisa. Il ignorait, il est vrai, que celle-ci avait aussi pris ses dispositions pour empêcher cela. Ce n'était pas pour rien qu'elle avait fait passer à Annika ce petit examen clandestin.

Comme on le voit, Inga-Lisa était redoutablement efficace.

Stefan entra. Ils se mirent à parler du temps qu'il faisait cet été-là. Stefan parla plaisance. Mikael parla cynégétique. Inga-Lisa écoutait d'une oreille légèrement distraite. Dans une heure et demie, Torkel et les enfants viendraient la chercher pour se rendre sur l'île. Tout serait prêt, elle n'aurait plus qu'à monter dans la voiture. Mikael demanda :

— Qu'est-ce qu'il voulait, ce Tunell ?

— Tunell ? demanda Stefan. Celui de la préfecture ?

— Oui.

— Il fait partie de nos clients ?

— Non, pas vraiment. Il y a simplement quelque chose qui l'inquiète, mais contre quoi il n'ose rien faire. Un endroit où on stocke des produits toxiques. Mais il est trop lâche, ça ne donnera rien.

— La carrière avant tout, dit Stefan. La carrière et des nuits agitées. Ça ne va pas très bien l'un avec l'autre, Mikael. Presque aussi mal qu'une carrière manquée et des nuits agitées.

— Est-ce que c'est censé être un conseil ? demanda Mikael.

— Dors bien, dit Inga-Lisa. Mais tu peux partir le premier. Aujourd'hui, c'est moi qui fermerai. À la semaine prochaine.

VII

Les Saint-Jean sur l'île se ressemblaient beaucoup d'une année sur l'autre. Les trois filles Östergren venaient avec les membres de leur famille qui étaient disponibles. Leurs parents préparaient un déjeuner consistant. Les enfants allaient danser au bal public du village. Plus tard dans la journée, la soirée se muait en une sorte de période de repos général. Kerstin aidait sa mère à faire la cuisine. Inga-Lisa pouvait donc rester assise pendant des heures près de son père, à bavarder avec lui. Habituellement, Erik et Lisbet se disputaient et cette dernière partait avec le bateau.

Du point de vue des enfants, cette Saint-Jean-là ne différa pas beaucoup des autres. Elle fut seulement un peu plus calme que d'ordinaire, puisque ni Lisbet ni Erik n'étaient là. Cela ne s'était encore jamais produit. Les adultes, eux, sentirent donc nettement la différence.

Au cours de la journée, un vent assez violent avait soufflé mais, dans l'après-midi, il était tombé presque tout d'un coup. Torkel avait emmené les enfants, aussi bien les siens que ceux de Kerstin, voir le mât traditionnel. Celle-ci aidait, comme toujours, sa mère à faire la vaisselle. Inga-Lisa et son père étaient assis dans le Coin. Lui avec un verre de punch devant lui et une bouteille du même liquide dans un seau à glace bien rempli, sous la table, Inga-Lisa avec un ballon de cognac à la main. L'air était presque immobile et les moustiques ne se privaient pas. Le soleil était encore assez haut. Inga-Lisa était en très bonne forme. Torkel s'occupait des enfants. Elle aurait bien aimé pouvoir venir là plus souvent.

Il se trouvait seulement que papa Östergren n'était pas aussi gai que d'habitude.

— C'est plus agréable quand ils sont là à se disputer que de ne pas savoir ce qui se passe, dit-il en faisant allusion à Lisbet et Erik.

« Il y a quelque chose qui ne va pas, poursuivit-il. Elle n'est plus la même, depuis son voyage. Elle est très tendue et n'arrête pas de dire qu'elle est occupée. Mais j'ai cherché à la toucher au journal à plusieurs reprises et ils disent qu'en ce moment elle n'y vient pas souvent. Je n'ai d'ailleurs pas vu paraître d'article qui soit signé d'elle.

— Elle doit traverser une période de dépression, de nouveau, dit Inga-Lisa, maintenant assez blasée en ce qui concernait sa petite sœur.

— Est-ce que tu l'as vue juste avant son départ ?

— Non, je ne lui ai même pas parlé au téléphone. J'ai eu, hm, trop à faire.

— Tu n'en aurais pas cru tes oreilles, tellement elle était remontée.

— Elle était à jeun ?

Östergren regarda sa fille de côté. Ce n'était pas une méchanceté. Une simple question.

— Oui.

— Désormais, elle est toujours assez remontée, au printemps.

— Mais c'était différent. Elle travaillait vraiment, si tu vois ce que je veux dire.

— Non, explique-toi !

— Elle était occupée — ou est toujours occupée, je ne sais pas — à quelque chose de particulier. Son voyage aux États-Unis avait un rapport avec ça. Elle est venue ici la veille de son départ. Elle était radieuse comme lorsqu'elle avait dix ou douze ans.

— Et alors... ?

— Elle est revenue dix jours plus tard. Elle était presque ailleurs, dans un autre monde. Je suis allé en ville le même jour — Erik était également présent, il faut dire. Apparemment, ils avaient déjà commencé à se disputer. Il était à peu près impossible de lui parler. J'ai voulu la faire venir ici, sur l'île, quelques jours, mais elle a dit qu'elle n'avait pas le temps. Il ne faut pas oublier qu'Erik était là et nous surveillait bizarrement.

Östergren leva son verre en direction du soleil et vit le disque de celui-ci se réfracter dans le punch.

— Pourquoi est-ce qu'elle ne divorce pas ? demanda-t-il ensuite.

— Elle n'a pas le courage.

— Bon, mais alors : et lui ? Pourquoi est-ce qu'il ne fait pas quelque chose ?

— Il n'en a pas le courage non plus.

— Est-ce que tu ne pourrais pas lui parler ?

— À propos de quoi ?

— Demande-lui s'il est arrivé quelque chose.

— Elle ne répondra pas.

— Essaye tout de même !

— Papa, dit Inga-Lisa. Tu sais très bien que Lisbet et moi ne nous comprenons pas. Ça ne servirait à rien. Ça ne sert à rien d'aider les gens qui ne veulent pas s'aider eux-mêmes.

Östergren était habitué au cynisme de sa fille aînée. À bien des égards, ils se ressemblaient beaucoup, tous les deux. Mais jusqu'à quel point ? Östergren était décidé à obtenir une réponse à cette question.

— Mais moi, je désire l'aider, dit-il.

Elle le regarda d'un air étonné.

— Qu'est-ce que ça signifie ?

— Que je demande du secours, dit-il. De ta part.

Elle le regarda en face et il lui rendit son regard. Elle commençait à perdre sa belle assurance, peut-être même à se sentir un peu stupide.

— Je ne comprends pas. Tu veux bien parler de venir en aide à Lisbet ?

— Non, de me venir en aide, *à moi*. Pour moi et pour ta mère. Elle et moi aussi — tous les deux, donc — nous sommes très inquiets pour Lisbet, cette fois. Elle n'a pas besoin d'être aussi excitée qu'en ce moment. Il est arrivé quelque chose.

— Et alors ?

— Trouve ce que c'est, dit simplement Östergren. Il me semble que les avocats peuvent aussi travailler pour leurs propres parents.

— Mais papa, un avocat... commença Inga-Lisa avant de s'interrompre brusquement.

Ils restèrent tous deux silencieux un bon moment.

— En as-tu les moyens ? demanda-t-elle ensuite.

Il la prit dans ses bras et déposa un baiser sur sa

joue. Elle donna une petite tape sur la sienne tout en lui disant :

— Merci. Je t'en donnerai encore autant quand j'aurai achevé ma mission.

Ils restèrent longtemps assis, tandis que le punch et le cognac atténuaient les contours de ce qu'ils venaient de dire. En ville, Lisbet était en train de pleurer.

VIII

La veillée de la Saint-Jean tirait à sa fin et Lisbet était restée — presque seule — au journal, où elle avait passé des heures à écrire. Maintenant, elle était chez elle. Elle avait mal à l'estomac. Elle commençait à se demander si elle aurait le temps de terminer. Est-ce qu'elle était en train de devenir folle ? Elle avait fouillé tous les tiroirs mais nulle part elle ne retrouvait cette liasse de papiers. Elle avait tout simplement disparu. Plus rien. Toute sa documentation, toutes ses analyses, tout.

Pendant un moment, elle hésita à appeler Erik — mais était-il encore bien à son travail ? Pendant un bref instant, elle eut même l'idée d'appeler ses parents, sur leur île. Mais elle n'avait pas le temps. Il fallait tout reprendre de zéro et c'était plus pressé que ce ne l'avait jamais été.

Elle resta une heure assise là à ne rien faire d'autre que de regarder dans le jardin. Le comprimé qu'elle avait pris dissipait peu à peu la douleur. Elle alla dans la cuisine se préparer un potage qu'elle mangea lentement. Sa tête était absolument vide.

Le crépuscule tombait très lentement. Lisbet

reprenait peu à peu ses esprits. Où avaient bien pu passer ces papiers ? Il était évident qu'ils avaient disparu. Mais elle n'avait pas trouvé trace de cambriolage. Erik les aurait-il pris ?

Lisbet frissonna. Malgré la chaleur de cette soirée, la maison elle-même avait quelque chose d'hostile. Le petit bruit qu'émit le réfrigérateur en se mettant en marche la fit sursauter. Puis elle resta figée sur place en entendant une voiture s'arrêter dans la rue. Ensuite elle entendit des pas sur le gravier de la maison d'à côté, quelqu'un qui disait bonjour, une portière qui se refermait et la voiture qui s'éloignait.

Lisbet était très lasse. Elle but une tasse de café et descendit ensuite prendre sa voiture pour retourner au journal. Elle fit plusieurs fois le tour du pâté de maisons pour voir si quelqu'un la suivait. Elle se trouvait elle-même ridicule, mais cela la rassura un peu.

Au journal, tout était calme. Elle prit sa machine à écrire sous son bras et la descendit dans la voiture. Erik allait être fou de ne pas pouvoir disposer de son véhicule, mais tant pis.

Elle conduisit très vite. Il était bientôt minuit. La campagne était cependant encore baignée de lumière. Il ne faisait sombre que sous les arbres. Lisbet savait par expérience à quel point ça sentait bon, à ces endroits-là, et elle voyait très bien — ou plutôt elle imaginait — toutes ces fleurs blanches qui s'ouvraient aux insectes nocturnes et qui les attiraient au moyen de leurs arômes trompeurs. Dans une longue ligne droite, elle vit les phares d'une voiture dans son rétroviseur. Elle accéléra alors encore un peu plus. Au sortir d'un virage, elle se trouva brusquement nez à nez avec un élan. Elle freina en même temps que l'animal se détournait et sautait — ou plutôt faisait un grand pas — dans le fossé, avant de continuer son chemin à travers les fourrés. Elle n'avait même pas eu peur, elle avait simplement été contrariée. Elle reprit de la vitesse en regardant à plusieurs reprises dans le rétroviseur. Plus de phares à l'horizon.

Çà et là, elle rencontra des gens à vélo qui se rendaient à une fête de la Saint-Jean ou bien en revenaient. Avant de parvenir à la côte et au pont, elle ne croisa qu'une seule voiture. Sur l'île, il y avait un peu plus de monde, mais elle ne s'en soucia pas. Plus que trois kilomètres jusqu'à la maison. Deux. Cette voiture la suivait depuis le pont. Lisbet freina. L'autre voiture freina également. Lisbet reprit de la vitesse. L'autre l'imita de nouveau. Plus que trois cents mètres jusqu'au croisement de la petite route menant chez ses parents. Lisbet hésita à la prendre et y renonça au dernier moment, accélérant brusquement de nouveau. La voiture de derrière n'arrivait apparemment plus à suivre, car le rétroviseur ne lui révélait plus qu'une route déserte.

Les jeunes passagers de l'autre véhicule avaient finalement décidé de regagner la terre ferme. Mais Lisbet ne le savait pas et continua donc pendant plusieurs kilomètres encore à vitesse maximum, avant de revenir en arrière. Elle n'avait plus l'intention d'aller chez ses parents. Le ciel s'éclaircissait de plus en plus et la lumière contribuait également à rendre son humeur un peu plus légère. À deux heures et demie du matin, elle vint se garer devant le garage de leur maison, en ville. Une demi-heure plus tard, elle dormait. Erik n'était pas rentré. Elle était maintenant bien décidée. Et c'est peut-être pour cette raison qu'elle dormait si bien.

Vers midi, le jour de la Saint-Jean, elle mit deux valises dans le coffre, à côté de sa machine à écrire. Sur la table de la cuisine, elle avait laissé un mot griffonné au crayon :

Erik ! Je suis partie pour un certain temps. J'ai l'intention de tout mettre par écrit et peu importe que mes papiers aient disparu. Si tu désires quelque chose de particulier, tu n'as qu'à appeler Kerstin à Öland. Lisbet.

P.S. : *J'ai absolument besoin de la voiture. Tu n'as qu'à en trouver une autre.*

Ce soir-là, lorsque Erik appela Kerstin Nilsson au téléphone, à Borgholm, celle-ci lui répondit qu'elle n'avait aucune idée de l'endroit où se trouvait Lisbet.

IX

Le 8 juillet, Östergren se réveilla de bonne heure, bien plus tôt que d'habitude. Il se leva sans faire de bruit, afin de ne pas réveiller sa femme, et gagna la cuisine sur la pointe des pieds pour se faire du café. Tenant d'une main sa tasse et de l'autre deux tartines, il sortit sur le perron. Il demeura quelques secondes debout à cet endroit. La voiture se trouvait devant la barrière. Aussitôt, il gagna le Coin. Lisbet était couchée dans le hamac, sous un ou deux plaids, et dormait. Il la regarda longuement. Comme elle est maigre, se dit-il. Il se demanda aussi où elle avait bien pu aller. Personne n'avait entendu parler d'elle depuis la Saint-Jean. Il regagna la maison et revint avec une couverture dont il la couvrit avec précaution. Une grimace passa sur son visage, comme si elle avait mal quelque part, mais elle se détendit de nouveau, sans se réveiller, et Östergren se retira. Il pouvait la surveiller depuis la petite table de jardin près de laquelle il s'était installé avec sa tasse et ses tartines.

Au bout d'une ou deux heures, il entendit sa femme faire du bruit dans la cuisine et rentra.

— Lisbet est là. Elle dort dans le hamac.

— Alors, je vais lui servir le petit déjeuner, dit Inga, toujours aussi pleine de sens pratique.

Östergren sortit de nouveau dans le jardin. La voiture de Lisbet avait son apparence habituelle. Sur le siège arrière étaient posés une machine à écrire et tout un tas de papiers. Il pensa à la voix d'Erik, le jour de la Saint-Jean, quand celui-ci l'avait appelé pour lui dire que Lisbet était partie en vacances.

Inga sortit de la maison avec des tartines et une tasse de thé. Elle les posa sur la table, près du hamac, et alla elle-même s'asseoir sur le bord de celui-ci, en caressant les cheveux de sa fille. Celle-ci se réveilla immédiatement. Inga lui trouva, l'espace d'un instant, l'air effrayé, mais elle comprit qu'elle se trompait lorsque Lisbet l'attira vers elle pour la serrer dans ses bras. Östergren observait ce spectacle, pensif. Puis il regagna la maison.

— Lisbet est là, dit-il au téléphone à Inga-Lisa. Est-ce que tu peux venir ?

— Ça ne peut pas attendre demain, papa ? J'ai tellement de choses à faire, avant de fermer le cabinet pour plusieurs semaines. Je te promets de venir demain après-midi — demain matin s'il le faut absolument.

— Et si elle repart dès aujourd'hui ?

— Si elle vient en ville, je n'ai pas besoin d'aller là-bas pour lui parler.

Östergren poussa un soupir devant cette nouvelle preuve de l'insensibilité de sa fille aînée.

— Je crois que tu aurais moins de mal à lui parler ici, dit-il. Vous pourriez prendre le bateau. Il est possible qu'au large elle soit plus portée aux confidences.

Inga-Lisa savait que son père avait raison. Mais elle savait également qu'elle n'avait pas le temps de se rendre sur l'île, ce jour-là, sans mettre en péril son propre emploi du temps et celui de ses collaborateurs.

— Si elle ne reste pas jusqu'à demain, je viendrai dans la journée. Tu peux me toucher au bureau. Promets de m'appeler si tu as absolument besoin de moi aujourd'hui. D'accord ?

Östergren marmonna une réponse affirmative et raccrocha. Par la fenêtre, il regarda Inga et sa fille. La première ne comprenait pas grand-chose aux grands problèmes. Quant à la seconde, c'est lui qui n'y comprenait rien du tout, si ce n'est qu'elle connaissait apparemment de graves difficultés. Pourquoi ne possède-t-elle plus cette joie juvénile du printemps dernier ? se demanda-t-il.

X

Les parents de Lisbet n'avaient aucun mérite à s'apercevoir que celle-ci était très fatiguée. Elle ne voulait rien révéler sur l'endroit où elle était allée. Elle consentit seulement à dire qu'elle était partie et qu'elle avait beaucoup écrit pendant un certain temps, mais qu'elle avait maintenant l'intention de rester quelques jours sur l'île afin de se détendre, si cela ne les gênait pas.

— Nous gêner ! pouffa Inga. Comme si tu pouvais nous gêner. Même pas quand Kerstin et ses enfants seront là, la semaine prochaine.

— De toute façon, je ne resterai pas aussi longtemps que ça, répondit Lisbet.

Ils venaient de déjeuner de morues bouillies qu'Östergren avait prises au filet la veille, et ils étaient assis et paressaient un peu. Östergren comprit qu'il était inutile de chercher à en savoir plus sur ce qui s'était passé ces dernières semaines et que sa fille était très tendue. Véritablement à bout. Une ou deux fois, il réussit à capter le regard de sa femme d'une façon qui incita celle-ci à renoncer aux questions indiscrètes qu'elle s'apprêtait à poser. Ils se doutaient tous deux qu'elle avait envie de partir seule en mer.

— Je sors, dit Lisbet pour leur donner raison. Je ne rentrerai peut-être que demain matin.

— Alors, je vais aller te préparer un peu à manger, dit Inga, qui avait déjà pris ses précautions depuis une bonne heure.

Lisbet la remercia d'un petit signe de tête distrait.

Östergren descendit les provisions jusqu'au bateau et déposa également à bord un bidon d'essence de réserve qu'il alla fixer à l'avant. Tous deux regardèrent ensuite l'embarcation s'éloigner entre les écueils et disparaître derrière la pointe. Le moteur se mit à rugir tandis que Lisbet s'installait confortablement aux commandes et que la proue sortait de l'eau puis retombait vers l'avant en une sorte de vol plané, ce qui lui permettait de voir le large. Le vent ne soufflait pas bien fort et les chocs qui secouaient le bateau ne la préoccupaient guère. Elle suivit le même itinéraire que lors de sa sortie précédente, mais en poussant cette fois jusqu'en pleine mer. En naviguant petit largue, elle réussit à conserver la même vitesse sans que les chocs fussent trop violents. Cette manœuvre réclamait une attention constante de sa part, et pourtant elle était bien loin de là en pensée.

Elle était vraiment extrêmement fatiguée et, en outre, elle avait mal, malgré les comprimés qu'elle avait pris dans les toilettes, avant de partir. Tout était en ordre, maintenant. Mais elle n'éprouvait pas encore la moindre part de ce sentiment de soulagement qui, pas plus de quelques semaines auparavant, lui avait semblé devoir être si merveilleux. Que faire de ce qu'elle avait découvert ? C'était la réponse à cette question qu'elle cherchait, maintenant. Et c'était la raison pour laquelle elle était partie en mer. Elle y avait toujours trouvé un calme particulier, un remède à l'angoisse et une vision plus libre de l'existence. Ce jour-là, elle avait l'impression d'être entourée de parois de verre à travers lesquelles elle voyait la mer et sentait le vent et les embruns. Mais ses pensées n'étaient pas libérées pour autant.

Au bout d'une heure, la côte se réduisit à une mince ligne, en direction de l'ouest. L'eau avait changé de couleur, passant d'un bleu-vert très profond à quelque chose de plus clair. Elle se trouvait maintenant dans un vaste secteur de hauts-fonds, loin au large. Elle y était déjà venue bien des fois auparavant et savait que l'endroit ne présentait aucun risque pour un bateau à faible tirant d'eau comme le sien. Elle continua à s'éloigner. Au nord se trouvait l'un des phares fixes de ce secteur dangereux. Des vols de grands harles et d'eiders mâles planaient audessus de l'endroit et une sterne arctique était en train de pêcher quelque chose. Lisbet était maintenant à une distance suffisante pour se laisser dériver sans avoir à redouter d'être drossée contre les écueils qui entouraient le phare. Elle coupa le moteur et jeta la vieille ancre flottante. Le bateau se mit aussitôt face au vent et les vagues commencèrent à clapoter sous la proue. Lisbet resta longtemps sans rien faire. Puis elle se laissa glisser sur le fond du bateau et s'installa confortablement, adossée contre le bord, le soleil de l'après-midi dans le visage. Elle prit deux nouveaux comprimés et ouvrit le sac à provisions. Comme elle s'y attendait, elle trouva à l'intérieur la vieille boîte en fer et, dans celle-ci — de façon tout aussi prévisible quoiqu'il y eût maintenant bien des années de cela — ces tartines aux anchois et aux œufs durs qu'elle associait plus que tout autre chose à la mer, l'été et les longues promenades.

Elle mangea lentement et but son café sans plus de hâte. Le temps passa. Peut-être dormit-elle un peu. Une mouette se mit à crier juste au-dessus d'elle. Elle resta presque immobile en l'air, là-haut, dans la brise de mer, puis vira sur la droite et se mit à décrire un cercle. Au bout de quelques secondes, elle fut de retour. Son cri parvint jusqu'à la jeune femme. Le vent avait légèrement forci, le soleil nettement baissé. Il s'était écoulé plusieurs heures.

À terre, il devait faire très chaud, car la brise de mer était très forte. Elle se redressa pour s'asseoir sur le banc de nage et regarda autour d'elle. Le phare, qui se trouvait auparavant à l'ouest, était maintenant plein sud et assez loin de là. Mais, à part cela, la surface de la mer était déserte. Il n'y avait même plus de canards ou d'autres animaux de ce genre. Elle était absolument seule et cette vérité s'empara d'elle. Elle n'avait rien connu d'aussi agréable depuis bien des années. Elle n'avait même pas mal. La paroi de verre semblait avoir disparu, elle aussi. La mer sentait bon la vie.

Elle mit le moteur en marche et embraya. Ne devrait-elle pas tout d'abord remplir le réservoir d'essence ? Elle le souleva et constata qu'il contenait encore largement assez de carburant pour regagner l'archipel. Le bateau prit de la vitesse au point de sortir partiellement de l'eau et se dirigea vers la côte à allure modérée. Lisbet se sentait toute légère. Sans y avoir vraiment réfléchi en détail, elle savait maintenant quoi faire. Ses pensées s'étaient libérées d'elles-mêmes et étaient maintenant en proie à quelque chose qui ressemblait à de l'allégresse. Maintenant, elle allait rentrer ! Après avoir simplement fait un petit détour par cet îlot qu'elle considérait comme sien depuis que, adolescente, elle y avait transformé de nombreuses heures vespérales en une fuite prolongée dans l'arôme des habenaires. Personne d'autre ne rendait visite à cet îlot de cette façon-là. Il lui appartenait à elle seule et constituait quelque chose de tout à fait particulier.

Une ombre passa sur le bateau et Lisbet leva les yeux. Ce n'était pas une mouette, qui l'avait ainsi tirée de ses pensées, mais un petit avion de tourisme qui tournait en rond à assez haute altitude. Elle se dit que les passagers de cet avion étaient bien enfermés et se réjouit encore plus d'être seule en mer.

L'avion s'éloigna en direction de la terre et Lisbet approcha des premiers écueils. Le soleil était encore assez fort et son reflet sur les vagues gênant. Elle avait jusque-là oublié de mettre ses lunettes de soleil ; maintenant, avec celles-ci, les écueils se découpaient plus nettement, de même qu'un bateau blanc qui approchait, venant du sud.

Elle pensa de nouveau à la chance qu'elle avait d'être aussi seule et en paix, à cet endroit-là, bien que la majorité des gens soient en vacances. Mais la plupart restaient à l'intérieur des limites de l'archipel et suivaient des itinéraires soigneusement indiqués sur les cartes. Pour sa part, elle régnait à la fois sur son bateau et sur la mer. Jamais elle n'aurait voulu avoir une de ces embarcations en plastique, couvertes et bondissantes, comme celle qui approchait en zigzaguant, là-bas au sud. Lewin, l'un des camarades de travail d'Erik, en possédait un, par exemple. Comme il était ridicule (c'était à Erik qu'elle pensait) lorsqu'il se tenait debout près de Lewin et essayait de s'accrocher à ce qui ressemblait plutôt au tableau de bord d'une voiture ordinaire, tandis que le bateau faisait des bonds en projetant d'énormes gerbes d'eau parce que Lewin s'obstinait à aller à vitesse maximum quel que fût l'état de la mer. D'un autre côté, il est vrai qu'il ne s'aventurait pas en dehors des limites de l'archipel si le calme n'était pas presque parfait et Lisbet — qui ne supportait que bien peu les amis d'Erik — se sentait tellement supérieure qu'elle fermait volontiers les yeux sur pareilles bêtises.

Mais elle se mit soudain à penser à ces enfants qui avaient brûlé vifs dans leur maison et sa joie tomba d'un seul coup.

Ce qu'elle avait trouvé s'avérerait-il suffisant ? Les autres comprendraient-ils ? Devait-elle rentrer directement chez ses parents ?

Puis elle se demanda si cet autre bateau partait pêcher, étant donné qu'il était si loin au large. Il se dirigeait presque droit vers elle, maintenant, et elle l'examina d'un peu plus près dans ses jumelles. À sa grande surprise, elle constata qu'il s'agissait bien, en fait, de celui de Lewin — personne d'autre n'aurait eu l'idée de mettre sur un tel bateau un taud de couleur rouge comme celui que l'on voyait distinctement, plié à l'arrière.

Elle n'avait pas particulièrement envie de fréquenter des gens comme lui, et surtout pas en un jour comme celui-là.

Il y avait quelque chose d'anormal, mais quoi au juste ? Était-ce le fait que Lewin sortît en mer bien que le temps ne fût pas absolument calme ? Ce n'était vraiment pas dans ses habitudes. Dans ses jumelles, elle distinguait la présence de trois personnes à bord, mais aucune d'entre elles n'arborait la toison rousse de Lewin.

Peu importait. Elle préférait penser à son îlot.

Mais qui était à bord de ce bateau, alors, puisque c'était sans nul doute celui de Lewin ? La distance avait encore diminué et il se dirigeait droit vers elle ou juste devant.

Tout à coup, la peur de ces dernières semaines s'empara de nouveau d'elle. Le sentiment que quelqu'un était à ses trousses. Elle n'avait pas pu en déceler des signes certains et avait fini par mettre cela sur le compte de la nervosité et de l'imagination. Elle avait même laissé sa voiture dans un garage d'Öland et avait gagné le Småland en autobus. À Växjö, elle ne risquait guère de rencontrer des gens de connaissance.

Mais... était-ce encore une fois le fruit de son imagination ? Lisbet mit les gaz à plein et le bateau partit en avant comme une flèche. L'autre bateau ne changeait-il pas de cap pour venir couper sa trajectoire ? Si, aucun doute. Il décrivait bel et bien un arc de cercle. La chasse était de nouveau lancée. Comme avec la voiture qu'elle avait fini par semer, le soir de la Saint-Jean, comme avec tous ces gens qui la regardaient, l'air de la reconnaître, ces dernières semaines.

Mais, aujourd'hui, les choses se présentaient différemment, car ils étaient en mer et celle-ci lui appartenait. Rien à voir avec la panique qui s'était emparée d'elle à Växjö ou avec l'apathie de son cerveau, le soir de la Saint-Jean. Ce qu'elle éprouvait, en ce moment, c'était au contraire de la colère. Parce qu'on ne la laissait pas achever son travail en paix.

Elle mit cap au nord afin de se servir des vagues pour prendre de la vitesse — sachant fort bien que l'autre n'était pas beaucoup plus rapide qu'elle — puis jeta un coup d'œil par-dessus son épaule. L'autre avait de nouveau changé de cap. Soudain, elle sentit quelque chose contre son pied. Le réservoir à essence avait glissé dans tous les sens, sur le fond du bateau, et était soudain venu lui cogner dans les jambes. L'essence ! Cette pensée la glaça d'effroi. Le réservoir était presque vide, maintenant. Impossible de tenter de le remplir en marche, à cette vitesse-là, et surtout avec une mer comme celle-ci. Peut-être y en aurait-il assez pour lui permettre de distancer ses poursuivants — car elle était maintenant certaine que les autres étaient à ses trousses. Mais il n'était pas bien lourd, quand elle l'avait soupesé, là-bas, au large. Et elle comprit tout à coup avec certitude qu'elle n'avait pas pour plus de dix ou quinze minutes d'essence, à pleine vitesse.

Elle se retourna. Il lui sembla que la distance avait encore diminué. L'autre bateau volait presque sur les flots. Sans trop réfléchir à ce qu'elle faisait, Lisbet vira de nouveau de bord, cette fois à quatre-vingt-dix degrés et encore une fois en direction de l'archipel. Le bateau était maintenant lancé à toute allure et se frayait un chemin quelque peu zigzaguant à travers les vagues mais aussi par-dessus celles-ci et en les dévalant, en quelque sorte. L'autre se dirigeait de façon à couper sa trajectoire et cognait beaucoup plus fort sur la mer. Plus n'était besoin de jumelles. On voyait très bien trois hommes à bord. Et tous trois regardaient dans sa direction.

Paralysée de peur, Lisbet ne pensait plus qu'à une seule chose, maintenant : gagner les premiers écueils. Là, elle serait à l'abri. Elle voulait rentrer chez elle. Les premiers rochers, disposés en cercle autour de son îlot fleuri, n'étaient plus qu'à quelques centaines de mètres. Parviendrait-elle à gagner le premier chenal avant les autres ? Leur bateau était plus rapide, elle le savait. À moins que...

Elle vira encore un peu plus sur bâbord. Bien que s'attendant à une manœuvre analogue de la part de l'autre bateau, elle fut surprise de voir qu'elle réussissait au-delà de toute espérance. L'autre obliqua lui aussi dans la même direction. Elle se dirigeait maintenant droit sur le plus oriental de tous les écueils de ce cercle et son bateau avançait vite, très vite, sur une mer qu'elle fendait de biais. L'autre avait plus de difficultés, car il lui fallait passer par-dessus les vagues. L'espace d'un instant, Lisbet vit ses occupants en train d'essayer de s'accrocher au tableau de bord afin de garder l'équilibre. Elle conserva le même cap. Il ne restait plus que quelques centaines de mètres à chacun, maintenant, pour couper la trajectoire de l'autre en un point qui se situait à l'extrémité de l'écueil oriental. Lisbet comprit alors qu'elle avait gagné. Du coin de l'œil, elle surveillait comment se présentaient les vagues dans le sens de la longueur. Celui-ci se confondait presque avec la direction du soleil, désormais, et ce dernier rendait presque invisible le peu qui, sous cet angle très étroit, était apparent du petit chenal.

Maintenant, l'autre bateau était légèrement en avance sur elle, par rapport à la pointe de l'écueil, et, comprenant qu'elle était coincée entre eux et celui-ci, ses occupants obliquèrent légèrement vers elle. Il ne restait plus qu'environ cent cinquante mètres lorsqu'elle fit soudain pivoter son moteur. Le bateau se coucha sur le flanc droit au point d'embarquer un peu d'eau, l'hélice se mit à brasser l'air et le moteur à hurler lorsque, sous la violence du virage, l'arrière sortit hors de l'eau. Elle réduisit alors les gaz un instant, le bateau retrouva une certaine stabilité et elle put reprendre de la vitesse. Elle avait appris cela d'un béguin de jeunesse et s'amusait de temps en temps à le faire : maintenir le bateau sur le flanc de la vague, presque au creux de celle-ci, et progresser en restant à cet endroit-là. La lame coucha légèrement le bateau sur le côté, le moteur exerça sa poussée et elle dût faire contrepoids avec son corps pour ne pas que l'embarcation s'incline trop. Maintenant, elle tenait la situation parfaitement en main. Il lui sembla que sa vitesse s'accroissait considérablement et, en outre, elle était certaine de tenir le cap qu'il fallait et de pouvoir pénétrer droit dans le chenal sans heurter les rochers qui se trouvaient à l'entrée. Et les autres n'auraient pas le temps de passer — elle se retourna et vit ses poursuivants longer le bord de l'écueil. Ils étaient allés trop loin et étaient maintenant obligés de fendre les vagues de biais afin de pouvoir contourner les hauts-fonds qui le bordaient — et qu'elle se gardait toujours bien d'approcher. Ils étaient désormais à égalité, elle pensait même pouvoir les distancer suffisamment pour aller se dissimuler dans la multitude des écueils, par-derrière — elle les connaissait comme le fond de sa poche.

Elle avait mal. Peut-être ressentait-elle cette douleur depuis un moment déjà, mais ce n'est qu'à ce moment qu'elle en prit vraiment conscience. Elle se manifestait sous la forme d'élancements qui ressemblaient à des coups de couteau qu'on lui aurait portés à la hauteur du diaphragme. Elle plongea la main dans sa poche, à la recherche de sa boîte de comprimés, mais ne la trouva pas. Peut-être était-elle tombée dans le fond du bateau. Mais impossible de lâcher les commandes à un instant pareil. Elle était idéalement placée et la mer la propulsait vers l'entrée du chenal, synonyme pour elle de salut.

Mais la douleur augmentait très vite, explosant presque littéralement. Nul n'entendit ses cris, en tout cas aucun être humain. Elle garda le cap, malgré le noir qui se faisait devant ses yeux. Soudain, le bateau se mit à zigzaguer. Près de la terre, les vagues ne le portaient plus aussi bien. Sa vitesse décrut instantanément. Lisbet avait oublié que les vagues venaient se briser sur cet écueil et sur les hauts-fonds qui l'entouraient.

L'embarcation n'avançait plus qu'à allure normale. La souffrance s'atténua et, malgré les larmes qui lui brouillaient la vue, elle se retourna, toujours assise et penchée en avant après ce nouvel accès de douleur. Les autres étaient tout près, maintenant. Ils n'étaient plus qu'à environ deux cents mètres d'elle. Quelques secondes plus tard, elle contournait la pointe de l'écueil et s'engageait dans l'étroit chenal. Les autres étaient juste derrière elle. Lisbet ne se retournait plus, car elle savait qu'il n'était plus possible de leur échapper. Cherchaient-ils à la faire taire ou bien seulement à l'intimider ? Avait-elle vraiment échoué ?

Et ces enfants morts...

Sa décision avait sans doute déjà pris forme. Elle était bien résolue à ce que rien ne puisse l'empêcher de mener toute cette affaire à bien. Elle devait déjà avoir cette éventualité derrière la tête avant même d'avoir pénétré dans le chenal. Elle obliqua légèrement vers la droite, passant juste au ras de l'extrémité arrondie de l'écueil suivant. À cet endroit s'ouvrait une petite étendue d'eau, entourée de rochers très peu élevés. Elle savait très exactement où elle était.

Dans l'autre bateau, l'un des hommes avait sorti un fusil automatique. Là où il se trouvait, la surface de l'eau était calme et le bateau ne bougeait donc presque pas. Le soleil se reflétait violemment sur l'eau et Lisbet était à contre-jour, mais la distance était si faible que ce serait maintenant chose aisée que de la toucher, à la différence de ce qui aurait pu se passer au large. Ils fonçaient droit sur elle. L'homme se leva, prit appui sur le pare-brise presque immobile et visa soigneusement. Le bateau de Lisbet retomba dans l'eau avant qu'il n'appuie sur la détente, déclenchant une houle puissante. L'instant d'après, elle vira très serré vers la gauche. Puis elle parut avoir de nouveau changé d'avis et obliqua légèrement vers la droite. Elle était maintenant en plein dans le reflet du soleil. Derrière elle, ses poursuivants avaient également changé de cap et pointaient leur proue dans sa direction. L'homme au fusil la voyait dans son viseur, mais sa silhouette était rendue un peu floue par la lumière du soleil. Soudain, il reçut un choc très violent à la figure. Le fusil, suivi par le pare-brise tout entier, vint lui cogner contre la tête. Lisbet savait que le moment était arrivé et se retourna. Le bateau de ses poursuivants était en train d'exécuter un véritable vol plané au-dessus d'un rocher plat. Puis il piqua du nez, droit sur le rocher d'à côté, presque à fleur d'eau. On aurait dit qu'il était allé heurter un mur. Il s'immobilisa, bascula à moitié sur le côté, à moitié vers le haut et vers l'avant, puis retomba dans l'eau au milieu d'une grande gerbe d'éclaboussures, à côté du haut-fond. Sous le choc, le réservoir d'essence avait été arraché et d'autres objets étaient venus sectionner des câbles en plusieurs endroits. En un instant, il fut la proie des flammes. On aurait dit une véritable explosion.

Lisbet tourna la proue de son bateau vers ce brasier et débraya le moteur, qui se mit à tourner à vide. Elle resta, sans bouger, à contempler cette catastrophe. Parfaitement calme, maintenant. Elle avait réussi à leur échapper. Si l'un ou l'autre de ces hommes réapparaissait dans la mer, il n'aurait qu'à rester là où il était. Il était d'ailleurs probable qu'ils étaient tous morts. Ou bien en train de brûler vifs, se dit-elle posément. Il vaut mieux que je m'en aille d'ici pour ne pas sentir l'odeur.

Le bruit régulier du moteur fut interrompu par quelques ratés. L'essence ! Le moteur hésita une nouvelle fois, mais continua à fonctionner. Son îlot fleuri n'était qu'à quelques centaines de mètres de là et elle embraya de nouveau. Le bateau s'éloigna de ces épaves fumantes et de cette eau polluée en décrivant un arc de cercle. Mais la douleur était toujours présente. Elle croissait rapidement en intensité. Au bout de quelques secondes, son corps fut de nouveau lardé de coups de couteau et elle se plia en deux en gémissant. Après un nouveau raté du moteur, elle comprit qu'elle n'atteindrait pas son îlot et préféra tenter de gagner celui qui se trouvait le plus près d'elle. Là, elle pourrait remplir le réservoir et chercher ses comprimés.

Mais elle voulut y parvenir trop vite. Bien que son champ de vision fût déformé par la douleur, elle réussit à distinguer le rivage bordé d'herbes et coupa les gaz. Le moteur tournait toujours. Oubliant le bouton d'arrêt, elle tenta de se redresser suffisamment pour soulever le moteur. Mais la clenche lui glissa entre les doigts et le bateau pénétra à trop vive allure dans cette minuscule baie. L'hélice vint heurter un rocher et la coque s'ouvrit juste en dessous des fixations du moteur. Lisbet tomba à la renverse. Il était évident que l'hélice avait été endommagée. Elle avait très mal.

Ses comprimés se trouvaient sous l'un des bancs. Le bateau était à quelques mètres du rivage, dans cette crique très peu profonde. Lisbet prit la boîte et enjamba le bord avec beaucoup de peine. Elle avait de l'eau jusqu'au mollet. Pliée en deux, elle gagna l'herbe, sur laquelle elle se coucha ou plutôt se laissa tomber. Maintenant, les couteaux la transperçaient et elle ne ressentait plus l'effet des comprimés.

Puis la douleur disparut tout d'un coup. Elle vit une fleur, une petite fleur blanche qui brillait au soleil. Lisbet se laissa envahir par cet arôme sucré et par le spectacle de la corolle, qui finit par occuper tout son champ visuel. Alors les couteaux se manifestèrent de nouveau, avec encore plus de force que précédemment, et la douleur la déchira littéralement. Elle n'avait même plus la force de crier.

Lorsque, quelque temps après, deux jeunes garçons

de quatorze ans qui passaient par là à bord de leur canot pénétrèrent dans cette crique, le cœur battant, elle gisait recroquevillée parmi les fleurs du début de l'été.

XI

— Un cancer ? Elle est morte d'un cancer ?

L'écouteur à l'oreille, Strömbom regardait au loin, l'air étonné. Au bout du fil, il avait le médecin légiste. Deux jours s'étaient écoulés depuis que l'un des parents de ces garçons de quatorze ans partis pour une longue expédition en canot dans l'archipel avait appelé la police pour l'avertir qu'il était arrivé un accident et que leurs enfants avaient trouvé une femme morte sur un îlot. La police locale s'était rendue sur les lieux à bord d'une vedette rapide, suivie par un hélicoptère des garde-côtes. L'hélicoptère était arrivé le premier, mais l'homme qui était descendu de l'appareil en vol stationnaire avait constaté que Lisbet était morte et l'avait laissée là où il l'avait trouvée. Vue d'en haut, elle avait l'air d'un fœtus. Sur l'eau flottaient un certain nombre d'objets. Lorsque l'hélicoptère était venu se placer juste au-dessus de ceux-ci, l'équipage s'était rendu compte qu'au moins deux d'entre eux étaient en fait des cadavres revêtus de vêtements brûlés — le gilet de sauvetage de l'un d'eux avait fondu et l'avait collé sur un rocher à fleur d'eau. Les restes déformés d'un bateau étaient immergés entre deux autres rochers. Par la suite, la police n'avait pas tardé à découvrir un fusil automatique à peine recouvert par la mer, à quelques mètres de là.

On fit venir des renforts afin de procéder aux constatations sur place. Les hommes-grenouilles trouvèrent rapidement un troisième cadavre, à deux mètres de profondeur et à une centaine de l'épave du bateau. Il était défiguré. Pourtant, il n'avait pas été brûlé, tout indiquait qu'il s'était purement et simplement noyé. Quant à la femme dans la position du fœtus, elle gisait au bord de l'eau, sur un îlot, à quelques centaines de mètres de là. Non loin du rivage, dans l'eau très peu profonde de la crique, se trouvait également un bateau en plastique non ponté dont le moteur était endommagé et le réservoir à essence vide. La femme tenait à la main une boîte de comprimés. Les policiers eurent l'impression qu'elle s'était suicidée. Mais ils avaient également le sentiment de ne rien comprendre à ce qui s'était passé.

C'est un autre policier qui fut chargé d'entendre les deux garçons. Ceux-ci se reposaient sur un écueil dépourvu de végétation, en train de faire griller des saucisses, lorsqu'ils avaient vu un bateau à moteur arriver de la mer. C'était une femme qui était à bord et elle allait très vite. Ils avaient d'abord cru qu'elle allait s'échouer car, à cet endroit-là, la mer était pleine de hauts-fonds et de rochers. Puis un autre bateau était arrivé, juste derrière celui de la femme. Il allait également très vite. La femme avait très bien manœuvré pour passer là où il fallait — même s'il leur avait semblé qu'elle zigzaguait un peu. L'autre bateau, par contre, était allé directement heurter un haut-fond et avait brûlé en un rien de temps après un grand boum. Ils n'avaient même pas eu le temps de bouger, tellement ça s'était passé vite. Après le choc, la femme était restée dans son bateau à regarder le spectacle — ils étaient catégoriques sur ce point — et était ensuite allée aborder à une petite île tout près de là. Elle n'avait pas l'air de savoir où elle allait, car elle avait changé une fois de cap. Elle avait accosté et s'était couchée dans l'herbe. C'est alors seulement que l'un d'eux avait commencé à bouger. Mais, lors de l'interrogatoire, il était encore sous le choc. Ce n'est pas rien que de voir un bateau brûler en mer sans que personne ne puisse en sortir. Quant à la femme, elle avait l'air d'un enfant en train de dormir, dit l'autre garçon. Le voyage de retour leur avait paru interminable.

Strömbom demanda :

— Mais enfin, bon sang, comment est-ce que l'une peut mourir d'un cancer alors que les autres sont victimes d'un accident de bateau ?

Strömbom était le seul et unique renfort dont pouvait disposer la police locale pendant les grandes vacances, mais il était déjà retourné en ville afin de travailler à partir de là. Il ne savait pas encore grand-chose. Tout ce dont il était certain, c'était qu'un bateau à moteur avait heurté un haut-fond, sans doute à grande vitesse, et que trois hommes avaient trouvé la mort dans cet accident. Par la suite, plainte avait été déposée pour vol de ce même bateau. Curieusement, il avait été dérobé à un endroit qui n'était pas très éloigné de celui où l'on avait découvert le corps de la femme morte. Ce qui intriguait Strömbom, c'était malgré tout la présence, près de la carcasse calcinée de l'embarcation, d'un fusil automatique et de trois pistolets, dont deux sur l'une des victimes de l'accident. Naturellement, ces armes n'avaient été déclarées nulle part et n'avaient jamais fait l'objet d'une déclaration de vol.

Et voilà que le médecin légiste affirmait que cette femme était très vraisemblablement morte d'un arrêt du cœur sans doute occasionné à son tour par les souffrances d'un cancer à l'estomac parvenu à un stade très avancé. Strömbom ne comprenait pas grand-chose à tout cela. Les rapports d'audition des parents de la victime, qui l'avaient vue le matin même, n'allaient pas tarder à arriver. Il avait également lancé des appels à témoins de ce qui s'était passé ou de ce que faisaient ces bateaux avant la phase à laquelle avaient assisté les deux garçons. Mais personne ne s'était manifesté. Vacances ou pas, personne ne semblait avoir pris la mer ce jour-là. Le pilote de l'avion de tourisme que les deux garçons affirmaient avoir vu — et même à deux reprises — n'avait pas non plus donné signe de vie. La première fois, l'avion était passé au-dessus des deux garçons en direction du large. La deuxième fois, il volait beaucoup plus bas. Celui qui était en état de parler affirmait qu'il avait tourné au-dessus de la femme qui gisait sur cet îlot — un peu comme un vautour dans un western, avait-il ajouté. Mais il était dans l'incapacité de décrire plus précisément l'appareil.

La carrière que Krister Strömbom avait accomplie dans la police n'avait rien d'extraordinaire. Un tâcheron, avait-on pu dire de lui. Il ne brillait pas particulièrement par l'imagination, mais était malgré tout suffisamment doué pour pouvoir mener à bien des enquêtes délicates. Il aurait peut-être été meilleur si son intuition avait été plus développée. Sa méthode consistait au contraire, dans un premier temps, à recueillir le plus d'informations possible. Ce n'est que lorsque le temps commençait à manquer ou le besoin de renseignements complémentaires à se faire moins pressant qu'il se mettait à examiner sérieusement ceux dont il disposait. On ne s'étonnera donc pas que, deux jours complets après les faits, il ne se soit pas encore fait une idée précise de ce qui s'était passé ni de la raison de ces événements. Il n'était même pas encore bien certain qu'il existât un rapport entre le bateau calciné et la femme morte, malgré le témoignage des deux jeunes garçons.

Strömbom était marié. Sa femme avait eu d'un précédent mariage deux enfants — qui se trouvaient en ce moment chez leur père, sur la côte ouest — mais ils n'en avaient pas eu ensemble. Gerd, sa femme, était dans l'enseignement, et donc en vacances. Mais ni l'un ni l'autre ne quittait volontiers la ville, en été, s'il pouvait s'en dispenser. Gerd s'occupait du jardin et lisait beaucoup. Krister ne voyait pas d'inconvénient à travailler pendant l'été, préférant voyager en hiver, de même que sa femme, et se livrer — dans le respect des congés légaux — à des orgies de slaloms sur les pentes enneigées.

Il venait donc d'apprendre que cette femme était en fait morte d'un cancer. Elle ne portait aucune trace de violence extérieure. L'hypothèse du suicide pouvait être écartée car, même si elle avait ingurgité une bonne quantité d'analgésiques, c'était loin d'être suffisant pour entraîner la mort. Strömbom remisa donc ce détail dans un coin de sa mémoire, avec bien d'autres, en vue d'y revenir ultérieurement.

La sonnerie du téléphone retentit de nouveau. Cette fois-ci, c'était une femme qui était au bout du fil.

— Je m'appelle Inga-Lisa Östergren.

Strömbom avait déjà rencontré à plusieurs reprises cette avocate. Il la salua à son tour très poliment.

— Je suis la sœur de Lisbet Lindström, la jeune femme retrouvée morte dans l'archipel voici deux jours.

Pour une fois, Strömbom fut infidèle à sa bonne habitude de ne pas opérer de rapprochement trop rapide entre diverses informations et laissa échapper un :

— Ah oui !

— Oui, c'est ça. Et j'aurais un certain nombre de questions...

Strömbom était quelqu'un de courtois et n'attacha pas trop d'importance au fait que, à ce stade d'une affaire, c'était plutôt aux membres de la police chargée de l'enquête et non pas aux personnes éventuellement concernées par celle-ci de poser les questions. Il est également possible que cette absence de réaction ait été, en l'occurrence, dictée par le fait qu'il avait déjà plus d'une fois eu bien du mal à réprimer une certaine admiration pour cette avocate alliant si bien, à ses yeux, l'efficacité à la beauté.

— J'en aurais peut-être moi aussi, répondit-il donc fort civilement. On pourrait peut-être faire d'une pierre deux coups ?

— Dans ton bureau ou bien dans le mien ?

Les règles de la procédure plaidaient pour la première solution. Ce qui n'empêcha pas Strömbom de répondre :

— Ça me changerait les idées de quitter un peu le commissariat. Mais je croyais que le cabinet était fermé, à cette époque-ci.

— Nous avons rouvert, se contenta de dire Inga-Lisa. Tu peux venir tout de suite ?

Strömbom n'y voyait pas d'obstacle. Il se tourna vers Perlegrund, son plus proche collaborateur, pour lui dire qu'il s'absentait, lorsque le téléphone sonna de nouveau. Il décrocha et enregistra mentalement les informations qu'on lui communiquait tout en en prenant note par écrit : « Voiture volée de la victime — retrouvée — route forestière 60 km — intacte — d'après le père, nombreux papiers disparus de la voiture. »

Strömbom raccrocha et dit à Perlegrund qu'il serait de retour pas trop tard dans l'après-midi. Le bureau d'Inga-Lisa Östergren n'était situé qu'à quelques pâtés de maisons de là. Il ne lui fallut pas plus de cinq minutes pour s'y rendre. Il sonna à la porte et un jeune homme vint lui ouvrir. Celui-ci se présenta sous le nom de Mikael et l'introduisit immédiatement auprès de son supérieur.

Inga-Lisa était une femme à deux visages. L'un de ceux-ci était beau et, en même temps, d'une redoutable efficacité. Elle était en effet très belle, se dit Strömbom. Inga-Lisa, pour sa part, se sentait très efficace, mais en même temps extrêmement tendue. Non pas du fait de la présence de Strömbom, qu'elle considérait comme n'importe quel fonctionnaire de police. Mais la mort de Lisbet l'avait profondément affectée. Et elle était désireuse de savoir si elle était vraiment si efficace que cela. En plus de cette beauté en toutes circonstances.

Son autre visage était dépourvu de maquillage et détendu. Celui-ci était loin d'être aussi beau, mais d'autant plus aimable. Ce n'était pas ce visage-là qui pouvait lui permettre d'inspirer le respect à un adversaire quelconque. Elle le savait bien. Il lui arrivait parfois de jouer la petite fille gentille et très prudente, et de faire perdre tout sens de la prudence à son adversaire (terme sous lequel elle désignait généralement la partie adverse dans ses activités professionnelles). Alors elle frappait, et presque toujours avec une précision mortelle et des résultats dévastateurs.

Autrement, seule sa proche famille, à savoir Torkel et les enfants, avait connaissance de ce second visage. Son mari était débonnaire et fidèle à ses activités artistiques, auxquelles il ne se consacrait pourtant jamais (Inga-Lisa le soupçonnait d'être un artiste de très piètre qualité, de le savoir et de s'en moquer éperdument). Mais leur famille n'était pas pour autant du genre émancipé. Il se trouvait simplement que les rôles étaient inversés. Torkel avait donc été extrêmement heureux de l'adoption de la nouvelle loi sur les patronymes, qui lui fournissait l'occasion de prendre celui d'Inga-Lisa. Et c'est bien ce qu'il aurait fait si celle-ci n'avait opposé un veto catégorique.

— Comme ça tu conserveras une petite partie de ton identité, lui avait-elle dit.

Il n'avait pas été vexé. Il savait trop combien elle l'aimait. Il avait donc timidement proposé d'adjoindre leurs deux patronymes, mais Inga-Lisa s'était contentée de secouer fermement la tête et d'ébouriffer sa tignasse blonde et bouclée.

— Occupe-toi de la maison et des enfants et continue à me supporter et à être aussi gentil, mais reste toi-même, avait-elle dit.

Ses clients ne l'auraient pas reconnue. Seuls Mikael et Stefan étaient familiers de ce côté de sa personnalité.

Strömbom ne savait pas comment entamer la conversation, avec une femme aussi belle. Il n'était pas très sûr, non plus, de leur rôle respectif l'un vis-à-vis de l'autre. Il se rappela à lui-même qu'il était chargé d'une enquête tout ce qu'il y avait de plus officielle. Mais il n'avait garde d'oublier, en même temps, la peine de son interlocutrice. La peine qu'elle devait éprouver, en tout cas. Car, à la voir, il n'était conscient de rien d'autre que de sa beauté et de son efficacité. Il pensa un instant à sa propre femme et, s'étant ainsi fortifié intérieurement, tendit la main tout en exprimant les condoléances d'usage pour le deuil qui venait de frapper sa famille.

Si elle s'était donné le mal de réfléchir à l'impression qu'elle produisait sur les autres, Inga-Lisa aurait supposé qu'elle paraissait aussi laide, à cet instant, aux yeux de Strömbom qu'aux siens. Elle ne savait pas que, d'une certaine façon, elle portait une part de responsabilité dans ce qui s'était passé ou, plus exactement, dans le fait que quelque chose était arrivé à Lisbet. Elle n'était pas non plus du genre à se demander facilement si elle avait mal agi. En revanche, elle savait que ses parents auraient été moins affectés par ce qui s'était passé si Lisbet n'avait pas été seule au moment fatal. N'étant pas dépourvue d'intuition, mais toujours prête à réviser toutes ses hypothèses au fur et à mesure des informations qui lui parvenaient, Inga-Lisa comprenait que Lisbet avait connu des difficultés qui n'étaient peut-être pas sans rapport avec sa dernière sortie en mer. Les reproches qu'elle se faisait à elle-même portaient donc avant tout sur le fait qu'elle n'avait pas attaché assez d'importance à ce qu'on avait pu lui dire au sujet de sa sœur — et en particulier son père, le soir de la Saint-Jean.

Mikael entra avec le plateau à café et le posa sur une table ronde, à l'une des extrémités de la pièce. Strömbom était d'avis que ce n'était pas du tout l'aspect que devait présenter le bureau d'une avocate. L'obligatoire table de travail était certes bien là, mais éclipsée par cette table ronde et ces fauteuils si confortables. Et puis cette profusion d'images, sur les murs : photos, lithographies et même deux peintures à l'huile, ayant toutes trait à l'archipel.

— La documentation et les archives se trouvent dans la pièce d'à côté, expliqua Inga-Lisa.

Strömbom hocha la tête, ne s'apercevant qu'ensuite qu'il n'avait pas posé la moindre question. Ils s'assirent près de la table ronde. Strömbom s'apprêtait à interroger Inga-Lisa sur ces tableaux lorsque celle-ci lui coupa la parole en disant :

— Je viens d'apprendre ce dont tu dois également être informé depuis peu, à savoir que Lisbet est apparemment morte de mort naturelle. D'après ce que j'ai compris, il s'est en même temps produit un accident. L'un de tes collaborateurs — peu importe qui — a aussi évoqué la présence de certaines armes.

Strömbom se contenta de la regarder.

— Le bateau qui a brûlé appartenait à un collègue du mari de Lisbet, poursuivit Inga-Lisa, lequel a porté plainte pour vol — mais après l'accident et non pas avant. On se croirait dans une de ces affaires de voitures retrouvées dans un fossé pour cause d'ivresse au volant, n'est-ce pas ?

Strömbom la regardait toujours. Malgré lui, il acquiesça d'un hochement de tête.

— Le même jour, sa voiture a mystérieusement disparu de chez mes parents.

La voix d'Inga-Lisa était parfaitement neutre. Strömbom comprit que sa beauté était hors d'atteinte.

— Elle vient d'être retrouvée, dit-il.

— Et alors ?

— Elle était intacte. Nous ne savons pas encore si quelque chose a été dérobé à bord. D'après son père — enfin, ton père — il y avait des papiers dedans. Ils n'y étaient plus quand on l'a retrouvée.

Inga-Lisa le regarda et reprit ensuite :

— Avez-vous parlé à Erik, son mari ?

— Oui.

— Et alors ?

Strömbom n'avait pas du tout l'habitude d'être soumis à un interrogatoire. Mais il ne trouvait pas cela désagréable.

— Il ne l'a pas vue depuis la Saint-Jean. Il considérait qu'elle l'avait quitté. Il a essayé de la toucher chez une connaissance à Öland, une certaine madame...

— Kerstin Nilsson !

— Oui, c'est ça. Mais elle n'était au courant de rien. Il a appelé à plusieurs reprises ses parents — les tiens — mais ils lui ont répondu qu'ils n'avaient pas de nouvelles d'elle. D'après lui, ils lui mentaient.

— C'est tout ?

— En résumé.

— Mais vous devez bien...

— Nous avons été jusqu'au fond des choses, si c'est ce que tu veux dire. Mais impossible de tirer quoi que ce soit d'autre de lui. D'ailleurs, cette audition était du genre le plus banal qui soit. Il est nécessaire de bien établir les faits avant de...

— Est-ce qu'il avait l'air mal à l'aise ?

— Oui, je crois qu'on peut le dire.

— Et affecté ?

— C'était sans doute la nervosité qui l'emportait.

— Est-ce que vous avez vérifié son emploi du temps, pendant les semaines où Lisbet était « partie », comme il dit ?

— Non, nous n'avions pas de raison...

— Je croyais que vous deviez établir solidement les faits ?

— Oui, et alors ?

— Dans ce cas-là, comment peux-tu estimer qu'il n'y avait pas de raison de chercher à savoir ce qu'il a fait ?

C'est vrai ça, pourquoi ? se demanda Strömbom.

— On est obligés d'établir un certain ordre de priorité, et il n'y avait rien là qui puisse laisser penser qu'il...

— Bon, dit-elle. Pendant un certain temps, j'ai cru moi aussi à cette nécessité de bien établir les faits, mais maintenant je m'aperçois que vous n'avez pas procédé de façon bien systématique, malgré tout.

Comment une belle femme, qui vient d'apprendre que sa sœur est morte d'une grave maladie, peut-elle se comporter de façon aussi infernale ? Strömbom resta un certain temps à tenter de résoudre cette énigme.

— Il se trouve simplement qu'il y a encore bien des points dans cette affaire qui ne sont pas élucidés et que je suis persuadée que Lisbet était dans une situation très délicate, expliqua Inga-Lisa. Et j'ai bien l'intention de savoir de quoi il retourne.

— Mais c'est quand même à la police..., protesta Strömbom.

— On vient de me confier l'affaire, répondit Inga-Lisa.

Strömbom sursauta. Contrairement à ses habitudes, il se mit à examiner différentes éventualités...

— C'est mon père qui m'en charge, poursuivit Inga-Lisa.

— Mais, un avocat..., commença Strömbom, oubliant les rapports père-fille.

— Ah non, tu ne vas pas t'y mettre toi aussi, c'est déjà réglé, dit Inga-Lisa sans consentir à s'expliquer davantage. D'ailleurs, il y a ces papiers que Lisbet a laissés — si tant est qu'ils existent toujours. Ils avaient trait à quelque chose qu'elle était en train d'écrire. Il faut absolument les retrouver. Naturellement, nos parents sont désireux que ce que leur fille a écrit puisse aussi servir à quelque chose. Je suppose que la police n'est pas particulièrement chargée de recueillir les papiers laissés par qui que ce soit, ni de veiller à ce que les droits de l'auteur d'un texte publié de façon posthume soient respectés, ni que...

Strömbom leva les deux mains pour endiguer ce flot de paroles.

— Très bien, très bien, inutile...

— Et il n'est pas impossible que la police puisse apporter son concours, poursuivit aimablement Inga-Lisa.

Strömbom hocha la tête en signe d'assentiment.

— Et si je trouve quelque chose qui peut vous intéresser, je vous en informerai naturellement aussitôt.

Toujours aussi efficace, Inga-Lisa. Strömbom sirotait son café.

— Alors, on reste en contact ? suggéra Inga-Lisa. Tu veux encore un peu de café ?

Strömbom accepta — peut-être aux deux propositions à la fois — d'un signe de tête. La suite de la conversation porta sur les avantages comparés de l'archipel et de la montagne. Dans l'ensemble, Strömbom fut très satisfait de son après-midi. Mais, en rentrant au commissariat, il s'assit à son bureau avec une ride de perplexité sur le front. Perlegrund entra.

— Comment est-ce que ça s'est passé ? demanda-t-il.

— Je ne sais pas encore vraiment, répondit Strömbom.

Il venait seulement de se rendre compte qu'il n'avait pas posé la moindre question à l'avocate.

XII

Inga-Lisa appela Mikael, qui fit aussitôt son entrée.

— Ils n'en savent pas encore bien long, on dirait, lui confia-t-elle. On ferait donc bien d'essayer de prendre connaissance de ce qu'elle pouvait avoir chez elle, même si je ne me fais pas beaucoup d'illusions à ce sujet. As-tu réussi à savoir où est Erik, en ce moment ?

— Il est dans son labo. J'ai téléphoné là-bas il y a environ une heure en me faisant passer pour un ami de Lisbet qui désirait lui présenter ses condoléances, etc. Je lui ai demandé si je pouvais lui faire parvenir des fleurs et il a aussitôt dit qu'il serait chez lui ce soir.

— Bon, je l'appelle immédiatement. Les autres sont prêts ?

Mikael fit oui de la tête et s'assit à la table. Inga-Lisa composa un numéro de téléphone, attendit un instant, puis dit :

— Erik ? C'est Inga-Lisa.

Elle écouta la réponse et reprit :

— Erik, je suis désolée de devoir fouiller dans tout un tas de choses juste avant l'enterrement et le reste.

Mais il faut que je m'en aille aussitôt la cérémonie terminée et — tu sais comment sont les juristes — j'ai promis à papa de régler auparavant...

À ce moment, Erik reprit certainement la parole car Inga-Lisa resta un moment sans rien dire.

— Oui mais, tu vois, ce n'est pas aussi simple que ça, dit-elle ensuite. Vous n'avez pas d'enfants et, de ce fait, tu n'es pas héritier au sens habituel du terme, et c'est la raison pour laquelle je vais m'occuper de régler sa succession et je me demandais si je pouvais venir aujourd'hui, si tu as un moment...

Cette fois, Inga-Lisa dut attendre encore plus longtemps avant de pouvoir reprendre la parole. Elle dit alors de sa voix la plus douce :

— Il n'entre bien sûr pas dans mes intentions de te forcer la main, surtout pas aujourd'hui. Mais je ne crois pas que ce sera nécessaire non plus, car tu ne prendrais tout de même pas le risque que quelqu'un puisse penser que tu cherches à dissimuler quelque chose. Tout le monde sait comme vous vous entendiez bien, Lisbet et toi.

Mikael leva les yeux au ciel. Il est mal parti, ce pauvre Erik, pensa-t-il.

— Eh bien, parfait, répondit Inga-Lisa. Je viendrai dès que je serai libre, ce soir. Ce sera vite fait et ça ne te causera aucun problème. Ensuite, l'essentiel sera réglé. D'accord ?

Apparemment c'était « d'accord », car Inga-Lisa raccrocha et adressa un signe de tête affirmatif à Mikael. Celui-ci se rendit dans la pièce d'à côté, décrocha le téléphone qui était posé sur la table, mais se contenta d'un :

— OK.

Dix minutes plus tard, son téléphone sonna. Il répondit, puis alla trouver Inga-Lisa et dit à celle-ci :

— OK.

Inga-Lisa prit sa serviette, Mikael une valise légèrement plus grande et ils descendirent à la voiture de ce dernier, garée dans la cour. Ils ne se pressèrent pas. Ils s'arrêtèrent à un kiosque, en passant, et Mikael sortit acheter deux cornets de glace. Tout en léchant celui qu'Inga-Lisa tenait dans sa main droite et lui tendait, il prit calmement la direction des pavillons situés à la lisière de la ville. Dans une rue secondaire, il s'arrêta sous un bosquet de bouleaux pleureurs et put alors se charger lui-même de sa glace. Si quelqu'un était passé par là, il aurait cru avoir affaire à deux touristes motorisés qui, pour une raison ou pour une autre, avaient décidé de s'accorder une petite pause dans cette rue résidentielle bien ombragée. Quand Erik passa à côté d'eux, quelques minutes plus tard, il ne les remarqua même pas. D'ailleurs, il n'aurait pas reconnu la voiture. Il ne s'arrêta que deux pâtés de maisons plus loin, devant son domicile (Inga-Lisa, pour sa part, aurait sans doute parlé d'« élément de la succession de Lisbet »). Il rentra sa voiture dans la cour, en descendit et se dirigea tout droit vers la porte de devant, qu'il ouvrit avec sa clé et par laquelle il disparut au moment même où une Volvo venait se garer à quelques dizaines de mètres de l'entrée. Mikael vint ensuite se ranger derrière la Volvo et Inga-Lisa descendit. Mikael l'accompagna jusqu'à la porte, à laquelle elle sonna. Erik vint ouvrir presque immédiatement.

Il avait déjà les traits tirés lorsqu'il ouvrit la porte mais, quand il vit Inga-Lisa, il devint blême. Elle le regarda de son air le plus aimable. Il ne pouvait y avoir le moindre doute quant à celui des trois qui était en situation d'infériorité.

— En définitive, j'ai réussi à me libérer plus tôt que prévu, mais tu avais déjà quitté ton labo, alors je me suis dit que tu devais être rentré chez toi, susurra-t-elle — on aurait même presque pu dire : gazouilla-t-elle. Alors, j'ai pensé : eh bien parfait, comme ça on va pouvoir régler ça tout de suite et pendant les heures de travail de Mikael — j'ai oublié de te présenter Mikael, qui est employé dans mon cabinet. On peut entrer ?

Erik resta bouche bée.

— Mikael va m'aider à prendre les notes, pour que ça aille plus vite, poursuivit-elle toujours de sa voix la plus suave.

De sa voix la plus impitoyable, pensa Mikael, soudain presque pris de pitié pour l'homme qui se trouvait en face d'eux.

— Est-ce que ça ne peut pas attendre ? réussit à dire Erik. Il faut d'abord que je range un peu...

— Mais non, c'est inutile, dit Inga-Lisa.

Mikael eut l'impression qu'elle se coulait presque entre Erik et le chambranle de la porte. Il se retourna.

— En fait, je désire que ce soit réglé le plus rapidement possible, car Torkel m'a appelée juste après notre conversation téléphonique pour me dire qu'il a mal au ventre et qu'il faut que je rentre m'occuper des enfants.

C'était l'un des mensonges les plus impudents que Mikael ait jamais entendu proférer. De plus, il avait beaucoup de mal à imaginer Inga-Lisa en train de

« s'occuper » des enfants. Mais il se garda bien de laisser paraître quoi que ce soit.

— C'est pourquoi, poursuivit Inga-Lisa, j'ai fait appel à deux personnes de connaissance spécialistes de la fiscalité et qui ont donc l'habitude des papiers et de l'estimation des biens. Mais ce sont des gens bien élevés et ils n'ont même pas voulu sortir de leur voiture avant d'être bien sûrs que tu n'avais pas d'objection.

Elle montra de la main la Volvo bleue. Deux hommes étaient en effet assis à l'intérieur.

— Étant donné que ce qui vient d'arriver à Lisbet est aussi pénible pour toi que pour moi, je propose que nous parlions tranquillement dans le jardin, toi et moi, en prenant une tasse de café ou bien une bière ou je ne sais pas quoi, pendant qu'ils se chargeront des papiers et du reste. D'accord ?

Lisbet n'avait jamais été assez intime avec Erik pour pouvoir lui expliquer tout ce que sous-entendait un « d'accord ? » prononcé par Inga-Lisa. Il pensait donc disposer encore d'une certaine marge de manœuvre.

— C'est malheureusement impossible. Ses papiers sont mélangés avec les miens et je...

— Dans ce cas, nous attendrons pour ceux qui sont mélangés avec les tiens, et puis d'ailleurs — si besoin était — tu peux bien leur montrer aussi ceux-là, s'ils te le demandent. Il suffit que tu leur dises où ils ne doivent pas mettre leur nez... et puis, s'il y a des endroits que tu considères comme t'appartenant en particulier, tu n'as qu'à le dire. D'accord ?

Erik n'était pas en état d'opposer la résistance nécessaire. Il tourna la tête pour suivre Inga-Lisa des yeux et ses épaules s'affaissèrent légèrement. Mikael compris que c'était terminé. Il fit un petit signe aux deux hommes assis dans la Volvo et ceux-ci gagnèrent la maison. Mikael les présenta à un Erik qui avait totalement abdiqué.

— Sten Bylund, inspecteur des impôts, et Stig Eklund, qui travaille dans la même branche, dit-il sans plus de précisions. Voici Erik Lindström, le beau-frère d'Inga-Lisa.

Tous deux saluèrent d'un mouvement très poli de la tête. Ils étaient impeccablement habillés et n'auraient détonné dans aucune administration.

— Comme vous le savez, Erik vient d'être durement affecté, alors c'est très aimable à vous de bien vouloir nous aider à régler tout ça très vite, poursuivit-il.

Erik serra la main des deux hommes avec un certain embarras.

— Si tu veux bien leur montrer à quoi ne pas toucher, dit Inga-Lisa de l'intérieur de la maison, pendant ce temps-là je vais préparer un peu de café.

Erik reprit un peu ses esprits.

— Je crois bien que j'ai fermé mon bureau à clé — on ne sait jamais, en cas de cambriolage — et d'ailleurs vous n'y trouveriez rien qui pourrait vous intéresser. Mais à part ça, vous pouvez regarder partout.

Inga-Lisa donna le signal d'un simple signe de tête. Erik répercuta ce signal à Bylund et Eklund et les invita à entrer d'un geste de la main. Ils adressèrent un nouveau salut à Erik, au passage, et Inga-Lisa vint prendre celui-ci par le bras.

— Tu peux aller t'asseoir dans le jardin, si tu veux, ou bien alors venir m'aider à préparer le café.

Erik la suivit sans grand entrain dans la cuisine. Inga-Lisa ouvrit toutes les portes de placard les unes après les autres et, en un clin d'œil, un plateau fut chargé de deux tasses, de sucre, de lait et de petits gâteaux, et fendit les airs, porté par des mains féminines, apparemment très expertes, jusqu'à une table de jardin. Erik ne put s'empêcher de jeter un regard en direction de la maison, par-dessus son épaule. Mais Inga-Lisa le rassura immédiatement :

— N'aie pas peur, ils ont l'habitude et tu ne t'apercevras de rien, et puis comme ça ce sera réglé. À moins que tu ne préfères aller les surveiller ?

Erik secoua la tête et le visage d'Inga-Lisa ne trahit nullement le soulagement qu'elle éprouvait.

L'après-midi était chaud, le ciel très couvert et l'air presque immobile. Les martinets ne volaient pas bien haut. Cela sentait bon le seringa. Sur la grande artère qui passait à proximité, on entendait de temps en temps le bruit d'une voiture : aucun doute, c'était le creux de l'été. Erik était un peu inquiet. Inga-Lisa l'assura qu'il allait bientôt récupérer sa voiture volée et se mit à parler de l'enterrement. Erik répondit de façon distraite. Inga-Lisa lui demanda s'il désirait conserver la maison. Il leva alors la tête, l'air étonné. Elle lui expliqua donc le droit matrimonial, les questions d'héritage et d'autres encore. Mais il était toujours dans une semi-apathie lorsque Mikael les retrouva dans le jardin.

— C'est terminé. Nous avons dressé une liste d'objets que tu pourras regarder quand tu voudras. Nous pourrons toujours procéder à des ajustements éventuels après l'enterrement, si ça te convient. C'est cette liste qui servira de base pour le partage. Elle n'est certainement pas complète, mais nous verrons ça plus tard. D'accord ?

Mikael était un bon élève. Erik acquiesça d'un signe de tête et Inga-Lisa s'empressa de dire que les autres ne prendraient pas de café, car ils étaient soucieux de laisser Erik en paix aussi rapidement que possible. Il n'avait qu'à l'appeler s'il avait quelque chose à lui dire, ou bien Mikael, si elle ne répondait pas. Nouveau hochement de tête de la part d'Erik. Lorsque ses quatre visiteurs quittèrent les lieux au volant de leur voiture respective, il était toujours assis dans son jardin.

XIII

Strömbom était plongé dans ses pensées. On venait de lui remettre un rapport sur ce que les parents de Lisbet Lindström avaient à dire sur le matin où celle-ci était arrivée sur l'île, avant de partir en mer. Ce rapport s'en tenait aux faits et ne disait donc rien sur le choc qu'ils avaient reçu et sur les tourments qu'ils enduraient depuis qu'ils avaient appris ce qui s'était passé. Ils ne savaient pas où elle était allée, mais en revanche qu'elle était en train d'écrire quelque chose. Son père avait aussi signalé la présence de papiers et d'une machine à écrire dans la voiture. Ils étaient dans l'impossibilité de dire quand le véhicule avait disparu, mais c'était forcément au cours de l'après-midi.

On venait donc de retrouver la voiture. Mais sans les papiers en question. Strömbom considéra que le moment était venu, avant d'aller plus loin, de procéder à l'examen de certains détails. Ce fut l'affaire de quelques secondes. Il paraissait assez évident que, pour l'instant, les parents de Lisbet n'étaient pas en mesure de faire progresser l'enquête de façon appréciable. Il était également assez évident que ces papiers pouvaient revêtir une certaine importance pour la suite de l'enquête et fournir la raison pour laquelle cette femme avait été mêlée à quelque chose d'aussi peu courant que l'explosion d'un bateau, peut-être en train de se livrer à une poursuite au cours de laquelle trois personnes — probablement à bord de celui-ci — avaient trouvé la mort. Il y avait également motif à examiner de près les circonstances du vol — ou prétendu vol — du bateau à moteur qui avait connu ce triste sort, en particulier du fait qu'il avait été volé sur la même île que la voiture de la femme et que le propriétaire du bateau connaissait la défunte... Oui, c'était bien vrai, ce qu'avait dit cette avocate, on se serait dit dans une affaire d'ivrognerie au volant et de voiture dans le fossé, mais ce pouvait tout aussi bien être le fait du hasard.

Il se rendit dans la pièce contiguë à la sienne et trouva Perlegrund assis, en train de parcourir le rapport sur lequel il venait lui-même de méditer.

— Qu'est-ce que tu en penses ? demanda Strömbom.

— Il faut absolument entendre ce Lewin et vérifier ce que faisait la femme Lindström. Et puis il faut continuer à tenter d'identifier les trois victimes de l'accident. On n'a toujours pas la moindre idée à ce sujet.

Strömbom acquiesça d'un signe de tête.

— Ces papiers sont susceptibles de nous fournir quelque chose. Par contre, j'ai bien envie de jouer un petit tour à ce Lewin. On va faire semblant de ne pas s'occuper de lui, pour l'instant.

Perlegrund avait l'habitude de voir Strömbom attendre l'arrivée d'autres renseignements, mais aussi avoir recours à d'autres méthodes de travail, de nature plus psychologique. Il comprit immédiatement et opina du bonnet.

— On va donc le laisser dans son coin jusqu'à nouvel ordre. Si je suis bien informé, on l'a simplement entendu lorsqu'il est venu déposer sa plainte, et cette audition n'a rien donné — on n'a absolument rien pu en tirer. Alors on va le laisser mariner dans son jus pendant quelque temps. Il finira bien par lâcher quelque chose, qu'il soit mêlé à cette affaire ou non. Il connaît la victime et c'est son bateau qui est en cause, mais on le laisse tomber — comme ça, il fera le boulot de lui-même.

Perlegrund hocha de nouveau la tête, tout en trouvant bien inutile que Strömbom lui explique ce qu'il avait parfaitement compris. Mais il se garda bien de protester.

— En ce qui concerne les papiers qui ont disparu, on ne peut pas exclure qu'on ait affaire à un voleur de voiture du type le plus banal, qui a donc emporté ces papiers et les a ensuite jetés. C'est pourquoi il faut bien chercher dans le voisinage de l'endroit où on a retrouvé le véhicule. Si ça ne donne rien, il faudra publier un communiqué disant qu'il peut être important pour notre enquête de savoir si quelqu'un n'aurait pas trouvé, quelque part, une grande quantité de feuilles de papier rédigées.

Perlegrund fit un nouveau signe d'acquiescement avant de dire :

— Pourquoi ne pas aller voir également chez cette femme s'il n'y aurait pas d'autres papiers qui pourraient nous mettre sur une piste ?

— En effet. Je crois qu'on va y aller cet après-midi.

Tout dépend naturellement de savoir si on peut mettre la main sur son mari. Je ne sais plus s'il est en vacances, en ce moment. Je ne me rappelle plus si c'est mentionné dans le rapport. Mais il devrait être chez lui. Où est-ce qu'il travaille déjà ?

— À l'Institut biotechnique, à l'extérieur de la ville.

— Ah oui, c'est ça. L'Institut biotechnique ! Qu'est-ce que c'est que ce machin-là ? Tout ce que j'en sais c'est que ça se trouve à quelques dizaines de kilomètres d'ici. C'est rattaché à l'Université ?

— Non, je crois que c'est indépendant. Il doit y avoir une fondation derrière, ou quelque chose comme ça.

— Pourquoi est-ce qu'ils se sont établis en dehors de la ville ?

Perlegrund n'en avait aucune idée. Strömbom retourna dans son bureau, chercha le numéro de téléphone dans l'annuaire et appela l'Institut en question. On lui répondit que Lindström avait quitté les lieux environ une heure auparavant. Strömbom l'appela alors à son domicile. Une voix d'homme répondit qu'Erik Lindström était sorti pour l'instant mais qu'on pouvait le rappeler dans une heure. C'est ce que fit Strömbom et, cette fois, Erik Lindström répondit en personne. Strömbom lui demanda s'il pouvait venir le voir avec l'un de ses collaborateurs, de préférence le jour même, bien qu'il fût déjà assez tard, afin d'examiner les papiers laissés par sa femme ?

— Je pense que ça peut attendre jusqu'à demain, répondit Erik. Je... je ne crois pas que j'en aurais encore la force, aujourd'hui.

Strömbom comprit que Lindström avait été sévèrement affecté par la mort de sa femme et lui dit que le lendemain conviendrait naturellement tout aussi bien.

— Merci, répondit Erik. Sa sœur vient de partir d'ici et elle a aussi pris connaissance des papiers de Lisbet — en vue du partage des biens et ce genre de choses — et j'aimerais bien qu'on me laisse un peu tranquille, maintenant.

— Sa sœur ? L'avocate ?

— Oui, elle est venue avec quelques-uns de ses collaborateurs et maintenant je souhaite qu'on me laisse tranquille.

— Je comprends parfaitement, répondit amicalement Strömbom, tout en prenant un air pensif. Alors, je me manifesterai de nouveau demain matin vers neuf heures, dit-il avant de raccrocher.

Il se mit à réfléchir et finit par se dire que celle qui était le mieux placée pour lui fournir d'autres renseignements, c'était l'avocate elle-même. Il préférait cela au fait d'avoir de nouveau affaire à des voix d'hommes qu'il ne connaissait pas lui répondant par l'intermédiaire de l'appareil téléphonique du conjoint de la victime d'un meurtre. Il se replongea dans l'étude de l'annuaire du téléphone. Au numéro du cabinet, un répondeur automatique lui annonça que le bureau était fermé pour cause de vacances jusqu'à la fin du mois d'août, mais qu'il était possible de laisser un message après le signal sonore. Il dit qu'il souhaitait qu'Inga-Lisa l'appelle le plus rapidement possible. Puis il appela le numéro personnel de l'avocate. Une voix d'homme répondit :

— Allô, Torkel à l'appareil.

— Je voudrais parler à Inga-Lisa Östergren, l'avocate.

— C'est de la part de qui ?

— Le commissaire Strömbom. À qui ai-je l'honneur ?

— Torkel Andersson, le mari d'Inga-Lisa. Bonjour.

Strömbom répondit tout aussi poliment et apprit alors qu'Inga-Lisa venait de partir en voiture et qu'elle ne rentrerait sans doute pas avant le lendemain, dans le courant de la journée.

— Est-ce que je pourrais savoir où elle est partie ?

— Elle est en voyage et on ne peut pas la joindre.

— Mais il s'agit de quelque chose de très important, à propos de l'enquête sur la mort de sa sœur...

— Je comprends parfaitement, mais elle a été tout à fait claire sur ce point et m'a uniquement laissé pour instruction de dire qu'elle serait de retour demain. Je crois que vous l'avez déjà rencontrée aujourd'hui ? Elle m'en a parlé avant de s'en aller.

— C'est exact.

— Alors, vous comprendrez certainement pourquoi je ne peux pas vous dire où elle est, puisqu'elle me l'a interdit, répondit Torkel sur le ton le plus amical.

Strömbom n'était pas encore tout à fait sûr d'avoir compris — sans doute lui manquait-il encore quelques détails — mais il n'en répondit pas moins :

— Eh bien, merci. Au revoir.

Puis il se remit à réfléchir de nouveau. À la suite de cela, il rappela Torkel Andersson pour lui demander s'il avait accompagné Inga-Lisa au cours de la visite que celle-ci avait rendue à Erik Lindström.

— Non, je n'y suis pas allé. Tu comprends, c'est les affaires d'Inga-Lisa. Moi, je m'occupe des enfants. Elle a un jeune juriste du nom de Mikael comme assistant. Il est probable qu'il était avec elle cette fois aussi.

Strömbom remercia de nouveau son interlocuteur. Ce jour-là, aucun autre détail ne contribuerait à la solution de l'énigme par le biais de cette avocate, il le savait. En effet, il se doutait bien que Mikael ne lui ferait part de rien sans avoir auparavant obtenu l'assentissement d'Inga-Lisa (Strömbom commençait, sans s'en rendre compte, à se plier à ce respect qu'elle inspirait, ou peut-être qu'elle exigeait). Le lendemain, il obtiendrait la réponse à d'autres questions, et certaines d'entre elles seraient peut-être fournies par les objets personnels de la victime. Strömbom décida de rentrer chez lui.

XIV

De toute façon, Mikael n'aurait rien pu raconter à Strömbom à ce moment-là, car il était au volant de sa voiture, en train de traverser un paysage légèrement ondulé dans lequel des champs venaient parfois rompre la monotonie de la forêt. La route était toute droite. Elle se frayait un chemin à travers des masses rocheuses qui dressaient des parois presque verticales de chaque côté. On voyait encore nettement, çà et là, les traces des trous de mines. Quelqu'un avait tiré un trait, sur une carte, au moyen d'une règle. Et Mikael était en train de suivre ce trait.

À côté de lui était assise Inga-Lisa. Ils avaient quitté la ville vingt minutes auparavant et n'avaient pas encore échangé une parole. Mikael n'aurait pas vu d'objection à bavarder un peu. Il avait même, en fait, pas mal de choses à dire. Mais Inga-Lisa était plongée dans ses pensées et il préféra attendre.

La route traversait une région dans laquelle les montagnes et des vallées peu profondes étaient orientées nord-sud alors que la route allait d'ouest en est. Elle aurait donc été très belle si elle n'avait pas été à ce point tirée au cordeau. Inga-Lisa observait les environs plus attentivement — même si c'était de façon à demi consciente — que Mikael ne l'aurait cru. Elle se demandait ce que les enfants penseraient de cet été. Toute la famille devait partir, ce jour-là, pour le Jutland. Mais la mort de Lisbet était venue perturber leurs projets. Habituellement, Inga-Lisa s'accordait quelques semaines de vraies vacances, loin de tous les amis et de toutes les affaires, à passer avec son mari et ses enfants. Cette année, ils avaient loué une petite maison. Naturellement, elle n'avait pas été choisie au hasard — diverses alternatives avaient été pesées les unes contre les autres au moyen de renseignements pris auprès de connaissances et d'intimes. Le reste de l'été, Torkel et les enfants allaient le passer chez les parents d'Inga-Lisa, sur leur île.

— Eh bien ? demanda soudain Inga-Lisa. Qu'est-ce que vous avez trouvé ? Au fait, j'ai oublié de te féliciter d'avoir eu l'idée de nous faire aider par les deux autres et de leur demander de nous prévenir du moment où Erik quitterait son labo. Après tout, il serait peut-être bon de s'offrir un téléphone de bord ?

— Stig et Sten sont deux bons amis à moi de longue date, c'est un hasard qu'on peut qualifier d'heureux. Il n'a pas été difficile de les faire venir de leur lieu de villégiature quand je leur ai dit de quoi il s'agissait et surtout ce qui s'était passé.

— Sten est vraiment inspecteur des impôts ?

— Oui, et il a une longue expérience des contrôles fiscaux. Comme tu le sais, les dispositions en vigueur laissent toute latitude aux autorités pour vérifier les comptes et autres documents des contribuables. Je crois que ça finit par développer une sorte de sixième sens.

— Et l'autre, Stig ?

— Il est dans la fonction publique, lui aussi, répondit Mikael de façon un peu énigmatique, et il a déjà eu l'occasion de se livrer à ce genre d'activités.

Le flou de cette réponse n'échappa pas à Inga-Lisa.

— On a d'abord fouillé le bureau d'Erik.

— Il n'était pas fermé à clé ?

— Si. Mais on n'a rien trouvé de particulier et absolument rien qui puisse avoir un rapport avec le travail de Lisbet.

— Mikael ?

— Quoi ?

— Comment avez-vous pu ouvrir les tiroirs de ce bureau ?

— Sois tranquille, personne ne s'apercevra de rien, on a utilisé un petit truc, répondit Mikael sans y attacher d'importance.

— Et ensuite, qu'est-ce que vous avez fait ?

— Sten a dressé une liste symbolique tout en mettant son nez un peu partout. Derrière l'un des tiroirs de ce qui avait dû servir de bureau à Lisbet, il a trouvé des papiers qui s'étaient probablement glissés là sans que personne s'en aperçoive. Je les ai ici. Et puis nous avons naturellement trouvé des lettres sur ceci et cela, le genre de choses habituel. On a pris des photos de l'essentiel et on les aura demain — Stig a un petit appareil qui est très pratique dans ces cas-là et il s'y connaît en photo, alors ça ne posera pas de problèmes. Il était plus prudent de prendre des clichés que d'emmener les originaux, au cas où Erik se poserait des questions.

— C'est tout ?

— En gros, oui. Parmi les papiers qui étaient posés sur le bureau d'Erik, il y avait aussi une note à propos d'un télégramme en provenance de Denver. Mais ça se réduisait à un seul mot : *Call.*

— À qui était-il adressé, ce télégramme ?

— Aucune idée. Mais, demain, je vais appeler la poste et leur demander — s'il était destiné à Lisbet — de nous l'envoyer.

— Profites-en pour faire suivre tout son courrier. Je vais te donner un pouvoir en ce sens dès que nous serons arrivés.

— Faire suivre tout son courrier ?

— Je veux que plus rien ne passe par Erik, maintenant. Aussi bien nous faire expédier tout ce qu'elle recevra.

— De quoi soupçonnes-tu Erik ? Est-ce que ce ne serait pas une banale antipathie entre beau-frère et belle-sœur ?

— Peut-être bien, répondit Inga-Lisa en haussant les épaules. On verra ça plus tard. En attendant, on fait comme je dis.

Ils se turent. La route était maintenant un peu moins rectiligne, mais le paysage, lui, était de plus en plus couvert de forêts. C'est Mikael qui mit finalement un terme au silence.

— On a aussi trouvé autre chose, qui m'inquiète pas mal. Peut-être même beaucoup.

— Ah bon, quoi donc ?

— Il est possible que tu sois obligée — que nous soyons obligés d'être prudents.

— Enfin, explique-toi.

— On a trouvé deux appareils d'écoute.

Inga-Lisa le regarda d'un air étonné :

— Des appareils... ?

Mikael ne quittait pas la route des yeux.

— C'est assez désagréable, tout ça, dit-il. Il y en avait un sous la table, près du téléphone, et un second dans la cuisine. Et peut-être d'autres.

— Qu'est-ce que c'était ?

— De tout petits trucs. Des micros équipés d'un émetteur. C'est fou ce qu'on peut arriver à miniaturiser, de nos jours. Impossible de dire à combien ils portent, bien sûr. Mais ce qui est certain, c'est que la maison est écoutée. Le pire, c'est que ça marchait peut-être quand on est entrés. Je ne me rappelle pas exactement de quoi on parlait quand Stig a découvert le premier. Après ça, on a fait bien attention de ne dire que des choses banales. Et puis j'ai répondu au téléphone, à un moment.

— Tu as fait ça ?

— La personne qui était au bout du fil n'a pas voulu dire son nom, mais je crois bien qu'il s'agissait du commissaire. C'est bien Strömbom qu'il s'appelle ? Il valait mieux intercepter la communication plutôt que de risquer que Lindström vienne dans la pièce et décide d'y rester.

— Je suppose que oui. Mais parle-moi un peu de ces appareils d'écoute.

— Ils sont d'origine étrangère. Stig n'en avait encore jamais vu de ce modèle-là.

— Il s'y connaît vraiment dans ce domaine ? Où est-ce qu'il travaille, au juste ?

— Il a une formation technique. Et, jusqu'à il y a quelques mois, il était employé au service de recherches de l'armée ou dans les services secrets ou quelque chose dans ce goût-là.

— Mikael !

— Bon, d'accord. Il est d'abord passé par le service de recherches de l'armée et de là aux services secrets pendant pas mal de temps. Il en est parti au printemps dernier. Il a l'intention de se livrer à des recherches pour son propre compte. Je crois qu'il s'agit de problèmes de conscience.

Inga-Lisa regarda Mikael, puis reprit au bout d'un moment :

— Oui, des problèmes de conscience. Il n'aimait pas ce qu'on lui faisait faire. Il est en congé — ou sans travail, si tu préfères — depuis quelques mois, mais il espère obtenir un poste de chercheur dans le domaine technique cet automne.

Pendant un bon moment, ils continuèrent leur chemin en silence. Ils étaient maintenant sur la route de la côte. Un peu partout, ils rencontraient des voitures d'estivants tirant des caravanes. Ils furent doublés par toute une série de motos. Puis Inga-Lisa dit :

— Notre ami Stig, qui m'a l'air de s'y connaître dans les questions d'espionnage, a peut-être des idées sur la provenance exacte de ces appareils. Est-ce que ce sont ceux qu'utilisent les services secrets ?

— Non, et c'est bien ça qui l'inquiète. Il a eu l'impression qu'il s'agit de trucs très récents, mais il est incapable de dire où ils peuvent bien avoir été fabriqués. Il est à peu près sûr que ce ne sont pas les autorités suédoises qui les ont installés. Et c'est pour cette raison qu'il m'a dit de bien te mettre en garde à propos de tout, en attendant de savoir de quoi il retourne. Il a bien dit à propos de tout.

— Très bien. Alors, essayons de trouver pourquoi ils ont été posés, ces micros. Est-ce que tu as, ou bien est-ce que vous avez, toi et lui, une idée quelconque ?

— Il y en a deux qui paraissent un peu plus sensées que les autres. La première, ce serait de penser qu'Erik avait des soupçons à l'égard de Lisbet, autrement dit qu'il était jaloux...

— Mais tu crois qu'il aurait pu se procurer des engins pareils ?

— ... mais, à bien y réfléchir, ce n'est naturellement pas particulièrement vraisemblable. La seconde, ce serait qu'Erik et Lisbet, ou bien l'un d'eux, étaient l'objet d'une surveillance de la part de quelqu'un.

— Erik, on n'a pas besoin de le surveiller. Il suffit d'aller lui dire « ouh ! » et il vous raconte tout ce qu'il sait, dit Inga-Lisa, impitoyable.

— Et qu'est-ce que peut bien faire Erik qui justifie une pareille surveillance ?

— Ça a peut-être trait à son travail dans cet Institut de recherches ?

— Dans ce cas, ce serait plutôt là-bas qu'on l'écouterait ?

— C'est peut-être également le cas. Ils ne se contenteraient peut-être pas de faire ça à domicile.

— Mais je ne crois pas qu'il soit possible de nous en assurer. De toute façon, ce n'est pas tellement plus vraisemblable que l'autre éventualité.

— À savoir que ce serait Lisbet qui ferait l'objet de cette surveillance ?

— Pourquoi le ferait-elle ?

— La seule explication possible, c'est qu'elle s'occupait de quelque chose qui dérangeait quelqu'un. Papa a dit qu'elle voulait écrire un article sur une affaire bizarre — ce sont ses propres termes. Elle est peut-être tombée sur quelque chose. Ça pourrait expliquer la disparition de ses papiers. Bon sang, Mikael, ça commence à faire beaucoup de coïncidences, tu ne trouves pas ?

— Des indices, dit Mikael, qui n'avait pas encore oublié ses cours de droit.

— Plus il y a d'indices qui vont dans le même sens, plus il y a de raisons d'y ajouter foi, répondit Inga-Lisa, qui en savait plus long que Mikael sur le chapitre de la procédure.

Elle reprit :

— Il y a tellement de choses qui semblent avoir des rapports, que ce serait gâcher du temps que de les négliger. Si j'ai bien compris le commissaire Strömbom, il va au contraire ratisser autour de tout ça sans trop s'occuper de ce qui est vraisemblable ou pas. Laissons-le travailler à sa façon, et nous à la nôtre. Nous pourrons toujours collaborer par la suite.

— Est-ce que tu penses aussi au vol du bateau de Lewin ?

— À ça également. S'il y a un rapport, je ne voudrais pas être à la place de Lewin. Mais, d'un autre côté, il est difficile de croire que quiconque oserait proclamer de façon aussi flagrante qu'il est mêlé à cette histoire.

— L'accident de bateau n'était sans doute pas tellement prévu ?

— Non.

Inga-Lisa resta sans rien dire pendant quelques secondes, avant de reprendre :

— Non, en effet. Je me demande ce qui a bien pu se passer, là-bas.

Ils étaient maintenant sur le pont donnant accès à l'île. Il leur restait encore environ un kilomètre avant de quitter la grande route, lorsque Mikael dit :

— Il n'est pas nécessaire que tu reviennes avec la voiture de ton père, demain soir. Je peux très bien rester ici et on rentrera ensemble. Il doit bien y avoir un coin où je peux coucher ?

— Annika n'est pas en ville ?

— Si.

— Alors il faut que tu rentres ce soir.

— Mais on a bien dit qu'il fallait être prudents. Et je ne veux pas que tu sois seule au volant s'il se passe quelque chose de particulier. Suppose que la maison ait été sur écoute au moment où nous y sommes allés.

— Et alors ?

— Dans ce cas-là, il y a peut-être des gens qui sont en train de se poser des questions sur ce qu'on faisait là-bas. Je suis d'accord avec toi que tout ça est très bizarre, mais le fait est qu'il est *déjà* arrivé des choses bizarres et que nous avons trouvé chez Lisbet des trucs aussi peu courants que des micros clandestins. Et puis, j'ai l'impression que Stig en sait plus long qu'il ne veut bien le dire. Et il m'a bien dit de veiller à ce que tu sois très prudente. C'est pourquoi je n'ai pas l'intention de te laisser rentrer seule, demain.

Le ton de la voix de Mikael n'était pas aussi insubordonné que ses paroles auraient pu le laisser croire. Ils étaient maintenant arrivés au croisement de la petite route menant chez les parents d'Inga-Lisa.

— On va faire comme ça, dit Inga-Lisa d'un ton qui ne souffrait pas de réplique. Tu rentres chez toi et tu trouves quelque chose d'agréable à faire avec Annika — tu l'invites au restaurant, par exemple, mais tu sais mieux que moi ce qu'elle aime faire — et, demain après-midi, tu reviens me chercher ici. Aujourd'hui, je préfère être seule et ne pas rendre papa et maman encore plus inquiets qu'ils ne le sont déjà. Et puis je désire réfléchir. Demain, on va s'occuper sérieusement de cette affaire et alors Annika ne va pas beaucoup te voir pendant un certain temps. Je suppose que tu as compris que les vacances ne sont plus tellement à l'ordre du jour ?

Mikael pensa au voyage au cap Nord qu'il avait l'intention d'entreprendre avec Annika deux jours plus tard, et il acquiesça d'un signe de tête.

— Je vais le lui dire.

— Vous deviez partir en voyage, n'est-ce pas ?

— Oui, au cap Nord.

Inga-Lisa ne dit plus rien. Ils vinrent se ranger devant la maison, sous les regards d'un petit garçon et d'une petite fille d'une dizaine d'années ou un peu moins.

— Ce sont les enfants de Kerstin, dit Inga-Lisa. Rentre directement chez toi et passez une bonne soirée, Annika et toi. Jusqu'à quand est-elle en vacances, à l'Université ?

— Jusqu'au début septembre.

— Bon. Eh bien, voilà ce que tu vas faire.

De plus en plus stupéfait, Mikael l'entendit lui ordonner de prendre, dès le lendemain matin, certains contacts pour faire en sorte qu'Annika puisse participer à une campagne de fouilles qui — d'après Inga-Lisa, qui semblait très bien informée — se déroulait en ce moment en Afrique orientale et dont était responsable un certain professeur qu'elle connaissait très bien — elle venait juste de s'en aviser.

— Elle devrait pouvoir partir dès la fin de la semaine, si elle est en règle question vaccins et dans ce genre de choses, conclut Inga-Lisa tout en jetant quelques noms et quelques adresses sur une feuille de papier et en rédigeant à la hâte un pouvoir sur une autre, ainsi que le texte de quelques télégrammes.

Lorsqu'il prit le chemin du retour, Mikael ne savait pas trop s'il devait se sentir soulagé ou inquiet. Il n'était pas non plus certain d'être si heureux que cela qu'Annika s'en aille. Ne serait-il pas un peu jaloux ? Et combien de temps faudrait-il à Annika pour comprendre ce qu'il lui proposait ?

Il lui fallut exactement cinq minutes.

XV

Inga-Lisa prit son dîner et accompagna ensuite Kerstin et ses enfants pour un tour en bateau. La vieille coque en bois fendait l'eau de la mer avec une belle assurance. Inga-Lisa nota que Kerstin était tendue et lui en demanda la raison. La réponse fut très simple :

— Pour une fois que c'est moi qui pilote ce bateau.

Inga-Lisa eut un peu honte. Elle ne participait guère à la vie de sa famille, sur cette île. Kerstin, au contraire, y passait tous les étés avec ses enfants. Mais, à la différence de ses sœurs, elle était assez renfermée et avait peur de tout ce dont elle n'avait pas encore l'expérience. Elle avait tissé une sorte de cocon autour d'elle-même et de ses enfants. Elle s'acquittait très consciencieusement de son travail de comptable d'une petite firme, mais elle n'était employée qu'à mi-temps. Elle tenait à s'occuper de ses enfants lorsque ceux-ci sortaient de l'école, c'était la base de son existence depuis son divorce. Inga-Lisa trouvait celle-ci bien grise et morne. Kerstin, pour sa part, ne pouvait comprendre cette façon de voir, tant que les enfants n'auraient pas quitté la maison, tout du moins. Inga-Lisa ne lui connaissait aucune relation masculine. Il était probable qu'elle avait vécu ces quatre dernières années dans un célibat absolu. Leur père avait déployé de gros efforts pour obtenir d'elle qu'elle pense un peu à elle-même. C'est en partie pour cette raison qu'il avait tenté — mais en vain — de l'inciter à emprunter le bateau et de prendre un peu de vacances, puisque les enfants étaient chez leurs grands-parents, etc. En ce sens, le simple fait que Kerstin fût aux commandes, en ce moment, constituait un progrès considérable et Inga-Lisa l'avait bien compris.

Elles parlèrent beaucoup, surtout de leur sœur et de la façon dont leurs parents allaient prendre cette disparition. Mais elles n'abordèrent pas le sujet de la conduite de Lisbet au cours des derniers jours de sa vie. Elles n'évoquèrent pas non plus tout ce qui pouvait avoir trait à l'enterrement. Elles se trouvaient bien, dans la compagnie l'une de l'autre. Les enfants, pour leur part, étaient occupés à compter les mouettes.

Plus tard dans la soirée, une fois les autres couchés, Inga-Lisa sortit et longea la côte nord de l'île. Elle aimait bien marcher seule, quand elle en avait le temps et avait besoin de réfléchir. Le temps était calme. Seul le bruit d'un bateau à moteur venait de temps en temps percer le silence. Le soleil était couché. Les mouettes qui étaient encore en l'air, ainsi qu'une sterne ici ou là, paraissaient plus légères que dans la journée.

Elle parvint au bout de l'île et poussa jusqu'à l'extrémité de sa pointe. La mer s'ouvrait devant elle. Elle s'imagina qu'elle voyait l'îlot sur lequel Lisbet avait rendu les armes, quoique sachant parfaitement qu'il était dissimulé au milieu de tous les autres écueils de l'archipel. Un bateau passa tout près d'elle avec, à son bord, quelques jeunes qui parlaient très fort. Peu après, son sillage vint mourir sur le rivage. Puis il disparut le long de la côte et le silence redevint presque absolu. Un peu plus loin à l'intérieur, elle entendit chanter un merle. Et, de temps en temps, le cri d'une mouette au-dessus de l'eau.

Elle resta très longtemps assise là, sans penser à quoi que ce soit de particulier. Elle avait si rarement le temps d'être seule avec elle-même. Vu de cette pointe, le monde était très beau et on aurait pu le croire hors d'atteinte de la malignité des hommes et de la politique mondiale — si l'on n'avait pas eu de très bonnes raisons d'être persuadé du contraire.

Inga-Lisa était bien placée pour cela mais, ce soir-là, elle ne voulait justement pas le savoir. En revanche, elle avait des problèmes à résoudre. Elle les posa tous, en désordre, sur le rocher qui se trouvait devant elle et l'eau vint les réduire en petits morceaux colorés en rouge et en brun par la lueur de l'horizon septentrional.

Le temps passa. Le merle avait cessé de chanter. Mais on entendait encore une mouette, de temps en temps, au-dessus de la mer. L'eau était encore plus paisible, maintenant, et ne découvrait presque plus le rocher. Sa surface était lisse et mate et les îles et îlots, aux alentours, semblaient plus proches qu'auparavant. À quelque distance de la côte, elle vit un poisson venir battre à la surface.

Le merle poussa tout à coup l'un de ces sifflements moqueurs qu'il laisse volontiers entendre lorsqu'il prend son essor. Inga-Lisa reprit rapidement ses esprits. Elle s'aperçut qu'il était bientôt minuit et se demanda ce qui avait pu effrayer ainsi ce merle, lorsqu'elle reconnut son père, qui arrivait à pied le long de la grève. Elle était maintenant bien reposée et avait fini de réfléchir. Elle se leva donc et se rendit alors compte qu'elle avait froid. En la voyant, Östergren lui fit un petit signe de la main, et ils se retrouvèrent au sommet des rochers, à la pointe extrême de l'île.

— Il ne fallait pas t'inquiéter, dit gentiment Inga-Lisa afin d'épargner à son père l'obligation de fournir une explication à sa présence en ce lieu en une heure aussi tardive, à la recherche d'une fille pourtant déjà adulte et très indépendante.

— J'ai simplement trouvé que la soirée était belle, et puis je désirais réfléchir un peu, reprit-elle.

Il passa son bras autour de ses épaules et elle eut l'impression d'avoir un peu moins froid.

XVI

Le lendemain, Mikael vint chercher Inga-Lisa et, une bonne heure plus tard, ils étaient de retour en ville. Mikael avait écouté le répondeur automatique et, suite à la demande de Strömbom, était convenu avec lui de le rencontrer après le déjeuner. Ils arrivèrent juste à temps pour se rendre directement au commissariat de police. Strömbom les accueillit. Comme s'y attendait Inga-Lisa, il était plus sûr de lui lorsqu'il se trouvait sur son propre terrain.

— Je crois que nous avons un certain nombre de choses à te raconter, commença par dire Inga-Lisa.

— Par exemple, ce que vous avez vu chez Erik Lindström hier ?

— Ah bon, tu lui as également parlé ?

— Oui, nous lui avons fait une petite visite aujourd'hui, sans doute un peu trop tardive. Ce n'était d'ailleurs peut-être pas indispensable, puisque tu t'en étais chargée dès hier.

Impossible de discerner au ton de sa voix si cette remarque se voulait sarcastique ou non. Inga-Lisa lui demanda alors :

— Qu'est-ce que vous avez trouvé de beau ?

— Rien du tout.

— Rien ? Qu'est-ce que vous cherchiez donc ? Et avez-vous vraiment bien cherché ?

— Nous ne pouvions naturellement rien faire d'autre que d'examiner les affaires de ta sœur et nous nous sommes donc limités à ça.

— Et alors ?

Cette fois, Strömbom ne se laissa pas impressionner et répliqua du tac au tac :

— Et vous, qu'est-ce que vous avez trouvé ?

Mikael se tourna vers Inga-Lisa, qui répondit immédiatement :

— Je vais y revenir dans un instant. Mais je voudrais d'abord te poser une question : avez-vous remarqué quelque chose de particulier, là-bas ?

— Non.

— C'est bien ce que je pensais. Dans l'hypothèse où il y avait vraiment quelque chose — je dis bien : dans l'hypothèse — Erik l'avait certainement fait disparaître. Par contre, nous avons, pour notre part, réussi à le prendre à l'improviste. Nous avons procédé à — comment dire — une fouille assez poussée. Probablement avec son consentement, bien entendu. Tout du moins sur le plan formel...

Strömbom resta de marbre. Inga-Lisa, en revanche, ne parut pas se départir de cet air aimable qu'elle affichait.

— La différence qu'il y a entre nous, reprit alors Strömbom, c'est que, officiellement, la mort de ta sœur résulte d'une maladie. Si nous nous y intéressons, c'est à cause des circonstances étranges qui ont entouré sa disparition. De plus, nous enquêtons sur une affaire qui n'a peut-être rien de criminel, je veux parler de cet accident de bateau et des trois morts qu'il a entraînées. Plus un vol de voiture et un vol de bateau, qui constituent bien sûr des délits mais, en tant que tels, ne revêtent pas la même importance. Ce qui est étrange, c'est la coïncidence de tous ces événements.

Étrange, c'est bien le mot, se dit Mikael, qui attendait qu'Inga-Lisa abatte son jeu :

— Et puis, poursuivit Strömbom, il y a une autre affaire qui vient de me tomber dessus : un viol sur lequel il va falloir que j'enquête.

— Quel rapport a-t-elle avec tout ça ? demanda Mikael.

— Aucun. Ça s'est passé il y a six semaines.

— Et ce n'est que maintenant qu'on mène l'enquête à ce sujet ?

— En fait, il s'agit de la rouvrir, cette enquête. Et, cette fois-ci, c'est moi qui en suis chargé.

Dans l'expectative, Inga-Lisa le regarda, puis se décida à lui demander :

— Qu'est-ce que ça signifie ?

— Rien de plus que ce que je viens de dire. N'oubliez pas que nous manquons de personnel toute l'année, alors inutile de préciser la situation en période de vacances...

— Mais, si l'été est une période particulièrement difficile, comme tu le dis, comment se fait-il que tu sois obligé de te lancer dans une enquête supplémentaire qui va... ?

— Les ordres sont les ordres, répondit Strömbom. Et, pour une fois, on a consenti à me donner un ordre. On a considéré que cette affaire de viol devait faire l'objet d'une nouvelle enquête. Et je me permets d'approuver cette initiative car la première laissait vraiment à désirer et il semble que nous ayons maintenant la possibilité de pincer plusieurs suspects — en effet, ils étaient plusieurs dans le coup. Le procureur désire pouvoir les inculper. C'est une femme, ajouta-t-il en regardant Inga-Lisa d'un air un peu niais, mais celle-ci ne broncha pas.

— Alors, tu abandonnes l'enquête dans l'affaire qui nous occupe ? demanda Mikael.

— Absolument pas. Mais elle ne pourra pas être menée de façon particulièrement active tant que d'autres informations ne seront pas parvenues à notre connaissance. Et j'espère bien que vous en avez à me fournir.

— Quel est le nom du docteur qui a prescrit à Lisbet les comprimés qu'elle prenait ? demanda Inga-Lisa.

Strömbom fouilla dans une pile de papiers posée près de lui, puis leva les yeux et dit :

— Un certain docteur Almén, de Växjö.

— Växjö ?

— C'est marqué là. Mais nous n'avons pas parlé avec lui.

Mikael nota le nom. Strömbom les regardait tous deux, l'air d'attendre quelque chose.

— Eh bien ? dit-il.

— En fait, nous n'avons rien trouvé. Rien d'autre que des micros clandestins.

Strömbom sursauta sur son fauteuil.

— Des micros clandestins ? demanda-t-il.

Inga-Lisa hocha la tête. Strömbom resta tout d'abord sans rien dire, puis esquissa un sourire, mais pas très convaincant.

— Vous plaisantez, bien entendu !

— Non, absolument pas. Ces appareils étaient au

nombre de deux et pourvus d'émetteurs. Nous n'en savons pas plus.

Il y eut un bref moment de silence.

— Dans ce cas, je comprends encore moins qu'auparavant, dit alors Strömbom. Je suppose que vous n'avez pas posé de questions à Lindström au sujet de ces appareils ?

— Tu supposes bien.

— Naturellement, il peut y avoir plusieurs explications, dont aucune n'est particulièrement plausible. Mais, s'ils se trouvaient bien là — et je présume que vous ne vous moquez pas de moi — il est certain que la chose doit être prise en considération.

— Ce qui veut dire ?

— Qu'il y a encore moins de raisons que je ne le pensais auparavant de classer l'affaire de la mort de ta sœur.

— En d'autres termes : tu poursuis l'enquête.

Strömbom eut l'air un peu gêné.

— Vu tout ce que j'ai sur les bras pour l'instant, je ne dispose pas encore d'assez d'éléments pour la faire passer avant le reste.

— Pas assez d'éléments ?

— Oui, pas assez d'éléments allant dans la même direction. Il est vrai que je pourrais poser certaines questions à Erik Lindström...

— Qu'est-ce qui t'empêche de le faire ?

— Je ne sais pas, à vrai dire. S'il n'était pas au courant de ces micros, il serait bon qu'il soit informé de leur présence. D'un autre côté, il n'est pas impossible que nous puissions en savoir plus long en laissant les choses en l'état pendant un certain temps. Et, s'il est au courant, il vaut peut-être mieux qu'il ne sache pas que nous en avons connaissance, nous aussi...

Inga-Lisa le regarda longuement.

— C'est tout ce que tu as l'intention de faire ? demanda-t-elle.

— Oui, pour le moment en tout cas. Je n'ai rien d'autre sur quoi me fonder. Il faut attendre. C'est du moins mon avis.

Inga-Lisa acquiesça d'un signe de tête, mais Mikael avait l'air interloqué. Il ouvrit la bouche mais, sans même le regarder, Inga-Lisa l'interrompit d'un geste de la main et dit :

— Eh bien, ce sera donc tout pour aujourd'hui. Je suppose que tu prendras contact avec nous si tu entends parler de quelque chose d'intéressant, et je n'y manquerai pas pour ma part.

Strömbom la regarda.

— Je regrette de ne pas pouvoir en faire plus pour l'instant. Mais je voudrais encore savoir une chose avant que vous ne partiez. Avez-vous découvert quoi que ce soit d'autre ?

— Non, aucun papier, aucune note ou quoi que ce soit de ce genre. Nous sommes aussi à court d'indices que tu peux l'être.

La main d'Inga-Lisa était toujours levée, en quelque sorte, et elle empêcha Mikael de prendre la parole, sans que Strömbom s'en aperçoive.

Mais, une fois dans la rue, il fut incapable de se retenir plus longtemps :

— Qu'est-ce que ça signifie ? Pourquoi est-ce que tu ne lui as pas parlé du reste ?

Ils se dirigeaient à vive allure vers leur cabinet.

— Parce que je n'avais pas de raison de le faire en ce moment.

— Comment ça ?

— Je ne connais pas très bien Strömbom, mais je connais parfaitement les gens de son espèce. Il ne fera rien tant qu'il n'aura pas un cadavre sur son bureau. La seule chose qu'on puisse faire est de lui fournir peu à peu d'autres informations qu'il entreposera quelque part — dans le pire des cas sur une feuille de papier — mais ça ne sera pas suffisant pour l'obliger à sauter le pas et à faire quelque chose. Je ne vois d'ailleurs pas très bien ce qu'il pourrait faire, entre nous soit dit.

— Mais il dispose tout de même de certains moyens pour mener l'enquête... ?

— Tu crois ça ? dit Inga-Lisa en se retournant vers lui. Tu l'as entendu toi-même parler de tout ce qu'il avait sur les bras. Il considère que, dans l'état actuel des choses, il peut arriver à de meilleurs résultats dans d'autres affaires. La police n'a pas échappé à ce qu'on appelle la réduction des frais de fonctionnement, sois-en bien persuadé.

— Mais cette histoire de viol paraît tout de même bien étrange, dans ce contexte.

— Ça vient de ce qu'elle ne fait pas partie de cet ensemble, mais qu'on en a simplement chargé Strömbom en ce moment précis.

— Oui, il est vraiment bien choisi, ce moment.

— Bien sûr, dit Inga-Lisa d'une voix neutre.

Ils étaient maintenant arrivés devant la porte d'entrée de l'immeuble. Inga-Lisa s'immobilisa.

— Monte vérifier s'il n'y aurait pas un vol pour Växjö cet après-midi. Dans ce cas, essaie de le prendre, mais préviens d'abord ce docteur. Laisse son numéro de téléphone en évidence, là-haut, pour que je puisse l'appeler et lui préciser le sens de ta visite.

Rentre dès ce soir. Moi, j'ai d'autres choses à faire avant ça.

Mikael exécuta fidèlement ces instructions. Le docteur était à son domicile — c'était les vacances même dans le Småland — et accepta sans grand enthousiasme la demande que lui présenta Mikael de venir le voir le jour même à propos des médicaments de Lisbet et les circonstances dans lesquelles il les lui avait prescrits. Mikael dut promettre qu'Inga-Lisa l'appellerait plus tard dans la journée pour que le docteur se laisse arracher une réponse à peu près affirmative. Mikael lui demanda alors s'il devait se rendre à son cabinet, mais s'entendit répondre, à sa grande surprise, qu'il l'attendrait à l'aéroport.

— Comme ça, tu pourras prendre l'avion suivant pour rentrer, dit le docteur.

Mikael le remercia de cette amabilité inattendue. Puis il réserva sa place par téléphone, à la fois pour l'aller et le retour, laissa un mot à l'intention d'Inga-Lisa et, dix minutes plus tard, il était au volant de sa voiture en direction de l'aéroport d'Arlanda.

Au même moment, Inga-Lisa était encore plongée dans la lecture d'un certain nombre de papiers qu'elle avait posés sur la table de la cafétéria, à côté d'une tasse de thé maintenant froid et seulement à moitié vide. Elle réfléchissait intensément. Son intuition bien connue était totalement en alerte mais ne donnait encore que des résultats très sporadiques. Et, même si elle n'éprouvait que dédain pour la prudence de gens comme Strömbom, elle était assez fine mouche pour ne pas tirer elle-même des conclusions par trop hasardeuses.

XVII

Van Drijd examina la situation telle qu'elle se présentait désormais. Il avait été certain que l'idée d'implanter cette opération en Suède était bonne. Et il n'avait pas encore de raison de changer d'avis. Mais le fait était qu'il venait de survenir une péripétie qui aurait pu être évitée, compte tenu des moyens dont ils disposaient.

Cet après-midi d'été à Stockholm était chaud et paisible, voire un peu étouffant. C'était la pleine période des vacances et beaucoup d'entreprises tournaient à régime réduit ou bien avaient même purement et simplement fermé leurs portes. Sa propre firme constituait pourtant l'exception à cette règle. Tout le personnel de l'entreprise était au travail, mis à part quelques employées de bureau. Aussi bizarre que cela puisse paraître, celles-ci étaient toutes suédoises, alors que tous ceux qui travaillaient étaient étrangers.

Leurs nationalités étaient très diverses. Van Drijd lui-même était originaire d'Afrique du Sud, mais détenait un passeport hollandais. Il en possédait même un suisse, mais il s'était bien gardé de le signaler à son entrée dans le pays. Il aurait d'ailleurs pu en obtenir de bien d'autres nationalités, s'il l'avait voulu. Ce n'étaient pas les appuis qui lui faisaient défaut.

Sur la porte du bureau était apposée une plaque discrète informant les visiteurs éventuels que c'était bien là qu'était installée la société Bio Medic. La même plaque signalait les rapports existant entre cette Bio Medic et celle du même nom sise à Zurich. La firme suédoise était de toute évidence une filiale de celle qui était établie en Suisse.

Le plus proche collaborateur de van Drijd se nommait Thompson. Celui-ci était détenteur d'un passeport britannique mais domicilié, quelques années auparavant encore, en Rhodésie. Lorsque celle-ci avait pris le nom de Zimbabwe, Thompson avait considéré qu'il était temps d'aller chercher fortune ailleurs.

Un troisième homme portait le nom de Bolsov. Malgré la consonance russe de son nom, il disait être originaire des États-Unis. Van Drijd avait fait procéder à des vérifications poussées sur ce point, mais celles-ci n'avaient fait que confirmer les dires de l'intéressé. De toute façon, Bolsov était trop précieux aux yeux de van Drijd pour qu'il se préoccupe beaucoup de sa nationalité véritable. À ses yeux, en effet, seuls comptaient les résultats, et il pensait bien qu'un jour ses commanditaires et lui seraient les légitimes propriétaires desdits résultats.

Les trois hommes étaient restés silencieux pendant un bon moment dans cette grande pièce claire. À l'intérieur, on entendait le ronronnement bien plus faible que d'habitude de la circulation le long des berges et, de temps en temps, le bruit lointain, mais plus métallique, d'un train.

C'est Bolsov qui finit par mettre fin à ce long silence.

— Nous ne pouvons pas nous permettre d'attendre de voir ce qui va se passer, dit-il dans un anglais parfait.

Van Drijd, qui en parlait un légèrement moins raffiné, n'était pas tout à fait sûr que cet anglais-là fût bien celui que l'on utilisait en Amérique, mais il était depuis longtemps habitué à cette impression.

— En effet, opina Thompson, nous avons déjà trop investi, et puis nous sommes tellement près de la fin de cette opération qu'il ne faut pas prendre le moindre risque.

Van Drijd avait toujours trouvé que les deux autres avaient tendance à aller un peu vite en besogne. Pour sa part, il préférait examiner sérieusement les diverses éventualités. Une fois la décision prise, il fallait la mettre à exécution avec célérité, efficacité et sans se poser de questions — mais seulement alors.

— J'aimerais quand même vous faire observer, dit van Drijd d'une voix douce, que la dernière fois que vous avez tenu à prendre des mesures, celles-ci ont été tellement mal préparées que tout est allé de travers. Trois morts. Une véritable sensation. Et le risque que des rapports puissent être établis avec nos activités. De notre point de vue, c'est un miracle que cette fille soit morte. Si nous sommes parvenus à mettre ses papiers en sécurité, c'est plus ou moins grâce à des circonstances particulièrement heureuses, et celles-ci ont été dues au fait que Schmidt a été dans l'obligation de quitter le bateau afin d'aller chercher des renforts pour la retrouver, qu'il s'est trouvé jeter un coup d'œil dans la voiture et qu'il a opéré le rapprochement.

Il observa les deux autres d'un regard ferme et poursuivit :

— Rien que le fait de se lancer à la poursuite de quelqu'un dans un bateau qui ne va guère plus vite que celui qu'on prend en chasse...

— Ça, c'était dû à de mauvaises informations, fit remarquer Thompson.

— Mauvaises informations ! C'est précisément ce qui est en cause. Vous disposiez de renseignements de la bouche même de son mari quant à ses habitudes, mais vous n'avez pas été fichus de faire la différence entre les bateaux.

— On a pensé qu'elle prendrait ce qu'on croyait être le bateau de la famille, qui n'est vraiment pas bien rapide. Dans ce cas-là, on n'aurait eu aucun mal à la rattraper dans un coin où personne ne pouvait remarquer...

— Non, bien sûr. Mais, au lieu de ça, elle vous a filé sous le nez et, pour la retrouver, il a fallu faire procéder à des recherches par la voie aérienne. Encore heureux que l'avion ne se soit pas écrasé, lui aussi. Et puis après, un feu d'artifice dont il a été question dans les journaux pendant plusieurs jours. Comme vous dites : personne ne pouvait remarquer.

Van Drijd ne faisait pas dans la dentelle, en matière de sarcasmes. Malgré cela, les deux autres ne se laissèrent pas imposer le silence :

— Quoi qu'il en soit, il faut probablement faire quelque chose, maintenant, pour éviter des complications, reprit Bolsov. Une chance qu'on ait repéré

Lindström au moment où il quittait l'Institut. Comme ça, on sait que quelqu'un a trouvé deux de nos micros. Mais on ne sait pas ce qu'ils ont trouvé d'autre.

— Lindström ne vous avait pas tout remis ?

— Si, mais on n'a pas vérifié dans la maison s'il n'y avait pas autre chose. Comme tu sais, Lindström n'est pas un type bien énergique, on peut lui faire faire à peu près n'importe quoi, à condition qu'il puisse se dire qu'il ne comprend pas lui-même ce qu'il est en train de faire. Mais, justement du fait qu'il n'est pas bien solide, il ne faut pas perturber son équilibre en fouillant sa maison de fond en comble. Dans son for intérieur, il sait très bien ce qu'il a fait et qu'il est encore en train de faire, mais il se défend en se mentant à lui-même et, tant que ça fonctionnera, on pourra se servir de lui. On peut même sans doute dire qu'on a besoin de lui, du moins pendant un certain temps encore.

Un signe de tête de la part de van Drijd leur indiqua qu'il partageait ce point de vue.

— Arrangez-vous pour faire discrètement dire à Lindström qui a bien pu trouver les micros et ensuite procurez-vous des renseignements sur cette personne ou ces personnes. Toi, Bolsov, arrange-toi — également de façon discrète — pour que quelqu'un prenne contact avec ce docteur de Växjö que Lisbet Lindström a consulté, paraît-il.

— J'y ai déjà pensé, répondit Bolsov. Il y a quelqu'un qui est en route.

Pour la première fois, van Drijd eut l'air légèrement satisfait.

— C'est toujours ça, dit-il. À condition qu'il s'y

prenne avec tact. Qu'il se fasse passer pour un parent ou quelque chose comme ça.

— Exactement, répondit Bolsov.

— Eh bien parfait. C'est tout pour l'instant. Rendez-vous ce soir, ici, à 21 heures 30. Mettez à profit le temps qui vous reste pour examiner soigneusement la situation, je demanderai alors à chacun de vous de me faire un rapport et de me donner son jugement d'ensemble.

D'un signe de tête, van Drijd signifia aux deux autres que l'entretien était terminé. Puis il se leva brusquement et pénétra dans la pièce adjacente.

C'était son propre bureau. Il était assez vaste, mais les murs en étaient absolument nus et il était meublé d'une simple table, d'une chaise et d'un fauteuil, ainsi que d'un gros coffre-fort. C'était un lieu de travail et de réflexion et il n'y avait donc rien dedans qui puisse distraire l'esprit. Van Drijd se laissa tomber dans le fauteuil, tourna le visage vers le haut et ferma les yeux. Il était loin d'être aussi calme que son comportement vis-à-vis de ses collaborateurs pouvait le laisser penser. En fait, la situation le préoccupait beaucoup. Il savait qu'ils ne pouvaient plus se permettre de commettre d'autres faux pas. L'opération principale était sur le point de toucher à son terme. Toute perturbation risquait de retarder son aboutissement de plusieurs années. En outre, un tel retard impliquerait que la méthode serait également connue ou utilisée par divers concurrents. Et cette idée déplaisait fort à van Drijd.

Avaient-ils eu raison d'utiliser le personnel dont ils disposaient en Suède ? Van Drijd le pensait, mais il était capable d'admettre, au fond de lui-même, qu'ils n'avaient pas prévu une bonne partie de ce qui était allé de travers. Les chercheurs suédois avaient bonne réputation sur le plan international. Et il y avait là une infrastructure scientifique qui n'était pas sans importance pour la suite de leurs activités.

Ce qu'ils avaient sous-estimé, en revanche, c'est à quel point bon nombre de ces chercheurs manquaient de sens pratique — et étaient même extrêmement ignorants — quand il s'agissait de quelque chose qui ne relevait pas strictement de leur spécialité. Ils n'avaient pas non plus prévu la naïveté qui caractérisait la collectivité des savants suédois. Van Drijd avait donc été amené à réviser son jugement sur la recherche telle qu'elle était pratiquée dans ce pays et à la considérer comme franchement mauvaise, en ce sens qu'elle ne pouvait pas vraiment fonctionner dans une réalité extérieure.

La pire expérience de van Drijd en Suède était la fois où il avait découvert que le gardien alcoolique de cet Institut de recherches biologiques s'était introduit sans la moindre difficulté dans l'un des laboratoires et avait par la même occasion détruit plusieurs cultures. Deux autres membres du personnel, des chercheurs dont il ne se souvenait plus du nom, avaient découvert cela en arrivant sur place, le soir, pas plus de deux heures après les faits. Ils avaient immédiatement interdit l'accès au laboratoire et fait désinfecter les lieux la nuit même, opération qui avait heureusement réussi, en dépit des craintes que l'on pouvait légitimement nourrir.

Mais qu'avaient-ils fait également ? Ils avaient emmené ce gardien à moitié conscient dans la salle de repos. La salle de repos ! Deux chercheurs parfaitement informés de ce qu'ils étaient en train de faire avaient emmené une personne contaminée dans la *salle de repos*. La raison qu'ils avaient fournie par la suite était vraiment impayable : c'était le seul endroit où il y avait un lit !

La désinfection de cette salle ainsi que du mur situé entre le laboratoire et cette dernière avait été une affaire considérable. Personne n'avait eu le droit de pénétrer dans les locaux de l'Institut pendant une semaine. Quant aux deux chercheurs, ils avaient dû rester sur place pendant la même durée.

Van Drijd n'avait pas compris qu'en Suède, l'incompétence n'est un obstacle à l'embauche dans aucune fonction. Ce gardien avait suivi le reste du personnel affecté à cette recherche, lorsque celle-ci avait été transférée dans ces locaux situés en dehors de la ville, parce que c'était lui le plus ancien. Van Drijd n'était pas parvenu à obtenir satisfaction à sa demande pour qu'il soit affecté à un poste où il ne risquait pas de causer du tort, parce que, pour cela, il aurait fallu procéder à des négociations avec le syndicat qui aurait pu porter gravement préjudice aux recherches en cours. Du moins si l'on risquait de devoir préciser quel genre de tort il pouvait causer. Il se souvenait encore des paroles d'un délégué syndical :

— Il faut montrer qu'on a confiance en lui. Et puis la sécurité est parfaitement assurée dans les laboratoires.

Le seul problème, c'était qu'aucun laboratoire ne pouvait être mis à l'abri des risques humains, se dit van Drijd. Ce délégué syndical le savait très bien, lui aussi, mais, en bon Suédois, il avait raisonné tout à fait en dehors de la question. Van Drijd soupirait de façon presque audible quand il pensait à ce qui s'était passé par la suite. L'Institut avait été construit très rapidement, à la grande satisfaction des politiciens locaux. Il avait été inauguré par le collaborateur direct du préfet, qui avait dit que l'importance principale de cet établissement était les emplois qu'il créait dans la commune et dans la région. Il n'avait pas dit un mot de ce qu'on devait y faire, car il n'en savait rien et, d'ailleurs, même s'il l'avait su, il n'y aurait rien compris. On avait donc lancé l'opération et ce poivrot de gardien avait été augmenté et s'était vu confier les clés de tout le bâtiment. Van Drijd avait tenté de s'y opposer, mais on lui avait répondu qu'un poste de confiance comme celui-ci — pourquoi pas un poste de gestionnaire, pendant qu'ils y étaient — entraînait la responsabilité de tout l'immeuble.

— Mais on avait bien convenu qu'il ne saurait en aucun cas avoir accès aux laboratoires, fit alors valoir van Drijd. C'était une condition.

— Oui, c'est vrai qu'on en avait parlé, mais le poste qui lui est confié est de telle nature que...

Van Drijd ne connaissait pas encore très bien les Suédois et était resté interloqué. Depuis, il avait eu l'occasion de se demander si la réussite de toute cette entreprise — voire l'histoire du monde tout entière — ne reposait pas, en définitive, sur le droit du travail suédois.

Enfin, tout cela avait quand même fini par se résoudre d'une façon raisonnable. La deuxième nuit, le gardien avait été conduit à l'écart de l'Institut. Bien désinfecté, pour plus de sûreté. Et depuis, il reposait au fond de la Baltique. À cet endroit, il ne pourrait plus leur causer d'ennuis, même si son corps se décomposait très vite. Van Drijd se demandait comment réagirait le syndicat s'il apprenait qu'on osait faire passer l'un de ses membres de vie à trépas sans négociations préalables. Quant aux règles d'hygiène sur les lieux de travail...

Van Drijd possédait un certain sens de l'humour. Il en eut bien besoin lorsqu'il s'avéra, d'une part, que le corps du gardien avait refait surface au bout... d'une ligne à morue et, d'autre part, que, après cinq jours d'isolement total, l'un des deux chercheurs avait disparu à son tour et avait fait sa réapparition quelques heures plus tard, après être rentré chez lui pour fêter l'anniversaire de son plus jeune fils ! Cette fois, van Drijd eut du mal à en croire ses oreilles. Un savant ayant une longue expérience et parfaitement au fait de ce qu'il était en train de faire, avait rendu visite à sa famille avant de savoir s'il était contaminé ou non.

— Mais enfin, c'était l'anniversaire du petit, lui avait-on répondu pour toute explication.

Cela rappelait à van Drijd ce qui se passait dans son pays, en Afrique du Sud, quand une épidémie se déclarait dans un régiment. Les sous-officiers et hommes de troupe étaient gardés en quarantaine, mais les officiers pouvaient rentrer chez eux comme d'habitude.

Ce chercheur — ah oui ! il s'appelait Lindgren, van Drijd s'en souvint tout d'un coup — paraissait naïf au point de croire que la contagion respecterait ce qui était le plus important à ses yeux, à savoir l'anniversaire de son « petit ».

Et alors il avait fallu prendre des mesures d'urgence ! Grâce à des rumeurs d'oreillons, les camarades de l'enfant avaient décliné l'invitation à la dernière minute — apparemment, les mères de famille avaient plus le sens de la contagion que les savants qui se livraient à des recherches dans ce domaine — et il n'y avait eu que les membres de la famille Lindgren, ainsi qu'un de celle de l'autre chercheur — van Drijd se rappelait maintenant qu'elle s'appelait Ohlson — qui étaient entrés en contact avec Lindgren père. Le même soir, les deux familles s'étaient vu offrir un voyage pour pouvoir passer quelques jours avec les chercheurs. Et quelques nuits plus tard, leurs maisons avaient brûlé, avec les deux familles elles-mêmes, qui y avaient été ramenées au cours de la nuit. L'enquête avait prouvé que cette opération de désinfection avait été un succès total.

Comparé à celle-ci, il avait été beaucoup plus simple — encore qu'on ait eu là pas mal de chance — de récupérer le corps du gardien avant que quiconque ne parvienne sur les lieux. Comme on le sait, ce n'étaient pas les moyens qui faisaient défaut à van Drijd, et ceux-ci incluaient l'écoute des voitures de police et bien d'autres choses encore. Le hasard avait voulu qu'on opère le rapprochement entre cette découverte et cette disparition si bien organisée, et on n'avait alors eu aucun mal à comprendre ce qui avait été découvert non loin de la côte au cours d'une partie de pêche estivale. Cette fois, le corps avait été immergé bien plus loin au large, lesté de poids bien mieux arrimés que la précédente — naturellement, chacun avait rejeté sur l'autre la responsabilité de l'échec de cette première opération. Il aurait mieux valu, en fait, le sortir de là et le « désinfecter » une bonne fois pour toutes, mais le temps manquait.

Van Drijd repensa avec mélancolie à toutes les erreurs qui avaient été commises ces derniers temps. On pensait pouvoir éviter, en Suède, les problèmes qu'était, ordinairement, susceptible de soulever un institut comme celui-ci dans les pays évolués, à savoir le scepticisme et les questions indiscrètes des voisins, des politiciens et des intellectuels. Et il s'était avéré qu'on avait raison sur ce point. L'inévitable exception avait été constituée par une vieille dame résidant tout à côté, qui s'était imaginé que son mari était mort à cause de quelque chose qui se passait derrière les murs de cet Institut. D'autres voisins — habitant à vrai dire à un ou deux kilomètres de là — s'étaient également inquiétés de ce qui était arrivé à ce vieux couple. Mais, d'après les informations que possédait van Drijd, l'Institut n'avait aucune responsabilité dans ce décès. On avait procédé à une enquête très minutieuse, à laquelle avaient également participé les médecins maison, et celle-ci avait révélé que cet homme était mort d'une congestion pulmonaire tout à fait banale, même si elle avait été foudroyante. Le pire, c'était que cette femme était devenue méfiante vis-à-vis de tous les médecins qui se présentaient. C'était le genre de personne dont la suspicion ne faisait que croître lorsque le remplaçant du spécialiste de médecine du milieu ambiant l'assurait que les activités de l'Institut ne pouvaient présenter aucun danger. On aurait dit qu'elle ne croyait pas ce docteur uniquement parce qu'il était employé par les autorités. Van Drijd était bien d'accord pour penser qu'au fond elle n'avait pas tort. Mais, dans ce cas précis, il se trouvait que ce médecin avait dit la vérité en ce qui concernait l'Institut et son mari.

Par ailleurs, la vie était belle, dans ce pays, pour ce genre d'activité. Tout le monde n'en pensait que du bien. Les politiciens locaux étaient toujours prêts à dire qu'il fallait se fier aux experts. Il ne leur venait même pas à l'esprit de s'inquiéter du fait que les experts en question étaient employés ou rémunérés par l'Institut. Ces politiciens disaient également qu'ils avaient confiance dans les autorités. Peu importait, cette fois encore, que toutes sans exception disaient que les activités de l'Institut ne relevaient pas de leurs attributions, mais qu'elles pensaient qu'elles étaient bonnes et utiles et qu'elles partaient du principe que les instances compétentes veilleraient à ce que tout se passe bien.

Bref, c'était un climat idéal pour ce genre d'opération. Les problèmes qu'ils avaient rencontrés étaient en fait liés à leurs activités elles-mêmes. Et cette ironie du sort déplaisait fort à van Drijd. Mais il savait également qu'il serait largement en mesure, de même que ses commanditaires, et mis à part cette balourdise généralisée, de maîtriser et d'inverser l'évolution des choses de façon à ce que l'essentiel du projet puisse être mené à bien. Entre deux maux il faut toujours choisir le moindre, et la solution suédoise était sans doute la moins mauvaise. Il serait probablement difficile de trouver un autre pays possédant les ressources de base indispensables et dans lequel ils pourraient travailler aussi tranquillement qu'ici.

Au cours d'une phase antérieure de l'opération, il était arrivé à van Drijd de se demander comment réagiraient les chercheurs. Leurs commanditaires avaient fondé leur stratégie sur le principe que ceux-ci font preuve de plus d'efficacité si on les laisse travailler en paix. Les tentatives auxquelles s'étaient livrés les pays de l'Est en vue d'obtenir des résultats par la contrainte n'avaient pas été particulièrement couronnées de succès, alors qu'aux États-Unis on avait pu obtenir n'importe quoi de savants qui étaient, du point de vue formel, des citoyens absolument libres. En Suède, une équipe de chercheurs dociles revenait moins cher qu'aux États-Unis et, du fait du climat culturel du pays, elle était bien plus efficace. Dans ce domaine scientifique en particulier, il n'était pas un savant qui ne caressât pas au fond de lui-même des rêves de prix Nobel. Il n'était donc pas nécessaire de leur mettre des œillères, ils s'en chargeaient tout seuls. La loyauté envers son propre domaine de recherches était totale dès la fin de la formation de base. Van Drijd se rendait bien compte que leur projet ne serait pas aussi avancé qu'il l'était si les différents chercheurs avaient possédé, outre leurs connaissances scientifiques, des idées sur la façon dont fonctionne une société. Telles qu'étaient les choses, ils étaient en quelque sorte prisonniers de l'Institut. Ils s'étaient solidarisés à un tel point avec leurs recherches qu'ils étaient, sur le plan affectif, incapables de le mettre en question autrement que de façon purement superficielle. En outre, ils parvenaient presque tous à éviter de considérer leurs activités dans leur ensemble. Beaucoup d'entre eux ne se doutaient même pas de ce à quoi leurs recherches pourraient servir et serviraient réellement.

Il n'était pas nécessaire de les acheter. Ils s'achetaient tout seuls au moyen de l'espoir de brillantes carrières. Ils étaient vraiment faciles à mener par le bout du nez. Mais, malheureusement, ils étaient également d'une maladresse qui ne laissait pas de surprendre van Drijd à chacune de ses manifestations.

Ce dernier avait bien des fois dit très cyniquement à ses commanditaires qu'il n'est pas facile de tout prévoir lorsque certains événements sont le fruit d'une planification déficiente, de l'ignorance, de la négligence et du hasard. Il était lui-même extrêmement logique. Et également très méticuleux. Mais il n'était pas sûr que ces qualités fussent vraiment suffisantes pour permettre d'être à la tête d'un ensemble aussi composite et aussi irrationnel que les activités de cet Institut et son personnel. Heureusement, les gens qui travaillaient dans l'ombre étaient plus satisfaisants. Ceux-ci fonctionnaient de façon plus efficace — à la triste exception de la tentative d'élimination de cette dénommée Lindström, la femme du chercheur du même nom.

Non, van Drijd n'était vraiment pas content de la situation et celle-ci l'inquiétait beaucoup. Il considérait qu'il était maintenant nécessaire de prendre le taureau par les cornes et de mener à bien ce projet en l'espace de quelques semaines, quels que fussent les moyens à mettre en œuvre.

XVIII

Le Fokker roula jusqu'au petit bâtiment d'aéroport sur lequel était marqué « Växjö ». Lorsque l'appareil s'immobilisa, presque tous les passagers se levèrent en même temps et se bouchèrent le passage pour sortir. Mikael, lui, resta assis. Au bout de quelques minutes, l'échelle de coupée fut avancée et l'avion put se vider de son contenu humain. Certains voyageurs poursuivaient jusqu'à Kristianstad et restèrent également à leur place. Une fois tous les autres descendus, Mikael se leva et quitta rapidement la cabine en passant devant une hôtesse de l'air qui eut l'air quelque peu étonné. Il se retourna. Mais aucun des passagers encore assis ne parut vouloir l'imiter. Mikael fut très fier de lui. Il s'était comporté exactement comme l'aurait fait l'un des agents secrets des nombreux livres d'espionnage qu'il avait lus. Conclusion : il n'était pas suivi.

Parvenu dans le petit aéroport, il se retourna de nouveau. Un homme d'un certain âge, qui avait vraiment l'air que l'on attribue volontiers à un médecin de campagne, se tenait près du kiosque à journaux et le regardait. Mikael lui lança en retour un coup d'œil interrogatif et l'homme hocha la tête et s'avança. C'était donc le docteur en question ?

— Vous êtes bien Mikael Andersson ? demanda l'homme.

— En effet. Et toi le docteur Almén ? Est-ce qu'Inga-Lisa — je veux dire Mme Östergren, l'avocate — a bien téléphoné ?

Ce devait être le mot de passe, car Mikael et son interlocuteur se serrèrent longuement et fortement la main.

— Oui, oui, je lui ai parlé. Si tu veux, on peut aller jusqu'à ma voiture. Je n'en ai pas pour longtemps à dire ce que je sais et, comme ça, tu pourras prendre l'avion suivant pour rentrer...

— J'ai retenu une place sur le dernier avion.

— Je sais, mais Östergren a modifié ta réservation. Tu as maintenant le numéro RZ 201 — va tout de suite faire le nécessaire au guichet, pour qu'on puisse s'en aller d'ici.

Toujours aussi respectueux des directives d'Inga-Lisa, Mikael se rendit au guichet et fit ce qu'on lui avait dit. Un quart d'heure plus tard, ils étaient en voiture dans la campagne smålandaise.

— Il faut que tu me pardonnes toutes ces mesures qui doivent te paraître étranges, dit le docteur. Mais, malgré mon âge, j'ai encore assez d'imagination pour prendre certaines précautions.

— Comment ça ?

— Nous allons rester dans la voiture pour bavarder. Puis on retournera à l'aéroport, on mangera une petite croûte et on parlera du temps qu'il fait.

Il freina pour laisser un camion doubler une caravane mais reprit ensuite :

— Mme Östergren m'a l'air de tout prévoir, dit-il en regardant Mikael, qui opina du bonnet d'une façon presque mélancolique.

« Elle m'a téléphoné, poursuivit le docteur, et m'a aussitôt demandé si je voulais bien la rappeler au numéro que me fournirait le service des renseignements — afin que je puisse être sûr que c'était bien à elle que je parlais, tu comprends. J'ai donc fait ce qu'elle me disait. Et nous sommes tombés d'accord pour que je te dise, à toi, ce que je sais et ne pas évoquer tout ça au téléphone. Tu crois qu'elle a peur d'être écoutée ?

— On le dirait bien.

— Puisque tu corresponds bien au signalement qu'elle m'a donné de toi, je peux te parler. Je n'en sais pas bien long mais ça peut avoir son importance. J'ai en effet soigné Lisbet Lindström.

— C'est ce que nous avons déduit de l'ordonnance de ses comprimés.

— En effet. Mais je ne l'ai eue comme patiente que quelques semaines. Elle se trouvait à Växjö pour une raison ou pour une autre et j'étais sans doute le premier nom sur la liste des médecins qu'elle a consultée.

— Qu'est-ce qu'elle avait ?

Le docteur lança aussitôt un regard légèrement soupçonneux à Mikael et dit :

— Tu sais de quoi elle est morte ?

— D'un cancer ? C'est bien la raison pour laquelle elle est venue te voir ?

Cette réponse devait satisfaire le docteur, car il reprit aussitôt :

— Elle venait de rentrer d'Amérique, plus précisément des États-Unis, où elle avait été prise de douleurs tellement violentes qu'elle avait dû être hospitalisée. Le diagnostic lui avait été livré sans ménagements. Un cancer très avancé et incurable, essentiellement à l'estomac. Plus rien à faire. On lui a donné de puissants analgésiques. Mais ceux-ci se sont épuisés pendant son séjour ici. Voilà pourquoi elle est venue me voir. C'est aussi simple que ça.

— Mais est-ce qu'on n'aurait pas pu la faire admettre à l'hôpital ?

— Je t'ai dit qu'il n'y avait rien à faire. J'ai vu les papiers qu'elle avait rapportés de son passage dans cet établissement américain. Je lui ai proposé de la faire soigner. Au moins afin qu'elle souffre un peu moins. Mais elle a refusé.

— Pourquoi ?

Almén ralentit et s'engagea ensuite sur une petite route latérale. Il resta un moment sans rien dire. Puis il arrêta la voiture le long d'un champ.

— Ici on sera très bien, dit-il. On peut rester là un certain temps. Tu veux sortir ?

Mikael secoua la tête.

— Bon, reprit Almén. Pourquoi ? Je ne pourrais pas le dire au juste. Mais elle m'a bien dit qu'il fallait absolument qu'elle termine quelque chose.

— Tu veux dire : finir de rédiger quelque chose ?

— Il m'a semblé qu'il ne s'agissait pas seulement de l'écrire. Je ne connais pas tous les détails. Mais elle m'a fait l'effet d'être fiévreuse. Non pas au sens médical du terme. Mais j'ai également pu observer qu'il y avait quelque chose qui la motivait de façon extrêmement puissante. Elle était très abattue, très malheureuse.

— Oui, je crois bien qu'elle n'a pas réussi grand-chose dans sa vie. Que ce soit sur le plan professionnel ou privé.

— C'est bien ce que j'ai compris, car elle me l'a presque dit elle-même. Mais ce n'était pas la raison pour laquelle elle était tellement déprimée. Ça avait à voir avec ce qu'elle était en train de faire.

— Elle n'a pas dit de quoi il s'agissait ?

— Non. Pourtant, elle s'est pas mal confiée à moi. Elle a dû se dire qu'un vieux bonhomme comme moi... Enfin, je ne sais pas.

Mikael regarda son compagnon. Il se doutait un peu de ce qu'avait pu penser Lisbet. Un homme d'âge assez avancé, bien gentil et plein d'expérience. Une sorte de figure paternelle. Quelqu'un à qui on pouvait se confier.

— Je crois, poursuivit Almén comme s'il pouvait lire dans les pensées de Mikael, qu'elle a osé me faire part de certains de ses soucis parce qu'elle pensait que, de toute façon, ceux-ci ne pèseraient pas trop sur moi. Mon âge et puis le fait que je sois médecin... Pourtant, elle ne m'a pas dit ce qu'elle était en train de faire. Indirectement, elle m'a fait comprendre qu'il était extrêmement important que ces faits soient divulgués et qu'on y mette un terme. Naturellement, je lui ai demandé si c'était elle qui pensait le mettre, ce terme. Elle n'a pas pris ça mal. « Il ne suffit pas de gens comme moi », m'a-t-elle répondu. « Mais il se trouve que j'ai eu la malchance de les découvrir. »

— La malchance de les découvrir ?

— Oui, c'est bien ce qu'elle a dit. Elle est même revenue à plusieurs reprises sur ce point. Il s'agissait de quelque chose qu'elle ne désirait pas savoir, en fait. Je lui ai demandé plusieurs fois de quoi il s'agissait. Mais elle n'a jamais voulu me répondre. À certains moments, elle pleurait.

Ils restèrent tous deux silencieux. Diverses hypothèses traversèrent l'esprit de Mikael quant à ce à quoi Lisbet avait bien pu faire allusion. Almén laissa son regard errer sur le champ près duquel ils étaient arrêtés.

— Pauvre enfant, dit-il ensuite.

— Tu crois qu'elle ne pouvait pas, tout simplement, être déboussolée par sa maladie ?

— Non, ça n'avait rien à voir avec ce dont elle souffrait. C'est certain. Au contraire, cette maladie est venue constituer un obstacle l'empêchant de mener à bien cette tâche, quelle qu'elle soit.

— Mais tu as bien dû lui demander si elle ne pouvait pas se confier à quelqu'un... ?

— Bien sûr que je l'ai fait. Mais elle a dit qu'il valait mieux ne rien savoir avant que tout ait été rassemblé. Je pense qu'elle voulait parler de faits, de preuves, ou quelque chose comme cela.

— Des preuves ?

— Oui, ou bien quelque chose dans ce genre-là.

Les hypothèses ne firent que se bousculer encore un peu plus dans la tête de Mikael. Il pensa à diverses formes de crime. Mais il avait du mal à imaginer desquelles il pouvait bien s'agir.

— Il paraît que Lisbet s'occupait de diverses choses, ces derniers temps, dit-il. Tu crois que c'était quelque chose sur quoi elle était en train d'écrire ?

— En tout cas, elle n'a presque pas cessé d'écrire pendant tout le temps qu'elle est restée dans la région. Elle m'a même dit, une fois, quand je lui ai demandé comment elle pouvait travailler ici, sans documents ni rien, qu'elle était en train de réécrire, du mieux qu'elle pouvait, quelque chose qu'elle avait déjà écrit mais qu'elle avait perdu.

Perdu ? Mikael n'avait pas entendu parler d'autres papiers disparus que ceux qui avaient été volés dans sa voiture le jour de sa mort.

— Le jour de sa mort, sa voiture a été volée. Quand on l'a retrouvée, un certain nombre de papiers n'étaient plus dedans, dit Mikael.

Il regarda Almén droit dans les yeux et poursuivit :

— C'est bigrement compliqué, tout ça, bon sang. Mais ce que tu me dis cadre quand même très bien, d'une façon assez absurde, avec bien d'autres choses qui se sont passées récemment. Il me semble tout à fait logique de penser qu'elle ait pu avoir connaissance de faits assez déplaisants. Tu es peut-être informé des circonstances de sa mort ?

En effet, la presse en avait parlé et Almén avait lu avec beaucoup d'intérêt tout ce qu'elle avait pu dire à ce sujet. À la suite de cela, il avait également longuement réfléchi. Il hocha la tête.

— C'est une des raisons pour lesquelles j'ai souhaité te rencontrer de cette façon-là. Je suis vieux. Cet été, j'étais simplement chargé d'un intérim, à l'hôpital, tu comprends. Mais j'ai beau être vieux, je suis tout de même capable de reconnaître des situations bizarres. Et, pour le cas où ça m'aurait échappé, poursuivit-il en se retournant vers l'arrière de sa voiture pour prendre une serviette, j'ai là une lettre que Lisbet m'a laissée.

Il posa la serviette sur ses genoux et fouilla dedans un bref instant, avant d'en sortir une enveloppe de format A5. Il la garda quelques secondes dans sa main, devant Mikael, puis la lui tendit.

Celui-ci la prit et lut le dessus : « Inga-Lisa ». Il leva les yeux.

— Elle t'a remis une lettre destinée à Inga-Lisa ?

— Oui. Celle-ci est même la deuxième.

— La deuxième ?

— La première, elle l'a reprise. Lors de sa seconde visite — elle est venue très souvent, pendant les quelques jours qu'elle a passés ici — elle avait apporté une lettre semblable à celle-ci dont elle m'a demandé de me charger en me disant que, si elle tombait brusquement malade, il fallait que je la remette à sa sœur. Au bout d'une semaine, environ, elle a apporté celle que tu as entre les mains et m'a repris la première. Elle a dit que celle-ci était plus claire. Elle m'a fait promettre de ne la remettre à *personne* d'autre et de ne dire à personne que j'avais une lettre. Et c'est bien ce que j'ai fait, malgré les apparences. Si je t'en parle maintenant, c'est sur ordre d'Inga-Lisa au téléphone, tout à l'heure.

Mikael soupesa l'enveloppe. Elle n'était pas bien lourde.

— Il ne peut pas y avoir grand-chose, là-dedans, dit-il.

— Elle m'a annoncé son intention de me remettre, avant de rentrer chez elle, une autre enveloppe contenant des copies des éléments les plus importants. Mais, un jour, elle m'a appelé au téléphone pour me dire qu'elle n'osait plus venir me voir, parce qu'elle avait peur qu'on s'en aperçoive et qu'elle ne voulait pas que je sois mêlé à quoi que ce soit.

— Elle devait donc te remettre une autre enveloppe, en fait ?

— Oui, mais elle a changé d'avis. Si je comprends bien, vous n'avez pas trouvé de papiers chez elle ?

— Rien que quelques pages sur lesquelles elle avait apparemment jeté quelques notes au brouillon et qui étaient restées dans un coin de la maison.

— Elle a donc fini par perdre. Dommage qu'elle n'ait rien posté.

Mikael n'était plus capable de se livrer à des conjectures, tellement tout cela était compliqué. Il regarda l'enveloppe.

— Est-ce qu'Inga-Lisa a dit si je devais l'ouvrir et la lire ?

— Oui, elle veut que tu la lises. Ensuite, tu en feras une copie que tu emporteras avec toi dans l'avion et, l'original, tu l'adresseras poste restante.

Mikael observa Almén, l'air très étonné.

— C'est exactement ce qu'elle a dit. Elle n'a pas précisé à qui adresser l'envoi, elle a dit que tu décideras ça toi-même. Elle m'a fait l'impression d'être très prudente et de savoir ce qu'elle veut.

— Si c'était un homme, elle ne se contenterait même pas de bretelles *et* de ceinture, répondit Mikael, faisant passer un sourire sur les lèvres d'Almén.

Mikael reprit :

— Mais, blague à part, je crois que je la comprends un peu mieux après ce que je viens d'entendre. S'il m'arrivait malheur sur le chemin du retour, je crois qu'elle n'en aurait pas trop de peine si seulement le contenu de cette lettre lui parvenait comme il faut. Est-ce que tu dois également en conserver une copie ?

— Non, elle m'a interdit d'ouvrir cette lettre. Elle

a dit que, au cas où elle contiendrait quelque chose d'embêtant — ce n'est pas moi qui le dis, ce sont ses propres paroles — il valait mieux que je ne sois au courant de rien, que je ne pourrais que m'en réjouir. Je dois dire qu'elle est extrêmement attentionnée.

Mikael hocha la tête. Almén actionna le démarreur.

— Tu n'auras qu'à lire pendant que je conduis et puis on s'arrêtera à un bureau de poste pour faire la copie et envoyer l'original.

Il fit marche arrière pour reprendre le chemin menant à ce champ et prit la direction de la grande route. Arrivé là, il tourna à gauche, après s'être bien assuré qu'il n'y avait aucune voiture à l'horizon.

Mikael lut la lettre par deux fois. Puis il resta un moment à ne rien faire d'autre que regarder par le pare-brise. Après une troisième lecture, il la remit dans son enveloppe et regarda Almén. Celui-ci ne détournait pas les yeux de la route. Mikael resta silencieux. Il ne reprit la parole qu'un certain temps après, non sans avoir d'abord regardé tout autour de lui :

— On dirait que ce n'est pas la même route.

— Non, on va à Jönköping.

— Jönköping ?

— Ordre de ta patronne, si tu veux le savoir.

Mikael commençait à devenir méfiant. Il se retourna. Derrière leur voiture se trouvait une Mercedes. Et, en face, arrivait une caravane. La Mercedes se préparait à doubler, mais se rabattit lorsque le conducteur vit ce qui venait en face. Aussitôt après, elle déboîta de nouveau et se mit à dépasser la voiture d'Almén. Celui-ci paraissait très calme. Mikael ne savait pas trop à quel saint se vouer. Ils roulaient à environ quatre-vingt-dix à l'heure. À ce moment, la Mercedes accéléra sensiblement. Lorsqu'elle fut à leur hauteur, Mikael regarda l'autre conducteur. C'était une femme blonde, les cheveux rassemblés en chignon sur la nuque. Son visage était bronzé et elle n'était presque pas maquillée. Sur le siège arrière était assise une enfant beaucoup plus jeune qui tenait quelque chose sur ses genoux. Lorsque la voiture les dépassa, Mikael vit que c'était un agneau.

La Mercedes disparut à vive allure devant eux. Almén poursuivit sa route. Mikael éprouva le même soulagement que chez le dentiste, lorsque c'est enfin fini. Il se laissa retomber en arrière sur son siège.

— Qu'est-ce que tu disais ? Au fait, tu as vu qu'elles transportaient un agneau, dans l'autre voiture ?

— Un agneau ? Elle a dit qu'il fallait que tu ailles prendre l'avion à Jönköping, il y en a un qui part pour Arlanda vers sept heures. Le nécessaire est fait pour la réservation.

— Mais je devais...

— C'est ce qu'elle a dit.

— Et la réservation sur l'avion de Växjö ?

— Ça aussi, ce sont ses instructions. Mais tu ne dois pas prendre cet avion-là, il faut que tu partes de Jönköping. C'est quand même bien toi qui as parlé de bretelles *et* de ceinture ?

Mikael ne trouva rien à répondre à cela.

XIX

Inga-Lisa l'attendait à Arlanda.

— Pourquoi ? demanda Mikael.

— Pour gagner du temps, c'est tout, répondit Inga-Lisa. J'ai pris un taxi pour venir. On va rentrer avec ta voiture.

Ils traversèrent d'un pas rapide le terminal tout neuf des lignes intérieures et gagnèrent le parking, où Mikael acquitta le prix du stationnement. Dix minutes plus tard, ils étaient sur l'autoroute.

— J'ai la lettre sur moi, dit Mikael. Je l'ai également lue. Elle est dans ma mallette. Tu n'as qu'à la lire toi aussi.

Inga-Lisa sortit la lettre de la mallette et la parcourut. Puis elle resta un bon moment à regarder par le pare-brise.

— Je n'y comprends absolument rien, dit Mikael, mais, apparemment, il se passe des choses dans cet Institut de recherches et même des meurtres — à en croire Lisbet.

Inga-Lisa ne répondit pas.

— Il faut aussi que je te signale quelque chose de bizarre, poursuivit Mikael. Dans l'avion que j'ai pris à Jönköping, il y avait une fille que je suis certain d'avoir vue à l'aller dans l'avion de Växjö.

— Qu'est-ce que tu veux dire ? Tu crois qu'elle te filait ou quoi ?

— Non, pas du tout. Enfin, je ne pense pas. Je suis descendu le dernier de l'appareil, à Växjö, et personne ne m'a suivi parmi ceux qui restaient à bord.

— Comment se fait-il que tu l'aies remarquée, cette fille, alors ?

Mikael n'avait pas pensé à cela. Sans doute avait-il l'œil en ce qui concernait les femmes. Il n'aurait pas pu le dire. Et c'est bien ce qu'il répondit à la question d'Inga-Lisa.

— Je me demande si on n'est pas en train de voir des fantômes un peu partout, marmonna celle-ci d'une voix tellement basse qu'elle fut obligée de répéter à l'intention de Mikael.

« J'ai eu personnellement l'impression qu'il fallait être très prudents, poursuivit-elle. C'est pourquoi j'ai combiné toutes ces fausses pistes pour ton retour. On perd très vite le contact avec la réalité quand on se préoccupe des menaces et des risques. Le pire, c'est que bien des choses se sont *véritablement* passées, en fait...

— Mais cette fille que j'ai vue...

— Personne ne pouvait savoir quel avion tu prendrais.

— D'où as-tu appelé Almén !

— Du bureau.

Ils se tournèrent en même temps l'un vers l'autre.

— Tu veux que je demande à Stig ? interrogea Mikael après un bref silence.

— Oui, je veux bien. Je serais presque soulagée

qu'il trouve quelque chose, parce que, dans ce cas, nous saurions que nous ne sommes pas simplement le jouet de notre imagination. Est-ce que tu peux le toucher dès ce soir ?

— Sans doute, mais de toute façon il ne peut pas être ici avant demain. Il est en vacances, tu sais.

Inga-Lisa hocha la tête. Puis elle prit de nouveau la lettre et la lut.

Inga-Lisa !

Si tu lis cette lettre c'est que j'aurai échoué et tu sauras aussi que j'ai été malade. Je t'écris ceci parce que je pense que tu pourras peut-être achever ce que je suis en train de faire. Je sais bien que tu es très occupée avec ton cabinet, mais je veux malgré tout croire que tu ne resteras pas insensible à ceci.

Je crois avoir découvert des choses louches dans les recherches que mène Erik, entre autres. Je ne sais pas encore de quoi il s'agit, simplement que c'est sans doute quelque chose de dangereux. Je vais essayer de résumer ce dont j'ai connaissance.

Comme tu t'en souviens sans doute, deux familles ont récemment péri, en ville, dans l'incendie de leur maison. Elles avaient des rapports avec l'Institut du fait que l'un des membres de chacune d'elles y travaillait. J'ai eu l'occasion de les rencontrer par l'intermédiaire d'Erik.

Un jour, un gardien de l'Institut a disparu. Au début, Erik a accepté de m'en parler mais, ensuite, il a refusé. Cet homme était alcoolique et les gens ont dû croire qu'il s'était perdu dans la forêt au cours d'une crise. On n'a fait procéder à aucune recherche. Il n'avait pas de famille, je crois qu'il était divorcé depuis bien des années et qu'il n'avait aucun contact avec ses enfants.

Quand je suis allée poser des questions à un vieux pêcheur à propos de la mystérieuse découverte d'un cadavre, il m'a dit qu'il avait vu l'une de ses mains et qu'il lui manquait la moitié d'un doigt. Or, ce gardien avait aussi un demi-doigt en moins.

Je n'y ai pas pensé sur le moment mais j'en ai ensuite parlé à Erik et alors il est devenu très bizarre. Je sais bien que ce n'est pas vraiment nouveau, mais quand même : cette fois-là, c'est lui *qui m'a engueulée parce que j'opérais des rapprochements étranges*, moi. *Il oubliait une chose : c'est que ce n'était pas moi qui avais opéré ce rapprochement, c'était lui.*

J'ai également essayé d'écrire un article sur une vieille dame vivant à proximité de l'Institut, qui croit que son mari a été victime des expériences auxquelles ils sont en train de procéder, là-bas. Mais le journal a refusé de faire paraître ce que je lui ai apporté.

Parallèlement, je me suis aussi livrée, de mon côté, à certaines recherches qui devaient déboucher sur des articles portant sur les possibilités et les dangers de la science moderne. Je pensais que je pourrais obtenir pas mal de renseignements gratuits si je partais de ce que fait Erik. Tu te souviens peut-être le débat assez passionné qui a fait rage, il y a quelques années, à propos de l'hybridation de l'ADN (ou des manipulations génétiques, si tu préfères) mais qui a brusquement pris fin. Pourtant la biotechnique de ce genre et d'autres encore ont fait d'énormes progrès. J'avais donc l'intention de développer un peu ce sujet-là mais, à l'Institut, on n'a rien voulu me dire. C'est pourquoi je suis allée jusqu'aux États-Unis afin de rencontrer des chercheurs — mais ayant l'esprit critique, eux — et d'en savoir un peu plus. C'est là-bas que j'ai appris sur cet Institut des choses que je n'aurais jamais soupçonnées ici. Et j'ai pu en vérifier un certain nombre. Entre autres, qu'il est étonnamment prospère et que ses ressources proviennent de donations et de programmes financés par des firmes pharmaceutiques et autres faisant office de sponsors, souvent par des voies assez détournées. Mais un de ceux que j'ai rencontrés à Denver était d'avis qu'il existe en fait d'autres bailleurs de fonds qui sont bien plus importants. Il était certain que le Pentagone en fait partie. Apparemment, il est très fréquent que le Pentagone et d'autres organismes analogues de par le monde financent ce genre de recherches.

Naturellement, je n'ai pu recueillir la preuve de rien de particulier, au cours de ce voyage, et, au moment où je t'écris cette lettre, je ne sais toujours pas si je pourrais trouver quoi que ce soit de plus. Ce que j'ai fait, c'est de mettre noir sur blanc tout ce dont j'ai connaissance et d'essayer d'en tirer des conclusions. En tant qu'avocate, tu refuserais certainement d'accepter cela à titre de preuve.

Mais j'ai trouvé un certain nombre de papiers qu'Erik avait apportés à la maison et oublié de remporter. J'en ai fait des copies — à ce que j'ai pu comprendre, il s'agissait de calculs et de modèles. Je les ai fait parvenir au type de Denver et lui ai demandé de m'expliquer de quoi il retourne.

J'ai rédigé une sorte de bilan des finances de l'Institut et d'autres faits qui sont du domaine public. Il s'agit d'une liste du personnel qu'il emploie, d'un certain nombre de rapports de recherches qui en émanent, d'informations sur les sociétés qui y sont parties prenantes, etc. Ce qu'on remarque aussitôt, c'est que le nombre des rapports scientifiques est loin d'être celui que l'on attendait, étant donné la quantité de chercheurs qui y travaillent.

Je suis en ce moment en train de tout réécrire — les papiers que j'avais ont disparu de chez moi et ce ne peut guère être qu'Erik qui les a pris.

Je confie cette lettre à un adorable vieux docteur qui a promis de s'en charger. De plus, il me soigne très bien et je ne souffre plus beaucoup, maintenant. Il est probable qu'on ne peut pas supporter très longtemps ce genre de médicament, mais je sais que je n'en ai plus pour longtemps à vivre non plus. Mon cancer se propage à une vitesse foudroyante, on dirait. Et je tiens à terminer ceci. Je suis persuadée que dans cet Institut se déroulent des choses qui sont dangereuses pour les autres. S'il s'avère que ces incendies dont je viens de parler, en ville, ont bien été allumés volontairement, il n'est pas impossible que cela ait à voir avec l'Institut. Peut-être quelqu'un qui est tombé malade à cause de ce qu'on y fait, comme dans ce laboratoire anglais, il y a quelques années, qui a déclenché une épidémie de variole. Car il est bien connu qu'on travaille, entre autres choses, sur des germes pathogènes, dans cet Institut.

Et si ces enfants ont bien été tués et que cela ait des rapports avec le reste, alors je pense que même quelqu'un comme toi comprendra que je tienne à achever ce travail.

Dis à papa et maman que mes derniers jours auront été paisibles. J'ai d'ailleurs mis de côté une bouteille de bon cognac que m'a donnée le docteur Almén. Il sait que c'est exactement le genre que j'aime. J'ai malgré tout eu le temps de lui raconter pas mal de choses. Cette bouteille, je l'emporterai dans un bel endroit, quand ce sera devenu insupportable. Alors, je connaîtrai un dernier moment de jouissance et j'ai suffisamment de comprimés pour échapper ensuite à tout ce qui fait mal. Tu peux donc leur dire que je n'aurai pas souffert.

LISBET

Il est difficile de dire ce qui émut le plus Inga-Lisa. Elle pensa à l'expression « même quelqu'un comme toi » qu'avait utilisée Lisbet, mais aussi au fait qu'on n'avait pas trouvé de cognac sur l'îlot où sa sœur était morte. Puis elle s'interrogea sur le degré de fiabilité des faits que rapportait celle-ci. Ce n'était bien sûr pas des preuves. Mais, après la rédaction de cette lettre, étaient survenus bien des événements qui allaient tous dans la même direction. Beaucoup trop pour qu'elle puisse les considérer comme négligeables.

Elle avait pris sa décision.

— Elle a joint une liste. Celle-ci comporte le nom de certains chercheurs américains, dont un de Denver. Ce doit être celui dont elle parle. Il y a aussi tout un tas de noms et de renseignements analogues qui ont probablement des rapports avec cet Institut. Je ne peux pas ne pas continuer à explorer ces pistes.

Elle se tourna vers Mikael, qui l'observa un moment avant de hocher la tête.

— Je peux te donner un coup de main ?

— Naturellement, même si ça n'entre pas tout à fait dans le cadre des activités d'un avocat...

— Je n'ai tout de même pas besoin de me mettre en congé de ton cabinet pour ça ?

Elle lui donna une petite tape sur le genou :

— Je te maintiens intégralement ton salaire. Et puis : merci !

XX

Il était 21 heures 30, le même soir, lorsque van Drijd prit la parole.

— Vous deviez donc résumer la situation et proposer des mesures à prendre, Bolsov !

— En fait, je n'ai pas eu le temps de trouver autant de choses que je l'espérais. Pour autant que je sois informé, on devrait pouvoir en avoir terminé dans quelques semaines. Ça, c'est le premier point. Les perturbations en provenance de l'extérieur, on devrait pouvoir les éliminer, de façon à ne pas être obligés d'interrompre nos activités au cours de ces semaines-là. Mais il va peut-être falloir recourir à des méthodes un peu plus énergiques, alors. Il est évident que cette avocate soupçonne quelque chose. Pour couronner le tout, elle est depuis aujourd'hui en possession d'une lettre rédigée par sa sœur Lisbet.

Van Drijd eut un haut-le-corps.

— Il semblerait en effet, continua à expliquer Bolsov, que Lisbet ait séjourné à Växjö et soit entrée, là-bas, en contact avec un certain médecin. Nous savons bien qu'elle était gravement malade et elle a dû aller lui demander de la soigner. Mais aujourd'hui, nous avons appris qu'elle lui avait remis une lettre destinée à l'avocate.

— Mais je croyais que vous aviez envoyé un homme à nous à ce médecin ?

— Une femme. Oui, en effet, mais le hasard a voulu qu'un employé du cabinet Östergren soit dans le même avion. Il semble que ce médecin se soit mis en rapport avec eux, ou bien alors qu'ils ont eu la même idée que nous.

Van Drijd observa Bolsov d'un air navré. Il commençait a être habitué à tous ces « hasards » que ses collaborateurs ne cessaient de rencontrer sur leur chemin.

— Quand cette personne s'est présentée chez le médecin en question, on lui a dit qu'il s'était rendu à l'aéroport pour un rendez-vous. Or, elle ne savait pas qui était ce Mikael Andersson — c'est ainsi qu'il s'appelle, paraît-il — qui est juriste ou quelque chose comme ça.

— Et je suppose que cette « personne » n'a donc pu entrer en contact ni avec le médecin ni avec ce Mikael Andersson ?

— Oui et non. Elle nous a appelés ici et on a pu lui dire qu'Andersson allait rentrer par le vol de sept heures de Jönköping. Nous lui avons fourni un signalement détaillé. Et elle l'a bien reconnu. Par contre, elle n'a pas rencontré le docteur. Elle a pris le même avion que ce Mikael Andersson et a pu constater qu'il était accueilli à Arlanda par une personne dont le signalement correspond tout à fait à celui d'Inga-Lisa Östergren.

— Alors, vous avez réussi à brancher des micros chez elle, en définitive ?

Bolsov ne savait pas trop si c'était du lard ou du cochon. Il se contenta donc d'opiner très vigoureusement du bonnet.

— Aussi bien à son domicile qu'à son cabinet. Comme ça, à partir de maintenant, nous saurons au moins ce qu'elle est en train de faire. Mais, étant donné l'importance de la chose, j'ai dû demander des renforts. L'un d'eux arrive dès ce soir par avion. Et l'autre nous est fourni par l'ambassade.

Van Drijd eut le bon goût de ne pas demander laquelle.

— Jour et nuit, donc ?

— En effet.

— Bon. Et toi, Thompson, qu'est-ce que tu as à nous proposer ?

Thompson avait l'air nettement plus abattu que Bolsov, mais il n'en présenta pas moins son rapport avec clarté et célérité.

— Avant de vous faire part de mon analyse, il faut que je vous entretienne d'un nouveau problème qui vient de se manifester, commença-t-il par dire.

Cela suffit pour assombrir notablement la mine de van Drijd. Thompson poursuivit donc sans regarder les deux autres :

— Les types du laboratoire disent que l'une des souches a pu muter d'une façon qu'ils n'ont pas encore comprise.

— Qu'est-ce que ça signifie ? siffla van Drijd.

— Que les souches bactériennes et les anticorps ne sont peut-être plus adaptés les uns aux autres. Ce qui, à son tour, signifie un retard d'au moins deux mois, peut-être plus.

Van Drijd se livra à de rapides calculs tandis que Thompson poursuivait.

— C'est le moins qu'il faille compter si nous voulons être à peu près sûrs que tout fonctionnera normalement. Malheureusement, on a déjà expédié une souche avec son anticorps, et on craint qu'il y ait eu rupture d'équilibre. C'est-à-dire que l'anticorps ne fasse plus son office.

Van Drijd balaya cette dernière explication d'un geste de la main.

— Qu'est-ce que ça signifie pour nous *concrètement* ? Quelle est ton analyse ?

— Eh bien, qu'il faut envisager de poursuivre nos travaux, ici, pendant vraisemblablement au moins quatre mois de plus, ou bien alors tout arrêter immédiatement. Ce qui signifierait un retard de deux ans ou davantage. En outre, il serait difficile de trouver un endroit où reprendre tout ce programme de recherches.

C'est vrai, se dit van Drijd. Ce n'est pas précisément le genre d'activité auquel on peut se livrer sur une île déserte. Pour cela, il faut beaucoup trop de personnel, de laboratoires, de matériel et autres choses. Elle ne pouvait être menée que dans le cadre d'une société bien équipée. Et, malgré tous les problèmes qui se manifestaient, la société suédoise restait l'une des plus satisfaisantes de ce point de vue-là. Les retards qu'entraînerait un éventuel transfert ne pourraient en aucune manière être contrebalancés.

— Et comment va-t-il falloir nous comporter pour tenir quatre mois ?

— Je crois que ça marchera très bien. J'en ai déjà parlé à des juristes et à certaines... relations que nous avons en différents endroits. Tu as dit que les choses les plus évidentes elles-mêmes peuvent se passer sans que quiconque y fasse quoi que ce soit, et je crois que tu as parfaitement raison. Il y a fort à parier que la police va mener l'enquête sur cet accident dans l'archipel avec un zèle très modéré. Les deux incendies, eux, sont déjà classés. De même que le cas de notre ivrogne de gardien.

— Mais cette avocate ?

— À elle seule, elle ne peut pas faire grand-chose, mais, d'un autre côté, elle a l'air d'être entêtée. Je ne crois pas, cependant, qu'elle réussira à obtenir l'aide de la police.

— Tu sembles bien sûr de ton fait ?

— Suffisamment, cette fois-ci.

— Il y a cependant aussi des difficultés avec certaines personnes habitant près de l'Institut. Est-ce que ça peut nous causer des ennuis ?

— En aucune manière. Les seules autorités qui pourraient intervenir sont la préfecture et la commission d'hygiène publique. Comme tu le sais, celle-ci est constituée de politiciens locaux et, en général, ce ne sont pas des lumières. Ils ne feront rien contre une entreprise qui est utile, selon eux, à la région.

— Mais tu as parlé de la préfecture, également ?

— Il en va à peu près de même en ce qui la concerne. C'est vraiment splendide de voir comment les Suédois ont arrangé ça. En outre, il y a là un certain nombre de fonctionnaires qui sont plus ou moins partisans du genre d'activités que nous menons à l'Institut. Non, aucun danger de ce côté-là. On peut même dire que c'est l'un de nos meilleurs atouts quand il s'agit d'étouffer une affaire.

Van Drijd en savait assez long sur l'administration suédoise pour comprendre que, sur ce point, l'analyse de Thompson était recevable. En général, il n'était pas bien difficile, ni même bien onéreux, de faire ce qu'on voulait des autorités de ce pays.

— Et les autorités centrales, alors ? Est-ce qu'elles ne peuvent pas intervenir, si les voisins devaient susciter de nouvelles difficultés ?

— Le risque est vraiment très faible de ce côté aussi. On peut surtout penser au ministère des Affaires sociales, mais ça fait des années qu'il fonctionne très mal. Les gens qui y travaillent sont mécontents depuis longtemps, du fait de mesures de réorganisation. Aucun danger, donc. En outre, tout ce que pourrait entraîner une intervention auprès de ce ministère, ce serait une inspection de nos locaux. Mais nous avons suffisamment fractionné nos activités pour qu'ils ne puissent s'apercevoir de rien.

Cela parut également fort sensé à van Drijd. On avait pris grand soin de subdiviser l'Institut de telle sorte que de nombreux chercheurs puissent y travailler et être utilisés sans qu'ils comprennent, ou veuillent comprendre, l'ensemble dans lequel ils se situaient. Il était naturellement très facile de parvenir au même résultat à l'égard d'éventuels inspecteurs venant de l'extérieur.

— Il existe aussi un organisme chargé de la protection de la nature, poursuivit Thompson, bien décidé à expliquer jusqu'au bout l'administration suédoise. Mais il ne fera rien, même si les gens du secteur le lui demandent. Dans ce cas également, il se trouve que ce service est organisé de façon telle qu'il lui faut beaucoup de temps pour réagir. Ils se contenteront probablement de dire que ça ne les concerne pas.

— Et c'est exact ?

— D'après nos juristes, ça les concerne bien, mais, sur ce point également, on peut être tranquilles. Pas de problèmes.

— Bon. Supposons que tu dises vrai. Il nous reste encore cette avocate. Nous avons également nos propres chercheurs. Jusqu'à quel point peut-on se fier à eux, étant donné qu'ils sont totalement impliqués ?

— Si je peux me permettre de commencer par la fin, je crois qu'il n'y aura pas de problèmes. Ils sont trop mouillés. Je pense que beaucoup d'entre eux l'ont bien compris. Lewin, le directeur, sait très bien à quel point il est coincé. C'est un type très inquiet, mais on le tient totalement. Par ailleurs, il y a un certain nombre de chercheurs qui ne connaissent pas la nature exacte de nos activités. Ils croient dur comme fer que c'est absolument sans danger pour l'environnement. Ils ne poseront pas de problèmes.

— Erik Lindström est un excellent chercheur, mais c'est un être faible. Est-ce qu'on peut se fier à lui ? Ou bien est-ce que cette Östergren peut avoir prise sur lui ? Après tout, ils sont apparentés — ou, enfin, ils l'étaient.

— Il est tellement mouillé qu'il n'osera rien dire. Il a tellement peur pour sa peau qu'il n'aurait jamais le courage de parler de quoi que ce soit. Pense donc, il a plus ou moins sacrifié sa propre femme !

— Bah, ce n'est pas forcément un si gros sacrifice. Ce n'était pas vraiment une pin-up, je crois.

— En tout cas, il ne doit pas présenter de risque, mais je suis d'accord pour que nous soyons particulièrement vigilants envers lui. Si quelqu'un est susceptible de flancher, à l'Institut, c'est bien lui.

— Il ne reste donc plus que cette Östergren.

— Le mieux serait sans doute de la supprimer, purement et simplement. Mais la naïveté suédoise a peut-être des limites, malgré tout. Une nouvelle disparition dans un cercle aussi restreint risquerait d'obliger la police à un peu plus de dynamisme.

Van Drijd se tourna vers Bolsov.

— Qu'est-ce que tu en penses ?

— On ne peut pas la tuer comme ça. Thompson a raison. Ce serait trop risqué. Je pense vraiment que, à elle seule, elle ne peut strictement rien faire, et même pas avec l'aide de cet Andersson. Tant qu'on réussira à maintenir la police dans sa passivité actuelle, elle sera réduite à l'impuissance. Mais il faut la surveiller de près. Ne serait-ce que pour savoir ce qu'il y a dans cette lettre qu'elle a reçue de Växjö.

— Oui, c'est vrai, la lettre. Les papiers de Lisbet Östergren constituaient un bon résumé, mais elle n'était pas parvenue à établir des preuves matérielles de ce que nous sommes en train de faire. Il est donc probable que la lettre n'en contient pas non plus. Mais tu as raison. Il faut la surveiller.

Thompson se tenait maintenant debout près de la fenêtre et regardait l'eau. La lumière était encore assez forte, en ce soir d'été.

— Elle doit bien avoir de la famille, dit-il très posément.

— Un mari et des enfants en ville, répondit Bolsov. Des parents qui vivent sur la côte. Et puis une sœur qui a elle-même deux enfants.

— Dans ce cas, poursuivit Thompson, je suis d'avis

que nous nous occupions un peu de cette avocate. Il me semble qu'il ne devrait pas être bien difficile de l'obliger à laisser tomber.

— Mais qu'est-ce qui se passerait si elle allait dire à la police qu'elle a été l'objet de menaces ? demanda van Drijd.

— Je ne pense pas qu'elle oserait faire ça. Dans le pire des cas, si vraiment la situation l'exige, on pourrait aller chercher ses gosses...

Van Drijd avait lui-même des enfants en Afrique du Sud. Il les aimait beaucoup. Il dit :

— C'est une excellente idée. Veillez seulement à ce qu'elle n'aille pas trouver la police.

— Même si elle le faisait ça n'aurait pas grande importance. Tout le monde menace tout le monde, dans ce pays, sans que personne s'en inquiète. On considère que c'est une preuve de mauvaise éducation que d'opérer le rapprochement entre une menace et celui à qui elle semble devoir profiter. Du moment qu'elle n'est pas signée de la main même de celui qui la profère, ni la police ni les tribunaux ne feront rien. Non, on n'a qu'à lui faire savoir de façon non ambiguë qu'il faut qu'elle cesse de mettre son nez dans les affaires de sa sœur car, sinon, il pourrait arriver des malheurs à certains membres de sa famille. Ça suffira. Elle sera seule et elle n'obtiendra ni aide ni protection de la part de la police.

Van Drijd prit alors sa décision.

— Parfait. On fait comme ça. Faites-lui parvenir un avertissement en bonne et due forme pour qu'elle comprenne qu'on parle sérieusement.

Il réfléchit un moment en silence. Thompson avait

regagné sa chaise. Bolsov attendait. Mais ce ne fut pas long. Van Drijd reprit :

— On fait donc comme ça. Mais il faut tout de même prendre des précautions. J'ai le sentiment qu'il ne faut pas sous-estimer cette dame. Est-ce que vous jouez aux échecs, l'un ou l'autre ?

Tous deux firent signe que non.

— C'est peut-être pour cette raison que vous cafouillez si souvent, dit van Drijd. Il faut tâcher de bien évaluer la force de son adversaire et de prévoir les coups qu'il peut se préparer à porter — qu'*elle* peut méditer, en l'occurrence. Alors surveillez-la de près. Je veux un rapport trois fois par jour. Toi, Thompson, tu te charges de l'avertissement dont on a parlé. Mais en douceur, pour qu'on ne puisse pas y voir notre main et, de préférence, tellement anodin que la police n'y attache aucune importance.

XXI

Krister Strömbom raccrocha. Sa femme se tenait sur le pas de la porte, un verre de vin à la main. Au-dehors, la pénombre de cette soirée d'été était encore chaude.

— C'était le commissariat ? demanda-t-elle.

— Non, c'était une avocate du nom d'Östergren, Inga-Lisa Östergren.

— C'est bien d'elle dont tu m'as parlé ?

— Oui. Elle désire venir ici.

Les Strömbom formaient un couple relativement harmonieux, peu enclin à la jalousie.

— Et qu'est-ce qu'elle veut, comme cela ?

— Elle ne me l'a pas dit. Elle arrive dans dix minutes. Tu auras bien quelque chose à lui offrir...

Strömbom était contrarié. Il ne souhaitait pas rencontrer Inga-Lisa. Il redoutait qu'elle exige de lui certaines choses. Et puis il savait bien qu'il avait mené avec quelque négligence l'enquête sur la mort de Lisbet et qu'il lui serait difficile de fournir des explications plausibles à cela.

Inga-Lisa ne tarda pas à arriver. Strömbom alla lui ouvrir. Tout d'abord, il ne la reconnut pas. Devant lui se trouvait une jeune fille d'un âge difficile à déterminer. Plus petite que l'avocate ne l'était dans ses souvenirs. Plus pâle. L'air très aimable. Il se rappelait aussi l'avoir trouvée jolie. Peut-être était-il un peu ivre, ce jour-là ?

Inga-Lisa lui tendit la main.

— Excuse-moi de te déranger à une heure pareille, dit-elle. C'est très chic de ta part d'accepter de me recevoir. Je serai très brève.

Strömbom la regarda.

— Je peux entrer ?

Strömbom retrouva ses esprits et s'effaça pour la laisser passer. Inga-Lisa entra.

— Nous sommes dans le jardin, ma femme et moi, en train de prendre un verre de vin. Tu veux nous tenir compagnie ?

— Volontiers, merci. J'en prendrai bien un verre. Mais est-ce que je pourrai, en même temps, parler de ce qui m'amène ?

— Naturellement. Ou bien alors nous pouvons le faire ici d'abord et puis...

— J'irais bien dans le jardin, si ta femme n'y voit pas d'objection.

Ils traversèrent la maison pour sortir sur l'arrière. Gerd les suivit avec une bouteille de vin et un verre. Strömbom présenta les deux femmes l'une à l'autre. Inga-Lisa s'assit, imitée par ses deux hôtes. Inga-Lisa se tourna alors vers Gerd.

— Ton mari m'a donné la permission de parler un peu boutique en même temps. J'espère que tu n'y vois pas d'inconvénients ?

— Je m'appelle Krister, tu sais, n'aie pas peur d'utiliser mon prénom, coupa Strömbom.

— Mais je t'en prie, dit Gerd.

— Merci bien. En effet, j'ai certains problèmes qui nécessitent l'aide de... de Krister.

Inga-Lisa sortit l'enveloppe contenant la lettre de Lisbet et la tendit à Strömbom. Celui-ci dut l'orienter légèrement vers la lampe pour pouvoir déchiffrer l'écriture. Inga-Lisa but une gorgée de vin et prit un morceau de fromage. Gerd l'observait, se demandant comment on peut être une avocate aussi madrée tout en ayant l'air aussi innocent. Lorsque Krister eut fini de lire, il posa les feuilles de papier et regarda Inga-Lisa. Elle lui parut extrêmement fragile et peu sûre d'elle-même, en fait presque désemparée.

— Pourquoi m'apportes-tu ça ?

— Je désire ton aide afin de tirer au clair ce qui se passe dans cet Institut.

— Comment ça ?

— Tu es bien dans la police, il me semble...

— Bien sûr. Mais toi, tu es avocate et tu sais parfaitement que ce qu'il y a dans cette lettre ne peut pas...

— Je sais, je sais. Loin de moi l'idée de te faire procéder à une perquisition ou à quoi que ce soit de ce genre. Mais l'enquête que tu es en train de mener t'offre tout de même certaines possibilités d'action. À moins qu'elle ne soit close, cette enquête ?

— Ce n'est pas si facile que ça et, comme je te l'ai déjà dit ce matin, j'ai autre chose à faire.

Inga-Lisa regarda Krister l'air d'attendre la suite. Gerd était étonnée de voir son mari se montrer aussi peu coopératif. Il était évident que cette jeune femme avait besoin d'aide. Inga-Lisa reprit :

— Il y a un certain nombre de choses qui sont dans

mes possibilités. Et que j'ai donc bien l'intention de faire. Mais, pour d'autres, j'aurai besoin d'aide. Et peut-être même de protection. Si ce que dit Lisbet est exact, plusieurs personnes ont été assassinées. Je préfère ne pas subir le même sort.

— Eh bien alors, laisse tomber tout ça, répondit Krister d'un ton sec.

Gerd eut l'air de plus en plus stupéfait mais ne se mêla pas de la conversation.

— Qu'est-ce que ça signifie, au juste ? demanda posément Inga-Lisa. Que tu te moques pas mal de cette affaire ?

Krister était vraiment mal à l'aise. Inga-Lisa avait l'air tellement désemparé. La seule chose à faire, raisonnablement, aurait été de lui donner une petite tape sur la tête et de promettre d'accéder à ses désirs. Gerd avait le même sentiment. Inga-Lisa se leva.

— Dans ce cas, je n'ai plus le temps de discuter. Merci tout de même et excusez-moi de partir si brusquement. Krister ! Est-ce que je peux, oui ou non, te contacter s'il se passe véritablement quelque chose ?

— Naturellement, marmonna-t-il sans pour autant penser à se lever de sa chaise lorsqu'elle se mit debout et gagna la rue en faisant le tour de la maison.

Gerd le regarda.

— Mais enfin, qu'est-ce qui t'a pris, Krister ?

Celui-ci ne répondit pas, se contentant de suivre Inga-Lisa du regard, même une fois qu'elle eut disparu. Mais soudain, elle fit sa réapparition et demanda :

— Krister, sais-tu ce que c'est que la recherche active ?

— La recherche active ?

— Oui, la recherche active.

— Non.

— Eh bien je crois que ça consiste, au lieu de rester les bras croisés à attendre qu'il se passe quelque chose et ensuite essayer de tirer des conclusions sur la base des éléments qui se sont présentés, à procéder à des expériences de son propre chef, au contraire, et obliger ainsi les événements à se précipiter. Il paraît que c'est une bonne méthode pour en savoir plus. Bonsoir !

Krister se retourna vers sa femme, bouche bée.

XXII

Inga-Lisa dormit mal, cette nuit-là. Elle rêva de façon désordonnée, se réveilla vers six heures et ne parvint pas à se rendormir. Elle se rappela que Torkel était parti avec les enfants et se leva donc pour se faire son café elle-même. Le journal du jour, réduit à la portion congrue par les vacances, battait tous ses propres records d'inanité. À sept heures, on sonna à la porte. Elle alla ouvrir et se trouva nez à nez non seulement avec Mikael mais également avec Stig Berglund. Mikael lui imposa le silence en posant le doigt sur sa bouche.

— Nous venons pour la réparation que vous avez demandée par téléphone, dit Stig. Est-ce qu'on peut s'y mettre dès maintenant, afin d'en avoir terminé avant le déjeuner ?

Inga-Lisa les regarda avec un air stupide que Mikael ne lui avait encore jamais vu. En outre, elle lui parut étrangement jeune et inexpérimentée. Elle était bien plus belle lorsqu'elle était au bureau.

— Est-ce qu'on peut rentrer ? reprit promptement Stig en adressant un clin d'œil à Inga-Lisa.

Mikael la regardait, anxieux. Allait-elle se mettre

à poser des questions ou non ? Il réussit à capter son regard et à lui adresser, pour sa part, un signe de la tête. Et alors elle comprit.

— Mais bien sûr. Entrez. Je ne vous attendais pas si tôt, c'est tout.

Elle s'effaça pour les laisser passer, puis les suivit dans la maison.

— Je vais malheureusement être obligé de faire un peu de bruit pour percer les trous, j'espère que ça ne vous dérange pas trop ?

— Non, non, en aucune manière.

Deux minutes plus tard, Mikael mettait en marche une grosse perceuse qu'ils avaient apportée, mais se contenta de la faire tourner dans le vide tandis que Stig se livrait à une inspection minutieuse de la pièce. En l'espace d'une heure, Mikael procéda de même à plusieurs reprises. Finalement, Stig vint retrouver Inga-Lisa dans la cuisine pour lui dire :

— Ça a été plus facile qu'on ne le pensait. On a déjà terminé. Nous vous ferons parvenir la facture.

Et, avant qu'Inga-Lisa ait eu le temps de se retourner, ils avaient tous deux disparu. Mikael lui avait chuchoté à l'oreille de les retrouver à la cafétéria située près de leur bureau, à neuf heures et demie. Elle y arriva à la minute près. Stig et Mikael étaient déjà installés. Inga-Lisa salua Stig d'une cordiale poignée de main.

— J'ai dû vous paraître complètement idiote, ce matin. Est-ce que vous êtes aussi allés au bureau ? Avez-vous trouvé quelque chose ?

Stig regarda très rapidement tout autour de lui et dit :

— Je crois que nous avons tout trouvé. Ils écoutent

donc à la fois ton cabinet et ta maison d'habitation. Et ils entendent aussi bien ce qu'on dit à l'intérieur qu'au téléphone.

Inga-Lisa digéra cette nouvelle en silence. Elle était presque heureuse de voir se confirmer ses craintes.

— Eh bien, dit-elle. Mais, en fait, ça ne me surprend pas tellement. Ça fait combien de temps que ça dure ?

— Impossible à dire.

— Ça pourrait expliquer que quelqu'un a suivi Mikael à Jönköping...

Inga-Lisa se mit à réfléchir. En réalité, elle avait déjà, au cours de la nuit, envisagé diverses mesures à prendre et, à cette occasion, avait considéré l'éventualité qu'elle puisse être sur écoutes. Le fait d'être surveillée l'effrayait. Mais elle avait également réfléchi à la possibilité d'utiliser cette surveillance à son profit, si elle s'avérait bel et bien réelle. Elle n'avait plus besoin de se poser la question, maintenant.

Mikael revint avec le café et un petit pain pour elle. Elle en ingurgita une grosse bouchée, sans doute tout en prenant sa décision. Elle demanda en effet, la bouche encore pleine :

— Est-ce que vous jouez aux échecs ou au poker ?

Mikael était pourtant déjà habitué à bien des choses, mais il fut tout de même pris de court. Cette fois, il observa Stig, l'air perplexe, et celui-ci répondit le premier :

— J'ai bien essayé le poker, mais les échecs...

— Moi, j'ai essayé de jouer aux échecs quand j'étais petit, dit Mikael, mais je n'avais pas suffisamment de patience... Pourquoi est-ce que tu nous poses cette question, bon sang ?

Les yeux d'Inga-Lisa étaient fixés sur quelque chose de très lointain.

— J'ai envie de m'adonner à un peu de recherche active.

— De recherche active ? Le poker et les échecs ? Qu'est-ce que ça veut dire, tout ça ?

— Attends un peu. Stig, merci beaucoup pour ton aide. Qu'est-ce que t'a dit Mikael, au juste ?

Stig regarda Mikael, qui lui donna son assentiment d'un simple hochement de tête.

— Il m'a dit, en résumé, que tu es peut-être sous surveillance et qu'il se peut que ça ait un rapport avec ce que faisait ta sœur. Il m'a également parlé d'une lettre et des soupçons qu'elle nourrissait quant à certaines disparitions.

— Et qu'est-ce que tu en dis, maintenant ?

— Que tu sois surveillée, c'est un fait certain. Il doit donc bien y avoir une raison.

— Promets-tu de garder le silence ?

— Mais naturellement. Et, si je peux me rendre utile, je désire que tu me le dises.

— Pourquoi ça ?

Stig commença par réfléchir un instant.

— Ta frangine avait des raisons de croire qu'on a tué des enfants. Pour moi, c'est un motif suffisant.

Inga-Lisa hocha la tête. Mikael ne put résister plus longtemps.

— Est-ce que tu vas enfin nous expliquer ce que le poker et...

— Recherche active, je t'ai déjà dit ! J'ai l'intention de tenter un coup afin de forcer les autres à se découvrir, quels qu'ils puissent être. Mais je ne vais pas te dire de quoi il s'agit. Je n'ai pas encore totalement arrêté mes plans. En tout cas, il faut absolument laisser ces micros en place pendant un certain temps, pour ne pas qu'ils sachent que nous sommes au courant de leur existence. Ce qui signifie aussi qu'il faut utiliser notre bureau le moins possible, Mikael. On prendra le déjeuner et le dîner ensemble, en ville. Avez-vous inspecté l'appartement de Mikael ?

— Non, on n'y a même pas pensé, dit celui-ci, l'air un peu penaud. Stig, tu veux qu'on y aille voir, également ?

Stig hocha la tête affirmativement.

— Je passe toute la journée en ville, si vous avez besoin de moi.

— Eh bien alors, dit Inga-Lisa, je suggère que nous nous retrouvions pour déjeuner, à midi et demi, à la pizzeria qui se trouve au coin de la rue. Mikael, j'ai du travail pour toi.

— Comme toujours, dit Mikael.

Pourtant, il n'avait pas l'air de s'en plaindre. Stig s'essuya la bouche, leur adressa à tous deux un petit salut de la tête et s'éloigna.

Inga-Lisa sortit du papier et un stylo et les donna à Mikael en lui disant :

— Prends note, afin de ne rien oublier. Au fait, je vous remercie d'avoir commencé votre journée de travail de si bonne heure. Je désire donc, d'abord, que tu découvres l'identité de la personne qui a envoyé ce télégramme...

— C'est déjà fait...

Mikael savoura un instant la brève réaction de surprise d'Inga-Lisa.

— Parfait, dit-elle ensuite d'un ton neutre. Je ne veux pas savoir ce que tu fais en dehors des heures de bureau et qui tu as bien pu séduire pour obtenir ce renseignement. Alors, qui l'a expédié ?

— Le type dont Lisbet parle dans sa lettre.

— Ahah.

— J'ai ici son nom et son adresse, ce sont les mêmes que sur la lettre de Lisbet.

— Bon. Veux-tu prendre contact avec lui le plus tôt possible — voyons, Denver a au moins six heures de décalage avec nous. Appelle-le donc cet après-midi. De préférence de la poste ou bien de chez toi, si vous êtes sûrs qu'ils n'y ont pas branché de micros. C'est bien sûr moi qui réglerai la note.

— Très bien. Qu'est-ce que je dois faire d'autre ?

— As-tu besoin de dormir ?

— Je me suis levé d'assez bonne heure, ce matin.

— Alors je suis d'avis que tu te reposes un peu avant d'appeler Denver, cet après-midi, et, si tu as le temps, que tu examines un peu ces listes de noms que Lisbet nous a communiquées, pour voir si elles ne pourraient pas nous fournir une piste. Et je veux surtout que tu trouves qui est cette vieille femme qui estimait l'Institut responsable de la mort de son mari. Et puis, Mikael !

— Oui ?

— Quoi que je puisse faire ou dire aujourd'hui ou les jours suivants, ne bronche surtout pas ! Jamais. Tu as bien compris ?

— Oui, je comprends.

Il la regarda d'un air pensif, se demandant si ce qu'il voyait là était bien le visage d'une joueuse de poker. Il se demanda également quand il allait bien pouvoir se reposer, comme le souhaitait Inga-Lisa.

— Mais pourquoi parlais-tu de poker, tout à l'heure ?

— Oh, pour rien, en fait.

La voix d'Inga-Lisa était étrangement distraite. Mikael ne s'y trompa pas.

— Alors ? s'obstina-t-il.

— Je réfléchissais simplement. En particulier au fait qu'au poker, on bluffe. C'est tout.

Mikael n'était pas beaucoup plus avancé. Inga-Lisa lui adressa un petit sourire pour lui signifier que l'entretien était terminé.

XXIII

Erik Lindström n'était pas un homme heureux. Il se considérait d'ailleurs depuis bien des années comme fort malheureux. Pourtant, il n'était pas plus à plaindre que la plupart des gens, à cette époque-là.

Maintenant, par contre, il était dans une situation très difficile. Tous ses ponts étaient coupés. Et il le ressentait très durement.

Il n'éprouvait pas vraiment de remords en ce qui concernait Lisbet. C'était surtout dû au fait qu'il avait réussi à se persuader qu'il n'avait aucune responsabilité véritable dans ce qui s'était passé. N'importe qui peut avoir un cancer, n'est-ce pas ? Ceci lui évitait de penser au fait que c'était précisément lui qui avait occasionné une grande partie des problèmes qu'elle avait connus sur la fin de ses jours.

Il estimait indéfendable qu'elle ait pu envisager de parler de leurs recherches d'une façon qui ne pouvait que leur nuire. Mais il avait également peur que cela n'incite certaines personnes à fourrer leur nez d'un peu plus près dans les affaires de l'Institut.

Erik Lindström n'y occupait pas une position bien importante. Il avait donc mis beaucoup de temps à comprendre que ses activités étaient en réalité dirigées depuis un endroit tout différent. Étant donné que c'était un bon chercheur, il avait également eu la possibilité de tirer certaines conclusions des bribes qu'il avait rassemblées quant à ce à quoi se livrait, en fait, cet Institut. Mais il n'avait jamais éprouvé de scrupules à propos de son propre rôle en la matière. Il ne savait d'ailleurs absolument pas à quoi pouvaient servir les résultats des travaux qui y étaient menés. Désormais, il s'efforçait de ne plus y penser du tout.

Ce qui l'avait le plus chagriné, c'était l'interdiction de publier le résultat de ses recherches. Certes, il s'agissait essentiellement d'un travail d'équipe, mais il aurait tout de même pu s'attribuer le mérite d'une partie des découvertes. Et l'avenir qu'il avait cru voir s'ouvrir devant lui paraissait maintenant de plus en plus incertain. En vérité, il regrettait depuis longtemps de ne pas avoir accepté la proposition qui lui avait été faite d'occuper un poste de titulaire dans ce laboratoire. S'il était venu y travailler, c'était parce qu'il avait pensé y trouver à la fois de meilleures conditions pour mener ses travaux et un meilleur salaire que dans l'institut universitaire où il avait en fait l'intention de poursuivre sa carrière.

Mais cet établissement privé s'était installé très rapidement. On l'avait construit dans un endroit retiré pour éviter — disait-on — de mener des recherches, sur des maladies contagieuses et autres choses de ce genre, au cœur d'une agglomération. C'était un argument qui n'avait pas manqué de poids à l'époque car, environ un an auparavant, un laboratoire travaillant sur des problèmes de sécurité avait explosé, ce qui avait donné une certaine actualité à l'idée de risques pour l'environnement.

Par la suite, Erik avait compris que l'isolement de ces bâtiments était bien plutôt destiné, non pas à protéger les gens des alentours, mais au contraire à mettre le plus possible les laboratoires à l'abri des regards indiscrets.

Antérieurement à ces deux derniers mois, Erik avait été parfaitement loyal envers l'Institut. À vrai dire, il l'était toujours, mais désormais il était surtout loyal envers lui-même. Il avait observé qu'un certain nombre de choses n'allait pas comme il fallait. Bien entendu, il ne s'inquiétait pas vraiment pour les autres, mais il commençait à redouter que ses propres possibilités de recherches soient mises en péril, à la longue. Il était de plus en plus clair qu'il ne pourrait avoir dans cet Institut la carrière qu'il espérait. Or, voilà qu'il se trouvait profondément impliqué dans des événements dangereux et impossibles à contrôler. S'il ne voulait pas avoir à en supporter les conséquences, il lui fallait s'arranger pour que l'Institut en sorte indemne. Qu'il ne se produise plus d'incidents regrettables. Que rien ne filtre à l'extérieur.

On pouvait fort bien le qualifier de valet d'intérêts qui le dépassaient de beaucoup. Mais ce n'était pas comme cela qu'il voyait la chose. Cette nuit-là, pourtant, il avait très mal dormi et, vers quatre heures du matin, les souvenirs s'étaient de nouveau emparés de lui. Il ne se rappelait que trop bien avoir donné les papiers de Lisbet au directeur de l'Institut et avoir, à plusieurs reprises, remis à l'un des membres du conseil d'administration — un Hollandais, lui semblait-il — un rapport sur ce qu'elle était en train de faire.

Il n'avait pas vraiment pitié de Lisbet. En revanche, il avait fort pitié de lui-même — peut-être parce qu'il s'était comporté de façon aussi peu glorieuse.

À la vérité, il aurait bien voulu divorcer depuis longtemps. Cela faisait pas mal d'années qu'il fréquentait d'autres femmes et il avait des raisons de penser que Lisbet s'en était aperçue. Mais elle n'avait rien dit.

Ses relations avec les autres étaient immanquablement placées sous le signe de l'échec. Ils se lassaient tous très vite de lui. La seule exception était une étudiante névrosée — pourquoi ne lui était-il jamais donné de rencontrer un autre type de personne ?

Il était assis, les yeux dans le vague, lorsque le téléphone sonna. Il répondit et reconnut la voix de celle à qui il souhaitait justement éviter de parler : Inga-Lisa. Il se contenta donc de monosyllabes fort peu engageants.

— Erik ! Il faut que je te parle aujourd'hui même. Est-ce que je peux venir chez toi ?

Il sentit la panique s'emparer de lui.

— Pourquoi ?

— Oh, à propos de diverses choses. Jusqu'à quelle heure es-tu là ?

— Je ne sais pas.

— Et si je venais tout de suite ?

Erik réfléchit rapidement. Il ne savait pas à quel saint se vouer et ne trouvait aucune échappatoire. Il se décida donc à dire :

— De toute façon, il faut que je vienne en ville...

— Eh bien alors, on pourrait se retrouver pour déjeuner ?

Aucune perspective ne l'effrayait plus que celle d'un déjeuner en compagnie d'Inga-Lisa. Mais il valait encore mieux cela plutôt que de risquer d'avoir affaire à elle dans son cabinet. Ceci en disait long sur sa façon de se comporter vis-à-vis d'elle.

— Eh bien, d'accord pour le déjeuner, alors. Mais j'ai très peu de temps...

— Moi aussi. À onze heures et demie ? À la pizzeria qui se trouve près de mon cabinet ?

Erik grogna un vague assentiment et se garda bien de demander à Inga-Lisa de quoi elle voulait lui parler. Celle-ci le remarqua et se réjouit du lieu choisi pour leur rencontre. Elle ne désirait pas que quiconque puisse entendre ce qu'ils allaient se dire.

Inga-Lisa fut exacte au rendez-vous. Erik, lui, n'eut guère que vingt minutes de retard. Son visage était renfrogné et il prit place à la table sans même une parole de politesse.

— Si tu veux commander quelque chose, n'aie pas peur de faire de grands signes, dit Inga-Lisa tout en coupant un premier morceau de sa pizza.

— Je n'ai besoin de rien.

— Tu vas quand même bien prendre quelque chose. Hep, hep...

Elle fit signe à un serveur, qui ne tarda pas à approcher de la table, admirant au passage l'élégance vestimentaire de cette dame.

— Qu'est-ce que tu veux, Erik ? Une pizza, un sandwich, le plat du jour, une salade...

Un vrai gazouillis. Erik se contentait de pousser des regards furibonds.

— Eh bien, disons : la salade du jour pour monsieur, dit Inga-Lisa au serveur. Et puis une bière légère.

— Pa'fait, répondit le serveur, avec un accent étranger très prononcé.

Les yeux d'Erik ne s'étaient toujours pas adoucis.

— Il me semble me souvenir que tu aimes bien les salades, n'est-ce pas ?

— Oui, oui, mais je n'ai pas faim. Qu'est-ce que tu veux ?

— Oh, diverses petites choses, comme je te l'ai dit. Tiens, voilà déjà ta salade...

— Qu'est-ce que tu veux ?

— Aujourd'hui, nous nous abstiendrons de parler de questions juridiques. Ce dont je veux m'entretenir avec toi, c'est de l'enterrement. D'après ce que j'ai entendu dire, il n'aura lieu que mardi. Nous sommes aujourd'hui vendredi, il y a donc un certain nombre de détails pratiques à régler...

Erik n'écoutait qu'à moitié. Il était dans une sorte d'état second. Il n'attendait qu'une chose, c'était qu'Inga-Lisa cesse de parler de l'enterrement et de ce qui s'y rapportait, pour en venir au fait. Sa stupéfaction ne fit donc que croître lorsqu'il la vit repousser son assiette, regarder la pendule, puis en direction de deux hommes qui pénétraient à ce moment dans la salle, avant de dire :

— Le temps passe vite quand on n'arrête pas de parler. Mais je ne vais pas te retenir plus longtemps. Je t'appellerai peut-être au téléphone un peu plus tard.

Elle lui tendit la main. Il ne la prit pas, se contentant de la regarder. Elle leva donc la main et lui donna une petite tape amicale sur la joue.

— Venez me retrouver chez Strömbom à une heure et demie, dit-elle à haute et intelligible voix en passant devant Mikael et Stig, qui venaient d'entrer.

Ce dernier la suivit des yeux tandis qu'elle sortait. Mikael, pour sa part, avait l'air anéanti.

XXIV

Krister Strömbom n'avait pas eu une nuit bien paisible, lui non plus, et il était de fort méchante humeur, ce matin-là. Gerd fit bien de s'éclipser le plus vite possible dans le jardin.

Au commissariat, il trouva sur son bureau un papier lui demandant d'appeler le procureur, afin de lui rendre compte de la façon dont progressait l'enquête sur ce viol. Tout ce qu'il put lui dire, ce fut qu'elle ne progressait pas du tout.

— On ne pourra jamais réunir suffisamment de preuves pour justifier une inculpation, confia-t-il ensuite à Perlegrund.

Et celui-ci n'en disconvint pas.

— C'était couru depuis le début, poursuivit Krister. Je croyais qu'un procureur comprendrait, à ce stade, qu'on ne peut condamner pour viol que sur la foi de témoignages recoupant des aveux — ou enfin quelque chose dans ce goût-là.

Perlegrund était un homme de peu de mots et se contenta donc d'approuver ces propos par le silence. Et puis il n'était pas insensible à certains relents de mauvaise humeur qui flottaient dans l'air.

La matinée fut occupée par diverses tâches de routine. Les délinquants et criminels n'étaient pas en vacances l'été, eux : cambriolages, dégâts dans les autobus faisant le service des dancings, bagarres, accidents de la circulation... Krister pensait avec nostalgie à ses chères pentes enneigées.

Sur le coup de midi, la pause du déjeuner fut également troublée, en ce qui le concernait, par un coup de téléphone d'Inga-Lisa lui proposant de venir le voir à une heure et demie. Au bruit, il comprit qu'elle l'appelait d'une cabine publique. Il n'était nullement pressé de voir une heure et demie arriver, mais n'avait pu trouver de motif raisonnable de refuser cette visite.

C'est pourquoi, alors qu'il était maintenant exactement une heure et demie, il se trouvait face à face, dans son bureau, avec Inga-Lisa et Mikael. Devant le bâtiment, quelqu'un attendait sans rien faire au volant d'une Volvo bleue. C'était Stig.

Krister était soucieux de ne pas perdre l'initiative et dit donc :

— Je te prie de m'excuser de ma conduite, hier soir.

Mikael n'était au courant de rien. Même pas de la raison pour laquelle il se trouvait en ce moment au commissariat. Inga-Lisa adressa à Krister un regard plein de bienveillance.

— Je t'en prie. Je te demande d'ailleurs de transmettre mes salutations à Gerd et de la remercier de m'avoir permis de venir vous déranger.

Trêve de politesses. Krister se demanda s'il avait toujours bien l'initiative. Il ne tarda pas à s'apercevoir que ce n'était pas le cas.

— Je suis venue, dit Inga-Lisa en négligeant totalement — fidèle en cela à son habitude — la présence de Mikael, tout simplement pour savoir si tu as changé d'avis depuis hier soir. Si je suis bien informée, l'enquête sur ce viol ne mène nulle part. Est-ce que cela peut avoir pour conséquence que tu t'intéresses de nouveau à l'autre enquête ?

— Comment sais-tu ce qu'il en est de l'enquête sur le viol ? Tu as eu une conversation avec le procureur ?

Inga-Lisa eut l'air très satisfait de son coup :

— Élémentaire, mon cher Strömbom. Les enquêtes sur les viols n'aboutissent presque jamais, alors il m'a semblé normal de penser que celle-ci n'aboutirait pas non plus.

Mikael était tout ouïe. Le mot « poker » lui traversa l'esprit.

— Eh bien ? reprit Inga-Lisa. Puisque nous venons d'établir que l'autre enquête te laisse du temps de libre...

— Mais non, mais non.

— Bien que ça ne serve à rien ?

— Le procureur insiste beaucoup. Je crois qu'on s'intéresse à cette affaire en haut lieu. Je suis désolé. Mais, naturellement, je vais...

— Ça suffit comme ça, les salades !

Krister dévisagea cette jolie femme assise en face de lui et se demanda s'il avait bien entendu. Inga-Lisa lui rendit imperturbablement son regard. Malgré lui, il détourna les yeux et les braqua vers la fenêtre. Puis il reprit :

— Navré, mais je suis coincé. Je crois que tu es bien placée pour le comprendre.

— Très bien, dit Inga-Lisa, résignée. Je te ferai signe s'il se passe quelque chose.

Elle adressa un signe de tête à Mikael, qui sortit derrière elle d'un pas lent.

Krister maudit intérieurement cette journée.

Comble de malheur, deux heures plus tard : un nouvel appel téléphonique d'Inga-Lisa.

— Bonjour Krister. C'est Inga-Lisa. Tu as un moment à me consacrer ?

— Mmm.

— Il se trouve que j'ai enfin réussi à obliger Erik — Erik Lindström, bien entendu — à céder. Il a promis de me faire parvenir les papiers nécessaires plus tard dans la journée et de me dire ce qu'il sait. Je lui ai demandé s'il avait une objection à ce que tu sois de la partie mais non, il n'en a pas.

— Quoi ?

— Exactement. Je pense que, de cette façon, nous allons disposer de tout ce dont nous pouvons avoir besoin pour nous intéresser à cet Institut. C'était bien ce qu'il te fallait, n'est-ce pas ?

— Quoi ?

— Bon, je comprends que tu sois un peu surpris. Je l'ai été moi-même, tu sais, enfin je veux dire : par le fait que ç'ait été aussi facile. Mais j'ai déjeuné avec lui et j'ai réussi à le persuader. D'ailleurs, il n'aurait pas pu résister bien longtemps encore.

Krister avait l'impression de ne plus rien comprendre. Mais, fidèle à sa nature, il se garda bien de tirer des conclusions par trop hâtives et préféra attendre de disposer d'informations complémentaires. Apparemment, Erik Lindström devait...

— Krister !

— Oui ?

— Je sais bien que nous ne devons aller le trouver que vers neuf heures, mais je pense qu'il serait bon de nous y rendre un peu plus tôt. Je veux dire : pour ne pas qu'il ait le temps de changer d'avis. Il y a un certain nombre de choses dont il faut que nous nous entretenions auparavant, toi et moi. Est-ce qu'on ne pourrait pas dîner ensemble à l'hôtel et puis ensuite aller directement chez lui ? Je préfère ne pas trop en dire pour le moment, étant donné que la conversation passe par votre standard. On ne sait jamais...

Krister ne put s'empêcher d'être impressionné par tant de prudence et il réfléchit un instant. Un repas de réconciliation et peut-être un grand pas en avant dans une affaire qui ne regardait sans doute nullement la police. De quoi pouvait-il bien s'agir, au juste ?

— J'en ai encore pour un quart d'heure, dit-il. Où pouvons-nous nous retrouver ?

— Je suis à mon cabinet. Tu n'auras qu'à venir ici quand tu seras prêt, tout simplement.

— Entendu. À tout à l'heure !

— À tout à l'heure !

Inga-Lisa raccrocha. Mikael était presque abasourdi de ce qu'il venait d'entendre. Inga-Lisa était assise, très concentrée, l'extrémité des doigts jointe. Elle leva les yeux vers Mikael. Devant lui se trouvait toujours le morceau de papier sur lequel elle avait écrit : « Silence ! » Au bout d'un moment, elle dit :

— Rentre chez toi. Je m'occupe de ça toute seule et je t'appellerai si j'ai besoin de toi. Krister et moi, on va régler cette affaire à nous deux. Voilà !

De la main, elle lui fit signe qu'elle parlait sérieusement, tout en gardant le doigt sur les lèvres. Il ne dit rien avant d'avoir atteint la porte et se contenta alors d'un bref au revoir.

Le repas n'avait rien eu de mémorable. Krister avait tenté d'arracher à Inga-Lisa ce qui se passait exactement, mais elle n'avait pas fait preuve de beaucoup de bonne volonté, préférant attendre qu'ils soient chez Erik. Ensuite, ils prirent la voiture d'Inga-Lisa. Mais elle ne choisit pas l'itinéraire le plus direct, faisant d'abord un détour par la campagne. Ils bavardèrent de choses et d'autres. Puis elle regarda sa montre et constata qu'il était temps de rebrousser chemin. Il était alors six heures et demie. Vingt minutes plus tard, elle s'engageait dans la rue où habitait Erik Lindström. Elle était tellement tendue que Krister lui-même le remarqua. Mais ni l'un ni l'autre ne dit quoi que ce soit.

Devant la maison d'Erik, un petit attroupement s'était formé autour de deux voitures de police et d'une ambulance. Krister en eut le regard exorbité. Inga-Lisa ne dit rien. Krister sauta de voiture avant même qu'elle soit tout à fait immobilisée. Inga-Lisa resta assise au volant, incapable de s'arracher au spectacle qu'elle avait devant les yeux.

Krister n'eut pas de mal à pénétrer dans la maison, étant donné ses fonctions. Inga-Lisa, elle, demeura un bon moment dans la voiture. Ce n'est qu'au bout de dix minutes qu'elle vit Krister ressortir. La foule des badauds n'avait fait qu'augmenter, entre-temps. Elle était maintenant d'une taille assez invraisemblable pour un vendredi soir en plein milieu de l'été.

Krister ouvrit la porte de droite, se pencha et

regarda Inga-Lisa. Elle tourna lentement la tête vers lui. Un visage sans vie.

— Il est mort, dit simplement Krister.

— Comment ?

— Tué par balle. La maison tout entière est sens dessus dessous.

— Eh bien, tu as de quoi enquêter, maintenant, il me semble, dit Inga-Lisa à voix basse.

— Quoi ?

— Enquêter ! Tu as un meurtre à élucider, oui ou non ? Et pas n'importe lequel.

Krister se contentait de la regarder fixement, de plus en plus incrédule. Elle lui rendit son regard. Ils gardèrent tous deux le silence pendant un bon moment. Puis Krister plissa les yeux.

— Qu'est-ce que tu veux dire, bon sang ?

— Quand est-ce qu'il est mort ?

— Il y a moins d'une heure. C'est un voisin qui nous a appelés pour nous avertir d'un cambriolage. Il n'a pas entendu de coup de feu, mais il a vu Erik il y a un peu plus d'une heure.

— Dans ce cas-là, ça ne peut pas être moi, n'est-ce pas ?

Inga-Lisa le regardait toujours aussi fixement.

— Ne fais pas l'idiote. Bien sûr qu'il y a eu un cambriolage, il n'y a qu'à voir l'état dans lequel est la maison...

— Krister. Mon cabinet est sur écoutes !

Il resta bouche bée. Puis il regarda tout autour de lui et alla s'asseoir à côté d'elle, avant de refermer la porte de la voiture.

— Qu'est-ce que tu dis ?

— Je dis que mon cabinet est sur écoutes et que

ma maison d'habitation l'est également. Nous avons découvert ça ce matin.

C'était vraiment quelque chose d'inouï, et pourtant il la croyait.

— Mais tu m'as bien appelé de ton cabinet...

— Oui.

— Alors que tu savais que tu étais écoutée...

— Oui.

Il eut tout à coup la bouche tellement sèche qu'il croassa presque !

— Est-ce que Erik et toi vous n'étiez pas tombés d'accord...

— Non.

Ce fut trop pour Krister. Il disposait maintenant de toutes les informations qu'il pouvait souhaiter. La conclusion s'imposait. Mais il ne voulait pas la tirer aussi vite que cela. Il voulait absolument réfléchir. C'est alors que Perlegrund approcha de la voiture et frappa légèrement à la vitre. Il dut s'y reprendre à deux fois, en insistant un peu, pour que Krister émerge de nouveau et ouvre la fenêtre.

— Oui ? Qu'est-ce qu'il y a ?

De la tête, Perlegrund désigna Inga-Lisa, qui était toujours tournée vers Krister.

— Est-ce que tu pourrais venir assez vite, parce qu'on ne va pas tarder à le sortir et je n'ai pas beaucoup l'habitude de ce genre de choses.

— Bon, bon. Un instant, seulement. Vas-y, j'arrive tout de suite.

Il se tourna vers elle. Elle le regarda droit dans les yeux. Pour sa part, il aurait été incapable de dire ce qu'il lisait dans les siens.

— Pourquoi ?

— Recherche active, lâcha Inga-Lisa, glaciale. Qu'est-ce qu'il te faut de plus pour passer aux actes ? D'autres cadavres sur la table ?

Krister fut incapable de répondre quoi que ce soit à cela. Une fois sur le trottoir, il regarda longuement la voiture d'Inga-Lisa s'éloigner. Bien longtemps après que celle-ci eut tourné le coin de la rue, il était toujours au même endroit.

XXV

Mikael ne répondit qu'à la septième sonnerie, toujours à moitié endormi. L'obscurité n'était pas encore tombée.

— Je dormais, dit-il.

— Inga-Lisa à l'appareil.

Cela le réveilla pour de bon.

— Oui ?

— Est-ce que tu peux demander à Stig de venir nous aider à débarrasser mon cabinet et ma maison de ces micros ?

— Tout de suite ?

— Immédiatement !

— Ce soir ?

— Qu'est-ce que je viens de dire ? Est-ce que tu es devenu idiot ?

La brutalité de cette question le fit sursauter. Il n'y avait pas encore été exposé personnellement.

— Bien sûr, naturellement. Si je peux le toucher...

— Essaye !

Il comprit que ce n'était pas un ordre mais une prière. Il avait maintenant les idées parfaitement en place.

— Il y a quelque chose qui ne va pas ?

— Qui ne va pas ? Je me demande ce qui va bien, depuis un certain temps.

— Où es-tu en ce moment ? Comment est-ce que ça s'est passé, chez Erik ?

— Il est mort. Ils l'ont abattu.

Curieusement, il comprit immédiatement.

— Et où es-tu ?

— Dans un hôtel.

— Lequel ?

— Je ne fais que passer ici pour te téléphoner. Bon, alors, ces micros, vous vous en occupez ou pas ?

— Je l'appelle tout de suite. Mais comment va-t-on pouvoir rentrer chez toi ?

— La clé est sur ma table, au bureau. Ah, Mikael, j'oubliais.

— Quoi ?

— Quand vous pénétrerez dans le cabinet, faites bien attention de dire tout haut que c'est une bonne chose de pouvoir enlever ce micro, maintenant qu'il ne sert plus à rien. Tu t'en souviendras ?

— Bien sûr, mais...

— Pas de questions. C'est entendu ?

— Oui.

La communication fut brusquement interrompue. Mikael raccrocha et appela aussitôt Stig. Celui-ci promit de venir immédiatement. Il n'en avait pas pour plus de dix minutes. Ils convinrent de se retrouver dans l'immeuble du cabinet d'Inga-Lisa.

Le micro était toujours à la même place. Stig inspecta ensuite minutieusement le reste des locaux mais ne trouva rien. Mikael s'était souvenu de prononcer tout haut, à l'intention de Stig, lors de leur arrivée sur les lieux, la phrase qu'Inga-Lisa lui avait donné pour instruction de dire.

Comme elle l'avait également dit, la clé de sa maison était posée sur la table et ils passèrent donc au stade suivant de l'opération. Là aussi, le micro était toujours à la même place. Stig dit à Mikael qu'il lui faudrait un bon moment pour passer toute la maison au peigne fin et proposa à ce dernier de se détendre un peu pendant ce temps.

Mikael se rendit donc dans la cuisine et mit de l'eau à chauffer. Il faisait encore assez sombre, à l'extérieur, mais l'aube de cette nuit de juillet avait déjà succédé au crépuscule du jour précédent. Dans le jardin, les lilas et autres buissons formaient des taches sombres. Un groupe de meubles de jardin constituait par contre une tache d'une blancheur fantomatique, au milieu de la pelouse. Mikael les regarda d'un peu plus près. Il éteignit la lumière et, une fois ses yeux habitués à l'obscurité, il tenta de nouveau de distinguer ce qu'il voyait. Une silhouette était assise sur l'une des chaises. Ce ne pouvait guère être qu'Inga-Lisa. Il alla jusqu'à la porte de la terrasse, l'ouvrit et avança sur l'herbe sans faire de bruit.

— Inga-Lisa ?

Elle leva la main pour lui montrer qu'elle l'entendait.

— Pourquoi ne rentres-tu pas, Inga-Lisa ?

L'air était frais et légèrement humide.

— Non, j'attends ici.

— Qu'est-ce que tu attends ? Qu'on s'en aille ?

Il approcha d'elle.

— Je ne rentrerai pas tant que vous n'aurez pas enlevé tous ces trucs de ma maison.

Il alla s'asseoir sur le banc, en face d'elle. Elle était livide, dans la pénombre. Ses yeux ressemblaient à des trous. Elle lui adressa un petit sourire.

— Je suis un peu puérile, quand j'ai l'impression qu'on m'espionne. Je suis contente que vous me débarrassiez de tout ça.

— Je vais faire du thé.

— Je n'en veux pas, merci.

Il ne savait pas s'il devait poser la question suivante, mais il la posa tout de même :

— Est-ce qu'ils ont vraiment tué Erik ?

— Oui.

Il médita cette réponse.

— Est-ce que c'est pour cette raison que tu as dit ça, au bureau, afin qu'ils...

— Oui.

Il aurait bien voulu ne pas entendre cela. La peur se mêlait en lui à un sentiment d'impuissance et à quelque chose d'autre encore — peut-être du dégoût. Son supérieur hiérarchique était assis là et venait de lui dire, posément et froidement, qu'elle avait fait en sorte que quelqu'un soit tué. Certes, cette personne avait peut-être elle-même causé la mort de sa sœur. Mais se venger de la sorte...

— Tu étais donc bien consciente qu'il pouvait être tué ?

— Oui. Je ne suis quand même pas idiote.

— Mais c'est un meurtre, une exécution, ni plus ni moins, s'écria-t-il. Tu estimes que tu es vengée, maintenant ? C'est pour cette raison ?

— Je ne sais pas si c'est pour cette raison. Et puis, je ne te félicite pas pour tes connaissances juridiques.

Va relire le code pénal. Tu es tellement ignorant que tu aurais fait un excellent flic.

Cette douche froide le réduisit au silence pendant un bon moment. Il se leva, puis s'assit de nouveau, avant de se remettre debout et ne rien faire d'autre que regarder devant lui. Il vit alors — spectacle incroyable — qu'elle pleurait. Inga-Lisa Östergren pleurait, le visage entre les mains et les épaules secouées par des sanglots. Mikael resta interdit. Et glacé de peur. Comme un enfant dont le protecteur adulte vient subitement de craquer. Il alla se mettre à genoux devant elle et poser ses mains sur les siennes et les caresser, de même que sa tête.

Elle pleura longuement. Mais elle finit par se calmer. Mikael avait les paumes humides des larmes qu'il avait étalées sur ses joues. Il lâcha doucement sa tête et passa lentement les manches de sa chemise sur ses joues pour les essuyer de son mieux. Elle resta immobile, toujours penchée en avant. Puis elle tressaillit.

— Il fait froid, dit-elle. Vous avez bientôt fini ?

On entendit une voiture s'arrêter dans la rue. Mais, par ailleurs, tout était silencieux. Mikael dit qu'il allait voir où c'en était et se dirigea vers la maison. Au moment précis où il allait franchir la porte de la terrasse, il entendit le gravier crisser sur le devant de la maison. Il eut aussitôt le réflexe de s'accroupir, sans réfléchir, près du mur jouxtant la porte. Un espalier le longeait, à partir du coin de la maison, sur environ deux mètres. Mikael s'en rapprocha. Il percevait maintenant très distinctement la présence de quelqu'un, de l'autre côté. Mais il en était encore séparé par plusieurs mètres. C'est alors qu'il vit une silhouette se détacher de l'espalier. Il resta absolument immobile. À la lueur diffuse de la chambre à coucher dans laquelle Stig était en train de procéder à ses recherches, il vit cette silhouette regarder en direction de la maison et ensuite s'aviser probablement qu'Inga-Lisa bougeait dans le jardin, car elle se retourna brusquement.

— Ne bouge surtout pas, murmura une voix juste derrière lui. Tu as un pistolet dans le dos. Pas un geste !

Le vide se fit dans son cerveau. Il sentait bien quelque chose dans son dos, mais voyait l'autre forme parfaitement immobile. Il pouvait également distinguer Inga-Lisa, sur sa chaise. La silhouette commença à avancer. Mikael se mit alors à crier :

— Inga-Lisa, attention !

La silhouette s'immobilisa aussitôt. Mikael s'attendait à quelque chose par-derrière. Mais tout ce qu'il entendit, ce fut un juron étouffé :

— Oh merde.

Il pivota sur ses talons. Devant lui se tenait Krister Strömbom. Il avait bel et bien un pistolet à la main, mais en abaissa aussitôt le canon. Mikael le dévisagea, tout en entendant Inga-Lisa crier depuis sa place :

— Mikael ?

— Ce n'est que moi, Krister. Et puis Perlegrund.

Mikael ne sentait plus ses jambes. Il avait la bouche toute sèche. Sa voix était rauque :

— Je croyais que c'était...

— Je sais ce que tu croyais. J'ai cru la même chose en ce qui te concerne.

Krister rangea son pistolet. Perlegrund en avait déjà fait autant lorsqu'il les rejoignit.

— Où est Inga-Lisa ? demanda Krister.

— Ici, répondit-elle, tout près d'eux. Qu'est-ce qu'il y a ?

Krister et Perlegrund se retournèrent tous les deux vers elle. Malgré la faiblesse de l'éclairage en provenance de la maison, ils virent qu'elle avait pleuré. Ils comprirent qu'ils tombaient très mal et se sentirent plutôt gênés. Krister tenta de s'expliquer.

— On a essayé de te toucher il y a un moment et comme on a vu quelqu'un chez toi, mais que ta voiture n'était pas là...

— Je l'ai garée ailleurs.

— ... alors on a préféré vérifier si ce ne serait pas quelqu'un qui... enfin, un cambriolage ou quelque chose comme ça...

— Eh bien non, ce n'est pas un cambriolage. On est simplement en train de m'aider à me débarrasser de certains appareils indésirables.

Une aide qu'elle n'a pas pu obtenir auprès de la police, pensa Krister. Mais, au lieu de cela, il dit :

— Comment vas-tu ? Tout se passe bien ?

— Oui, merci.

Krister était vraiment confus et jeta un regard de supplication en direction de Perlegrund, qui ne demandait pour sa part qu'une seule chose : rentrer se coucher. Ce ne fut donc pas lui qui vint à son secours, mais Mikael.

— Vous ne vouliez pas vous assurer que tout va bien pour elle ?

— Mais si, répondit Krister, soulagé. Il m'a fallu un certain temps avant de comprendre la gravité de ce qui s'est passé ces derniers temps et, tout d'un coup, je me suis dit qu'Inga-Lisa pourrait bien être en danger, elle aussi.

— Non, absolument pas.

La réponse d'Inga-Lisa était sèche et pleine de défi. Krister vit qu'elle était extrêmement tendue. Il se demanda même si elle n'allait pas s'effondrer sur place. Environ une heure auparavant, il avait soudain compris dans quelle situation elle se trouvait. Il s'était dit qu'elle n'allait peut-être pas pouvoir tenir le coup bien longtemps, qu'elle allait se poser des questions quant à sa façon d'agir vis-à-vis d'Erik et qu'elle n'était pas plus forte que les autres, après tout. Il faut dire que Gerd l'avait bien aidé à se rendre compte de tout cela. En l'espace de cinq minutes, elle lui avait expliqué le comportement d'Inga-Lisa. Il avait presque réussi à saisir la logique de tout cela. Mais il n'était plus très sûr de ce qui était juste et de ce qui ne l'était pas, dans ce comportement. De plus, Gerd lui avait interdit de revenir sans Inga-Lisa.

— J'en suis heureux, dit-il. Mais tu es probablement en danger et...

— Je ne veux pas de ta fichue protection, maintenant.

— Comment comptes-tu t'en tirer toute seule ? Laisse-moi t'aider, voyons.

— Il est bien temps !

— Oui, je sais.

Mikael passa le bras autour des épaules d'Inga-Lisa.

— Rentre, maintenant, Inga-Lisa. Tu as froid. Nous avons tous froid.

— Non ! Il faut d'abord que la maison soit débarrassée de tous ces trucs !

Krister regarda Mikael, qui faisait faire à Inga-Lisa les quelques pas la séparant de lui et la lui confiait. Puis il pénétra dans la maison et, peu après, il criait de l'une des fenêtres :

— Stig pense qu'il aura fini dans une dizaine de minutes. Je vais remettre de l'eau à chauffer. L'autre est partie en vapeur, maintenant.

— Rentre chez toi, Perlegrund, dit Krister. Je ne pourrai jamais te remercier suffisamment. Dors bien. Moi, je rentrerai plus tard. Je vais appeler Gerd d'ici.

Perlegrund s'éloigna, très reconnaissant d'avoir obtenu son congé, et on entendit bientôt sa voiture s'éloigner dans la rue. Krister accompagna Inga-Lisa jusqu'au banc, dans le jardin, et ils s'assirent tous deux.

— Comment ça va, Inga-Lisa ?

— Je ne crois pas que tu puisses le comprendre.

— Je pense que si, malgré tout. Je ne sais pas si tu as bien fait. Et je ne le saurai sans doute jamais avec certitude. Mais maintenant c'est fait, et je vais t'aider jusqu'au bout — si j'ai la permission, bien entendu.

— De la part de qui ? De moi, ou bien de tes supérieurs ?

— De toi. Les autres, je m'en fous.

— J'ai besoin de toute l'aide possible. D'ailleurs, ce n'est pas à moi que tu l'apportes...

— Tu veux dire que c'est à Lisbet ?

— Non plus. Je crois que c'est à des gens qui sont bien plus nombreux que ça. Ne t'occupe pas de Lisbet, c'est mon affaire.

— Sais-tu que tu as l'air vraiment affreuse, en ce moment ?

— Je sais. Et je me sens affreuse aussi.

Elle s'écarta légèrement de lui et reprit :

— Je crois que je n'excluais pas l'hypothèse qu'Erik soit tué.

— Je le sais. Maintenant.

— Et tu es tout de même prêt à m'aider ?

— Peut-être précisément pour cette raison.

— Comment ça ?

— Il est possible que ce que tu as fait ait été bigrement astucieux. Mais la décision n'a pas dû être facile à prendre. Et pourtant tu l'as fait. Tu ne pourras sans doute jamais me pardonner d'avoir attendu que ceci se produise pour changer d'avis. Peut-être même n'as-tu rien inventé et n'avais-tu pas d'autre solution.

Inga-Lisa s'effondra en murmurant :

— J'aurais cru que je surmonterais mieux cette épreuve.

— Aucune personne normalement constituée n'en aurait été capable.

De la terrasse, Mikael leur cria que tout était terminé. Ils rentrèrent tous deux à l'intérieur de la maison d'Inga-Lisa.

Mikael avait mis le couvert pour quatre. Il présenta Stig à Krister, qui fut enchanté de faire sa connaissance. De son côté, il ne quitta pas d'une semelle Inga-Lisa, qui buvait son thé sans rien dire. Les trois hommes parlaient à voix basse et observaient à la dérobée son visage pâle, aux traits tirés.

Inga-Lisa refusa d'accompagner Krister chez lui, tout en comprenant parfaitement les intentions de Gerd quand elle avait donné cet ordre à son mari.

— Il faut tout simplement que je reste seule ici, il n'y a pas à discuter. Demain, tout ira de nouveau très bien, et alors je reprendrai le cours normal de mes activités. Je crois même que j'irai volontiers passer quelques jours chez vous, si Gerd et toi le désirez toujours. Mais pas cette nuit.

— Alors, je reste ici, dit Mikael.

— Il n'en est pas question. J'ai besoin d'être seule, absolument seule. D'ailleurs, je ne cours aucun danger, cette nuit. Les autres n'ont pas encore compris ce qui s'est vraiment passé. Ils vont adopter un profil bas pendant quelque temps encore. Rentre chez toi, Mikael ! C'est un ordre. Et toi aussi, Krister. Je ne veux pas entendre parler de protection. Je vous assure que je n'en ai pas besoin. Quant à toi, Stig, tu ne fais pas exception à la règle. Allez, partez tous, maintenant. Je ne serai pas tranquille tant que vous serez ici.

Ils se regardèrent tous les trois. Mikael haussa les épaules. Deux minutes plus tard, ils se tenaient debout près de leurs voitures. Krister devait rentrer dans celle de Mikael. Avant qu'ils ne se quittent, Stig dit :

— Je serai de retour dans une demi-heure et j'irai me poster au bout de la rue.

Les autres acquiescèrent d'un signe de tête et Krister annonça alors son intention de descendre de voiture deux pâtés de maisons plus loin et de revenir à pied par la rue parallèle à celle d'Inga-Lisa, afin de pouvoir pénétrer dans son jardin par l'arrière. Il savait que le propriétaire de la maison voisine était absent cette nuit-là.

— Je rentre chez moi un moment et ensuite je serai

dans ma voiture, ajouta Mikael. Au coin, là-bas, du côté sud de la maison.

Les deux voitures s'éloignèrent. Inga-Lisa les vit partir à travers ses rideaux. Puis elle se déshabilla lentement, fit sa toilette et alla ensuite s'asseoir sur le bord de son lit. Au bout d'un moment, elle regagna la salle de bains, ôta sa chemise de nuit et se fit couler un bain. Elle se laissa doucement glisser dans l'eau bien chaude et commença à se laver, avec beaucoup d'application, presque à la manière d'un rite. Pour terminer, elle plongea la tête et les cheveux sous la surface pendant un moment et laissa ensuite l'eau lui couler le long du visage. Elle avait un petit goût salé. Elle pleura longtemps et finit par sentir qu'elle avait froid.

Elle s'essuya longuement, de nouveau, comme s'il s'agissait d'une sorte de cérémonie. Puis elle fit le tour de toute la maison, alla voir dans la chambre des enfants et éteignit les lumières. La robe de chambre qu'elle passa était en réalité celle de Torkel et était imprégnée de l'odeur de celui-ci. Elle prit alors un oreiller et une couverture et alla s'étendre sur le mince tapis de la chambre de sa fille, blottit son visage dans sa robe de chambre, qu'elle avait serrée autour de son corps, et tira la couverture sur elle. Au bout de cinq minutes, elle dormait.

Krister changea légèrement de position. Il était presque assis sous la haie de pois de Sibérie qui séparait la maison d'Inga-Lisa de celle de son voisin. De là, il pouvait voir toute la propriété, sauf la façade. Son pistolet était posé sur ses genoux.

Stig était assis, confortablement calé, sur le siège arrière de sa voiture. Le pistolet, que l'on avait, pour cause de confusion administrative, oublié de lui reprendre lorsqu'il avait quitté le service, était posé à côté de lui, sous une mince veste.

Mikael était presque aussi confortablement installé, dans sa propre voiture. Toutes les vitres étaient baissées. Sa carabine était posée sur le siège arrière. Il la trouvait fort peu appropriée à un usage éventuel en ville, mais enfin...

Le merle se mit à siffler de façon très insistante et son chant pénétra jusque dans la maison.

XXVI

Van Drijd, en revanche, ne dormit pas très bien. Il se trouvait à Zurich pour un week-end de réunions, le samedi, et — espérait-il bien — une nuit agréable, ensuite, avec Juliette. Mais son séjour commençait de la plus mauvaise façon possible. Il avait commis l'erreur de passer par Copenhague et avait été terriblement retardé parce qu'un groupe professionnel quelconque de l'aéroport était mécontent de quelque chose, précisément ce jour-là. Une fois arrivé à Zurich, il avait oublié quel passeport il avait pris et avait été obligé de vérifier. Il avait en fait emporté les deux : le hollandais et le suisse ! Il se prit à espérer que la douane ne s'intéresserait pas trop à son cas et choisit donc d'utiliser le hollandais.

Jusque-là, tout n'avait pas mal marché. Mais, ensuite, il se trouva dans l'incapacité de joindre Juliette. Après cela, il prit connaissance d'un message remis à l'hôtel l'informant que la réunion du samedi avait été avancée de deux heures et que deux personnes de plus que celles prévues y participeraient. Il comprit alors que ses employeurs n'étaient pas très satisfaits de ses services.

Il était donc d'assez mauvaise humeur quand un maître d'hôtel vint l'aviser, à sa table de restaurant, qu'on le demandait au téléphone — juste au moment où il s'apprêtait à attaquer son morceau de viande de cerf bien chaud. Il suivit le maître d'hôtel et s'entendit alors informer assez sèchement qu'on l'appellerait au téléphone, une demi-heure plus tard, dans les locaux de la firme. Il lança donc un regard mélancolique en direction de sa table et du plat qui était en train de refroidir, avant de prendre un taxi pour se rendre à cette convocation.

On l'appela à la minute prévue. De Suède, naturellement, et de l'ambassade. Il était probable que la communication n'était pas écoutée. En tout cas, van Drijd l'espérait bien. Il se croyait maintenant vacciné contre les déconvenues et contre les imbécillités de ses collaborateurs mais, ce soir-là, il aurait sans doute été obligé de reconnaître qu'il avait tout de même été légèrement surpris. Entre autres choses, il se demanda s'il n'avait pas un peu trop attendu pour se lancer dans cette fameuse partie d'échecs. Il se demanda aussi comment mener une partie de ce genre si les pièces se mettent à décider elles-mêmes quoi faire. Ce n'est que le matin venu qu'il changea quelque peu de façon de voir et en vint à se dire qu'il avait affaire à un adversaire qui jouait directement contre ses pièces et non pas seulement contre lui-même. Pour terminer, il se demanda si les coups auraient été portés différemment s'il avait pu décider personnellement comment y répondre. Mais toutes ces réflexions ne firent qu'accroître son inquiétude.

Et, en fait, il ne ferma pas l'œil de la nuit.

Thompson paraissait maître de lui, mais sa voix

trahissait malgré tout un certain affolement lorsqu'il lui avait dit qu'on avait écouté le cabinet de l'avocate en toute tranquillité. L'après-midi, elle y avait soudain fait son apparition, en compagnie de son collaborateur. Ils n'avaient pas dit grand-chose. Puis elle avait appelé le commissaire Strömbom (on avait pu relever ce que disaient les deux correspondants) pour l'informer qu'Erik Lindström avait cédé et allait vider son sac. Thompson avait aussitôt été avisé, ainsi que Bolsov. Van Drijd, lui, n'était pas sur place. Thompson et Bolsov avaient écouté plusieurs fois l'enregistrement et avaient compris qu'il fallait agir extrêmement vite. Ils devaient absolument arriver les premiers auprès de Lindström. Non, ils n'avaient pas pensé à lui demander de venir les trouver. Et s'il avait gardé des papiers chez lui... ? Bolsov et une autre personne — d'ailleurs fort efficace — s'étaient donc rendus chez Lindström. Celui-ci avait été stupéfait de ce qu'ils lui avaient dit. Il avait tout nié en bloc. Bolsov avait continué à l'interroger pendant que l'autre fouillait une bonne partie de la maison. Mais ils n'avaient pas pu prendre les précautions d'usage, étant donné que la police et cette avocate ne devaient pas tarder à arriver. Lindström avait alors craqué subitement et tenté de s'échapper en bousculant Bolsov juste au moment où l'autre sortait d'une pièce adjacente. Il avait fait feu immédiatement. Lindström s'était effondré et l'autre avait alors tiré une seconde balle, cette fois dans la nuque. Ils avaient ensuite continué à fouiller, mais en vain, puis ils avaient quitté la maison par-derrière. Ils avaient pris la précaution de garer leur voiture un peu plus loin dans la rue.

C'était aussi simple que ça !

Van Drijd était couché dans la lumière du matin et examinait la situation. Toutes les mesures prises en vue d'empêcher le monde extérieur de s'intéresser à l'Institut, qui avaient été tellement couronnées de succès jusque-là, étaient soudain réduites à néant parce que la panique s'était emparée de ses collaborateurs. Un meurtre qui avait fait sensation, une maison sens dessus dessous, comme par hasard celle d'une journaliste qui venait de mourir d'un cancer juste après avoir été pourchassée par trois personnes qui en avaient profité pour trouver la mort. Tout cela en l'espace de quelques jours. Est-ce que ce n'était pas un peu fort de café même pour des Suédois ? La presse nationale n'allait pas manquer de sortir de sa torpeur, même si, dès le deuxième jour, la presse locale consacrait déjà moins de place aux événements de l'archipel qu'aux préparatifs de l'annuelle course à la rame entre la côte et les îles d'Åland.

En outre, la police ne pouvait guère manquer de fourrer son nez là-dedans. Il avait été possible, par des voies détournées, de l'inciter à éparpiller des moyens en personnel déjà singulièrement amputés par les vacances sans que, jusque-là, un quelconque procureur ou policier ait noté la chose. Mais pourrait-on y parvenir bien longtemps encore ? Van Drijd comprit que ses relations dans divers secteurs de la société suédoise risquaient fort d'être soumises à rude épreuve.

Ce n'était pourtant plus qu'une question de semaines, peut-être de mois. Il s'agissait de réduire l'adversaire à l'impuissance aussi longtemps que possible. La police ne pourrait sans doute pas faire grand-chose, tant qu'elle serait réduite à ses propres moyens. Mais, si on lui apportait des informations de l'extérieur et si des personnes qui lui étaient étrangères prenaient des mesures de nature à précipiter les événements, l'enquête pourrait alors mener leurs projets à la catastrophe. Il fallait à tout prix empêcher cela.

Cette avocate — qui était-ce, au juste ? Il n'était pas particulièrement étonnant qu'elle ait réussi à venir à bout de Lindström, quand on y réfléchissait bien et quand on connaissait tous les tenants et les aboutissants. Van Drijd se souvenait parfaitement d'avoir évoqué cette éventualité avec Thompson et Bolsov un peu plus tôt au cours de la semaine. Pourquoi n'avaient-ils pas compris le risque couru et n'avaient-ils pas pris les mesures nécessaires pour y parer ?

Il fronça les sourcils. Quelque chose de vague l'inquiétait. Quelque chose le laissait insatisfait, dans l'analyse à laquelle il venait de se livrer, mais il aurait été incapable de dire quoi. Tant pis, se dit-il. Encore heureux qu'on ait pu écouter cette avocate. Sinon, les choses auraient pu tourner encore plus mal.

Tandis qu'il était occupé à réfléchir à cela, Thompson se demandait, toujours près de sa fenêtre, ce que dirait van Drijd lorsqu'il apprendrait que leurs adversaires étaient apparemment au courant de la présence de ces micros et les avaient maintenant fait disparaître.

XXVII

Inga-Lisa fut réveillée par la sonnerie du téléphone. Elle se retourna et eut une grimace de douleur. Son corps était raide, après ces quelques heures passées sur le plancher. Son correspondant insistait. Elle reprit rapidement ses esprits et gagna le hall d'un pas chancelant. Mais lorsqu'elle répondit, l'autre avait déjà raccroché.

Elle s'habilla, se fit du thé et sortit pour aller voir sa boîte aux lettres. Elle se rappelait maintenant qu'elle avait oublié de la vider, la veille. Elle mit de côté les quelques lettres qu'il y avait et se plongea dans la lecture du journal, tout en buvant son thé. Mais en posant sa tasse sur l'évier, elle remarqua que l'enveloppe qui se trouvait sur le dessus de la pile ne portait pas de timbre. Elle l'ouvrit aussitôt et lut :

> « *Ce qui est arrivé à ta famille, sur l'île, n'est qu'un petit avertissement destiné à te prouver que nous sommes sérieux, maintenant.* »

La lettre n'était pas signée. Elle était tapée à la machine. Elle en relut le texte et se dirigea ensuite vers le téléphone.

— Bonjour, papa, c'est Inga-Lisa. Comment ça va ?

— Tout va très bien, merci. J'ai essayé de t'appeler, ce matin.

— Si c'était il y a un petit moment, je suis arrivée trop tard.

— J'ai essayé hier soir aussi, surtout afin de te parler de quelque chose de bizarre qui s'est passé ici.

Inga-Lisa sentit son corps se figer légèrement.

— Il est arrivé quelque chose.

— Oui et non. Kerstin a eu des problèmes avec le bateau.

— Ah bon ?

— La commande du gouvernail a lâché.

— Ah ?

— Elle avait été sectionnée !

— Sectionnée ?

— En trois endroits. Sur d'eux d'entre eux, il ne restait plus que quelques fils et, sur le troisième, cela a cassé net.

— Quelqu'un a donc saboté... ?

— Eh bien oui. Je pense qu'il s'agit d'une mauvaise farce. En général, une commande de gouvernail qui cède, ça ne prête pas beaucoup à conséquence. Mais, d'un autre côté...

— D'un autre côté, quoi ?

Inga-Lisa commençait à sentir l'inquiétude la gagner.

— Le haut du gouvernail, c'est-à-dire l'endroit dans lequel on enfonce la barre si on veut manœuvrer à la main, était également cassé. Il avait été scié presque entièrement et a lâché dès qu'elle a mis la barre.

— Papa, qu'est-ce qui s'est passé exactement ? Sois gentil, reprends tout depuis le début.

Tout cela paraissait bien étrange. Inga-Lisa crut pourtant comprendre. N'avait-elle pas toujours devant elle cette lettre anonyme ?

Ce qui s'était passé, c'est que Kerstin avait décidé, pour la première fois, de sortir avec les enfants dans le second bateau, puisque son père n'avait pas encore eu le temps de réparer le hors-bord. Il avait vérifié lui-même le bon fonctionnement du moteur. Il se réjouissait de voir sa fille prête à sortir en mer toute seule, même s'il eût encore préféré la voir laisser les enfants, de temps en temps, et ne s'occuper que d'elle-même.

Kerstin était donc partie vers le nord avec les enfants. Elle lisait très bien les cartes marines et avait l'habitude de la mer, mais presque toujours avec quelqu'un d'autre pour prendre les décisions. Le vent ne soufflait pas très fort. Au bout d'environ une heure, au moment où elle se préparait à rentrer, le volant s'était soudain mis à tourner librement entre ses mains. Elle avait aussitôt compris que quelque chose ne marchait plus dans le système de direction. Mais elle ne savait pas quoi ni comment. Ils étaient assez loin d'un groupe d'écueils. Elle n'avait pas vraiment eu peur, sachant bien qu'il était également possible de manœuvrer le bateau à la main. Elle avait facilement trouvé la barre, qui était à sa place, et était allée la ficher dans la mèche pour mettre le bateau face au vent. C'est alors que celle-ci avait cédé. Il n'y avait plus rien dans quoi enfoncer la barre.

Pas moyen, non plus, de diriger le bateau en tenant le gouvernail à la main. Elle avait essayé, mais bien vite compris que c'était impossible. Ce n'est qu'à ce moment qu'elle avait pris peur. Les enfants — Jessica, huit ans, et Jonas, dix ans — avaient aussitôt ressenti sa frayeur. Elle avait laissé le moteur tourner à vide, puis essayé d'avancer. Le bateau avait alors décrit un arc de cercle très large en direction de la terre, mais en zigzaguant beaucoup. Elle avait tenté de faire machine arrière, mais avait vite compris que ce ne serait pas possible non plus. Le vent, une brise de mer tout à fait banale, soufflait vers la terre. Pas un seul bateau à l'horizon — d'ailleurs la mer était déserte depuis son départ. Non loin de là se trouvait une longue barre d'écueils sur laquelle les vagues venaient se briser en maints endroits. Il lui fallut un certain temps avant d'avoir l'idée de jeter l'ancre. Mais, à ce moment, celle-ci s'était détachée du filin et elle était restée avec, entre les mains, un cordage au bout duquel pendait une cheville métallique, mais rien d'autre.

Heureusement, Bertil Pettersson avait observé, depuis l'un des écueils, ce qui se passait. Il était allé pêcher et prenait un peu de repos après un casse-croûte très simple. Il avait d'abord cru que ceux qui se trouvaient à bord de ce bateau étaient également sortis pêcher et cherchaient un endroit propice. Ils semblaient le faire en se laissant dériver vers les hauts-fonds. Mais pourquoi ne coupaient-ils pas le moteur, dans ce cas ? Il voyait distinctement le liquide de refroidissement qui s'écoulait sur le flanc du bateau.

Il lui fallut un petit moment pour comprendre qu'il se passait quelque chose d'anormal. Il s'était replongé dans ses pensées et regrettait que ses deux jumeaux, qui avaient maintenant quatorze ans, n'aient plus autant envie de venir avec lui en mer.

Bien entendu, il les comprenait parfaitement. Il est un temps pour chaque chose et sans doute ne tarderaient-ils pas à retrouver leur autonomie en matière de loisirs. Cela faisait maintenant sept ans qu'il les élevait, seul, et il était plein de compréhension pour leur évolution.

Bertil avait alors sorti ses jumelles pour la première fois. Il y avait une femme et deux enfants, à bord de ce bateau. Mais aucun d'entre eux ne pêchait, d'après ce qu'il voyait. Ils étaient tous trois assis à l'arrière. Le moteur marchait et ils n'avaient pas jeté l'ancre. Il savait aussi qu'ils n'étaient pas loin des premiers rochers sous-marins, maintenant. Sans être véritablement capable de dire pourquoi, il était donc descendu jusqu'à son propre bateau, l'avait poussé vers le large, avait mis le moteur en marche et ensuite longé l'îlot en direction de la pointe. Le long de la côte ouest, l'eau était profonde et il avait pu mettre le cap droit sur l'autre bateau. Même s'il dérivait, ce qu'il pensait être le cas, bien qu'il n'en comprît pas la raison, il aurait largement le temps de l'atteindre et de leur demander s'il y avait quelque chose qui n'allait pas.

Kerstin l'avait vu approcher sans bien se rendre compte de ce qui se passait. Elle était presque paralysée. Jessica et Jonas se serraient très fort contre elle. Jessica pleurait doucement. Jonas, lui, était absolument silencieux. Le bateau dérivait, la proue pointée de biais dans la direction du vent, et Bertil voyait maintenant le gouvernail battre au gré des vagues. Il approcha. La femme le regarda et, sans dire un mot, poussa les enfants dans sa direction. Il crut alors comprendre la situation. Les enfants étaient effrayés et la femme presque apathique. Il jeta un coup d'œil en direction des écueils. Les hauts-fonds étaient encore assez loin. Il passa à bord de l'autre bateau, d'un bond, après avoir viré l'aussière autour d'une bitte.

Il s'accroupit devant le frère et la sœur.

— Salut, tous les deux ! Je m'appelle Bertil, et vous ?

— Jessica, sanglota la petite fille.

— Et toi ?

Jonas ne répondit pas. Bertil ne se soucia pas de Kerstin et demanda simplement :

— Eh bien, on dirait que votre gouvernail ne fonctionne plus ?

Jonas secoua la tête.

— Vous voulez qu'on essaye de le réparer ?

Cette fois, Jonas hocha la tête.

— On va voir un peu ce qu'il a. Mais, si vous voulez, je peux d'abord vous offrir un peu de chocolat, j'en ai dans mon bateau. J'en prends toujours, pour le cas où il se passerait quelque chose. Vous en mangez, du chocolat ?

— Le samedi, répondit Jessica.

— Hm, on est seulement vendredi, aujourd'hui. Mais, quand on a des ennuis en mer, on a bien le droit de faire une petite exception, pas vrai ?

Jessica hocha la tête, apparemment très en faveur de cette solution. Jonas, lui, ne faisait rien d'autre que de les regarder. Bertil regagna son bateau d'un bond, disparut sous le taud, à l'avant, et en revint avec une barre de chocolat. Quand il enjamba de nouveau la lisse pour revenir à bord de leur bateau, Jessica l'attendait avec impatience. Il déchira le papier qui enveloppait le chocolat, en coupa un morceau à l'intention de chacun des deux enfants et le leur tendit. Jessica s'empara très vite du sien. Jonas hésita un instant avant d'imiter sa sœur.

— Est-ce que tu peux réparer le bateau ? demanda-t-il.

— On va voir. Sinon, je vous prendrai en remorque pour rentrer. Mais il faut quand même que je dise bonjour à votre maman, d'abord.

Kerstin commençait à se remettre de son émotion. La confiance dont faisait preuve Jessica la gagnait peu à peu. Les deux enfants étaient maintenant en train de manger leur chocolat et semblaient déjà être de vieilles connaissances de cet homme.

Bertil se pencha par-dessus l'arrière, tout en s'adressant pour la première fois à Kerstin.

— Tu as de beaux enfants. Alors, c'est le câble du gouvernail qui a lâché ?

Mais il constata en même temps la disparition du haut de la mèche. La barre, elle, était posée au fond du bateau, avec un morceau de cette dernière. Il se pencha par-dessus bord, tâtonna, et trouva très vite l'extrémité du câble. Il comprit alors qu'il serait impossible de le réparer en pleine mer.

— Il va falloir attendre d'être rentrés pour réparer ça, dit-il aux autres.

Jonas était venu se placer juste derrière lui et observait chacun de ses gestes avec beaucoup d'intérêt.

— Alors, je propose qu'on passe tous à bord de mon bateau, ce sera plus facile pour remorquer, comme ça. Si la maman veut bien passer la première et nous aider à la rejoindre, ensuite ?

Le remorquage s'effectua sans difficulté, même si ce fut à petite vitesse. Bertil en profita pour se présenter à Kerstin. Il suggéra de conduire d'abord le bateau jusque chez lui, où il pourrait le réparer comme il convenait. Ensuite, peut-être pourrait-il les accompagner jusque chez eux ? Bien sûr que oui. Jonas approuva chaudement cette idée. Ils partagèrent le reste du morceau de chocolat. Kerstin pourrait-elle faire en sorte de le ramener chez lui, ensuite ? Bien entendu, puisqu'elle avait une voiture. Comment se faisait-il que le gouvernail ait cédé de cette façon ? Ça, personne ne pouvait le dire. Ce qui paraissait le plus étrange à Bertil, c'était cette flèche endommagée.

La maison de Bertil était située juste au bord de l'eau. Elle avait été construite bien avant l'époque de la réglementation sur la protection du littoral et autres dispositions analogues. Lorsqu'ils approchèrent du ponton, ils virent deux jeunes garçons qui les observaient.

— Ce sont des jumeaux. Ils ont quatorze ans. L'un s'appelle Peter et l'autre Leif, mais moi je les appelle Bill et Bull, je trouve que ça leur va mieux.

— Lequel est Bill et lequel est Bull ? demanda Kerstin.

— Ah ça, c'est pas facile à dire, répondit Bertil. Mais ça n'a pas souvent grande importance.

Bill et Bull étaient à l'âge où on ne se laisse pas facilement impressionner. Pourtant, ils semblaient avoir oublié cette vérité, cet après-midi-là.

— T'as vu ça ? dit Bill. Il ramène une fille.

— Ça n'est jamais arrivé depuis que grand-mère est partie, y a quelques années, répondit Bull. T'as vu un peu ce rafiot, derrière ?

Bill et Bull se virent confier le soin d'aller chercher un ou deux brochets dans le vivier et de montrer à

Jessica et à Jonas comment on les préparait. Bill regarda Bull. Il n'avait pas consacré la moindre minute à la cuisine, cet été-là, à la différence des précédents. D'un autre côté, c'était aussi la première fois que leur père ramenait une fille de la mer. Bill donna un coup de coude dans les côtes de Bull et prit un air goguenard. Bull hocha la tête.

— Bien sûr qu'on va le faire, dit Bill.

— Évidemment, dit Bull.

Bertil eut l'air légèrement surpris.

Le câble avait été franchement sectionné en plusieurs endroits. Bertil ne dit rien à personne. Au lieu de cela, il s'éclipsa pendant une petite heure et revint avec un câble neuf. Il n'en eut pas pour bien longtemps à effectuer le changement. Quant aux brochets, ils furent dégustés avec beaucoup de bonne humeur. Seule, Kerstin resta à peu près silencieuse. Mais elle ne quitta pas des yeux Jonas et Jessica lorsque ceux-ci racontèrent, la bouche pleine, à tous ceux qui voulaient les entendre, la façon dont leur bateau s'était cassé et qu'ils avaient mangé du chocolat bien qu'on ne fût pas encore samedi et que leur grand-père devrait bien avoir un vivier comme celui-ci et que ce devait être chouette d'habiter aussi près que cela de l'eau. Et pourquoi est-ce que Bill et Bull n'allaient jamais dans leur belle petit hutte dans la forêt, cette année, hein Bertil ?

Kerstin avait appelé ses parents au téléphone pour leur dire de ne pas s'inquiéter de son retard. Le voyage de retour se déroula sans incident. C'est Jonas qui pilota le bateau la plus grande partie du temps. Jessica, elle, était assise sur les genoux de Bertil et lui apprenait le nom des différentes îles qui se trouvaient à proximité du ponton de leur grand-père. Kerstin donnait de temps en temps des instructions à Jonas sur la façon de diriger le bateau mais, le reste du temps, elle demeura silencieuse — et très tendue.

Bertil s'arrangea pour dire deux mots en particulier à Östergren, près du bateau, et lui parler de ce qu'il considérait purement et simplement comme un sabotage. C'est alors qu'il apprit que la jeune femme qui avait été retrouvée morte dans l'archipel était l'une des filles de cet homme et qu'elle devait être enterrée le mardi suivant. Il déclina l'invitation à rester passer la nuit en disant qu'il fallait absolument qu'il rentre, à cause de Bill et Bull.

— Alors, reviens un autre jour, dit Östergren. Je crois que tu as rendu un fier service à Kerstin, aujourd'hui.

— Je crois plutôt qu'il faudrait bien qu'elle se rende service à elle-même, répondit Bertil. Les enfants m'ont dit qu'ils ne voyaient pas souvent leur papa. Je suppose que Kerstin vit seule, alors ?

— Depuis plusieurs années. Elle vit exclusivement pour ses enfants.

— Mmm. Bon, eh bien on se reverra peut-être un de ces jours. Mais non, en fait. Pour être honnête avec toi, je dois te dire que je ne viendrai certainement pas par ici. Je peux te dire — puisqu'on est en veine de confidences, tous les deux — que moi aussi je suis seul depuis pas mal de temps. En tout cas, je ne vis avec personne. Je crois que je suis trop vieux, maintenant, pour oser m'aventurer quelque part où je risque d'avoir l'impression de déranger. Mais occupe-toi bien d'elle parce que, ce sabotage, c'était vraiment un sale coup.

Östergren médita ces paroles. Inga-Lisa l'écoutait. Elle avait maintenant les idées parfaitement claires. Son père venait de tout lui expliquer de façon aussi précise que possible.

— Bon, papa. Il se passe des choses bizarres. Je vais venir dans l'après-midi, mais j'ai plusieurs choses à faire d'abord. On en reparlera tout à l'heure, si tu veux bien ?

XXVIII

Inga-Lisa réfléchit longuement. Elle examina de façon un peu plus systématique diverses idées, diverses hypothèses qui lui avaient traversé l'esprit à un moment ou à un autre. Elle ne tarda pas à prendre certaines décisions. Mikael fut le premier à s'en apercevoir. Il avait quitté son poste, à quelque distance au sud de la maison d'Inga-Lisa, vers sept heures et avait enfin trouvé un sommeil réparateur. Jusqu'à ce que retentisse la sonnerie du téléphone.

— Salut, Inga-Lisa à l'appareil. Tu as bien dormi, j'espère ?

Mikael eut le front de répondre par l'affirmative. Et d'ajouter qu'il était, naturellement, prêt à exécuter de nouveau toutes les instructions qu'Inga-Lisa pourrait lui donner. Elle ne s'en priva pas et Mikael prit des notes en abondance. Était-on bien sûr qu'elle n'était plus écoutée ? Oui, on avait même réussi à vérifier auprès de l'administration du téléphone — sans que Stig ait consenti à s'expliquer en détail sur ce point — et on pouvait désormais garantir avec une quasi-certitude qu'il n'y avait plus rien à craindre à ce sujet. Mikael jeta ensuite un coup d'œil sur sa liste et se demanda comment il allait bien pouvoir réussir à faire tout cela.

Ensuite, Inga-Lisa appela la résidence d'été de Stefan, son associé. Elle ne savait pas que, le matin même, Mikael l'avait déjà appelé pour le mettre, de façon générale, au courant de ce qui se passait.

Le plus difficile, pour Inga-Lisa, ce fut d'appeler Elsa, l'autre secrétaire de leur cabinet. Celle-ci passait actuellement des vacances bien méritées. Elsa était la seule personne qu'Inga-Lisa n'essayât pas de mener à la baguette. Elle n'en avait d'ailleurs pas besoin. On ne pouvait imaginer collaboratrice plus dévouée. Et c'était bien la raison pour laquelle Inga-Lisa avait bien du mal à lui demander un service en ce moment. Et puis elle ne voulait pas non plus l'informer de trop de choses — moins on en savait, mieux cela valait sans doute, dans une affaire comme celle-ci.

Il suffit qu'Inga-Lisa lui dise sans détour qu'elle avait de graves problèmes pour qu'Elsa interrompe ses vacances. Son mari et elle pourraient peut-être en prendre quelques jours de nouveau, par la suite, au début de l'automne ?

Elsa avait cinquante-cinq ans et n'était nullement jalouse de ses prérogatives, au cabinet. Elle était aussi d'une très grande efficacité. L'expérience qu'elle possédait était irremplaçable. Et elle croyait dur comme fer à la répartition des tâches.

Inga-Lisa s'entretint ensuite avec Krister, qui lui confia que l'enquête sur la mort d'Erik battait son plein. Elle lui dit qu'elle s'apprêtait à aller voir ses parents, au cours de l'après-midi, et lui parla aussi de cette lettre de menaces et de ce qui s'était passé sur l'île. Non, elle ne désirait pas être accompagnée, ce jour-là. Elle était certaine que la partie adverse n'était pas encore prête pour le coup suivant. Personnellement, Krister était loin de partager cette opinion.

— Pourquoi ne veux-tu pas permettre à Mikael de t'accompagner ?

— J'ai besoin qu'il aille ailleurs. Sois gentil, Krister, ne te fais pas de souci. Je serai de retour demain matin.

— Demain ?

— Je vais passer la nuit là-bas. Allez, détends-toi. Je me rendrai directement chez vous, si je suis toujours invitée.

— Bien entendu. Mais appelle-moi ce soir pour que je sois sûr qu'il ne t'est rien arrivé. Est-ce que tu peux me donner ton numéro là-bas ?

Elle le lui donna.

Östergren avait déjà guetté la route à plusieurs reprises lorsqu'il vit apparaître la voiture d'Inga-Lisa. Il fit de son mieux pour ne pas avoir l'air inquiet, mais elle ne fut pas dupe.

— Tu t'inquiétais, n'est-ce pas, papa ? Mais je me suis simplement arrêtée pour acheter une de ces délicieuses glaces pour les enfants. Où sont-ils ?

Östergren lança un appel très sonore en direction du jardin et Jonas ne tarda pas à se montrer. Comment résister, en plus, au spectacle de cette glace tendue à bout de bras ?

— Eh bien, raconte-moi un peu ce qui s'est passé, exactement, avant que maman n'arrive, dit Inga-Lisa tandis qu'ils se dirigeaient vers la maison.

— Rien de plus que ce que je t'ai dit hier. Je ne sais absolument rien. Mais je ne suis pas stupide. Je ne peux dire que j'aie vraiment pressenti quelque chose quand j'ai appris ce qui était arrivé à Erik, mais je me rends bien compte qu'il y a quelque chose qui ne va pas. Suppose que ces embêtements, sur le bateau, aient quelque chose à voir avec...

— C'est le cas !

— Comment le sais-tu ?

— J'ai reçu des menaces, ce matin. Une lettre anonyme, si tu vois ce que je veux dire. Qui parlait d'un avertissement qui vous serait donné, ici. C'est pour cela que je t'ai appelé.

Östergren alla se placer entre Inga-Lisa et la maison.

— Je veux savoir absolument tout, maintenant ! On ne rentrera pas avant ça.

— Maman nous attend.

— Eh bien qu'elle attende. Et puis non, tiens, je vais lui dire qu'on fait un tour jusqu'à la mer.

— Elle va se poser des questions.

— Bien sûr que oui. J'oserai même dire qu'elle comprend. Et qu'elle y tient. Tu as beaucoup de choses à me dire ?

— Assez pour une petite promenade.

— Bon, attends-moi là.

Ils n'allèrent pas bien loin, à vrai dire, mais ils restèrent un bon moment sur le ponton. Ils étaient adossés chacun à un poteau. Östergren garda le silence pendant tout le récit de sa fille. La seule chose qu'elle omit fut son rôle dans la disparition d'Erik. Il fallait tout de même ménager un peu ce vieil homme.

— Tu comprends bien qu'ils sont capables de s'en

prendre à toi directement ou bien, pire encore, à Torkel ou aux enfants ?

— Je ne sais pas s'ils oseront faire quelque chose contre moi personnellement. Il n'est pas sûr que ce soit la meilleure façon pour eux de parvenir à leurs fins. Je crains plus une sorte de chantage afin de forcer certaines personnes, y compris la police, à se débarrasser de cette affaire. Je n'en suis pas certaine, mais j'ai l'impression qu'ils vont d'abord s'en prendre à ma famille, à Torkel et aux enfants.

Östergren se demanda un moment s'il avait bien entendu.

— C'est tout l'effet que ça te fait ? As-tu pris des mesures pour les protéger ?

— Non, mieux que ça. Ils sont en route.

— En route ?

— Si tout s'est bien passé, dit posément Inga-Lisa en regardant sa montre, ils sont en ce moment dans un petit avion que j'ai fait affréter pour les emmener en Irlande.

— En Irlande ?

— Torkel a toujours aimé l'Irlande. Il dit que l'air y est excellent pour les couleurs. Il va pouvoir vérifier s'il dit juste.

— En Irlande ?

— Eh bien oui. Mikael, lui, est parti pour le Danemark un peu plus tôt dans la journée. Je connais un certain nombre de gens là-bas et j'avais préparé Torkel à une petite surprise. Elle a sans doute été plus grande et différente de celle à laquelle il s'attendait — je crois qu'il pensait que c'était moi qui allais arriver. J'ai un bon ami qui a une petite compagnie d'aviation. Qui offre toutes les garanties. Je crois même qu'il a déposé un faux plan de vol auprès des autorités aériennes.

Östergren avait beau connaître sa fille, il resta admiratif.

— Ça n'a pas dû être bon marché.

— Ne t'occupe pas de ça. Le plus dur, ça a été d'obtenir du liquide, aujourd'hui samedi. Sans compter toutes les dépenses que je vais avoir dans les jours qui viennent. Mais ça en vaut la peine. Ce sera ma contribution à l'existence sur le plan économique.

Östergren eut l'impression d'être quelque peu dépassé par ce raisonnement.

— Naturellement, Stefan m'a aidée à régler un certain nombre de détails pratiques — il est vraiment chic et plein d'attentions. Il a bien de la chance d'avoir une associée qui n'en abuse pas.

Cette fois, Östergren crut comprendre qu'elle plaisantait.

— Et puis il y a vous autres, ici, poursuivit Inga-Lisa. Et, en fait, c'est pour cette raison que je suis venue. Je désire mettre toutes les chances de mon côté. Qu'est-ce que tu proposes ?

— Tiens donc ! Qu'est-ce que je propose ? Comme si tu avais l'intention de tenir compte de mon avis !

— Eh bien, qu'est-ce que tu en dis ?

— Bah, laissa négligemment tomber Östergren, je ne crois pas que je risque grand-chose, ici.

— Mais moi, si. Ou plutôt : je désire éviter tous les risques. Je crois qu'il doit être possible d'obtenir pour vous une protection policière.

— Pour combien de temps ?

C'était une question qu'Inga-Lisa s'était bien souvent posée au cours des dernières vingt-quatre heures. Elle ne savait pas encore quelle stratégie elle devait adopter ni contre quoi elle luttait.

— Je n'en sais rien, bien entendu. Tout ça dépend de tellement de facteurs qui m'échappent totalement. De savoir si la police peut parvenir à certains résultats — mais, sans preuves matérielles, elle ne peut pas faire grand-chose. Et aussi de savoir si nous allons être capables de brouiller suffisamment leur jeu pour les amener à se découvrir. Non, je n'en ai aucune idée...

— Mais au minimum ?

— Dix jours, mais sans doute nettement plus.

— Dix jours... hmmm.

Quelque chose dans l'intonation de la voix de son père retint l'attention d'Inga-Lisa.

— Qu'est-ce qu'il y a, papa ?

— Hein ?

— Tu m'as parfaitement entendue ! Qu'est-ce qu'il y a ?

— Oh, je venais seulement de me rappeler que nous avons justement un locataire dans la cabane.

— La cabane ? Vous ne la louez jamais !

— Non, mais je me suis dit que, cette année, un petit complément de ressources ne nous ferait pas de mal. Tu sais... les temps sont durs.

Ce sous-entendu n'en était pas vraiment un. Inga-Lisa regarda, avec un air soupçonneux non feint, l'auteur de ses jours.

— Ça suffit, papa. Alors ?

— Eh bien, tu vois, il se trouve que, pendant que j'étais dans la marine, j'avais un collègue du nom de Per Persson.

— Bon, et alors ? Je le connais ou quoi ?

— Non, mais son fils est dans la police...

— Ah, je vois. Et, naturellement, tu lui as demandé de t'aider. Un policier ! Des blancs-becs qui...

— Oui, mais, tu vois, c'est lui qui nous a demandé de pouvoir louer la cabane.

— Ah bon. Oui, ce n'est peut-être pas une mauvaise solution. En tout cas, le monde est petit. Mais est-ce que tu peux vraiment le mettre dans la confidence ?

— Le monde est encore plus petit que tu ne le penses. La confidence, il y a déjà été mis. Par son supérieur hiérarchique.

— Son supérieur hiérarchique ?

— Oui, j'ai peut-être oublié de te dire que le fils a changé de nom — il s'appelle maintenant Perlegrund.

Cette fois, Östergren eut sa revanche. La surprise de sa fille ne dut rien à la dissimulation. Et il ne fut pas mécontent de lui.

— Et, poursuivit-il, je crois bien qu'il a trouvé la maison à son goût, ce Perlegrund. Il n'est arrivé que quelques minutes avant toi. Je crois même qu'il t'a doublée sur le pont.

La lumière se fit en Inga-Lisa.

— Ce Krister, je le retiens.

Östergren nota une certaine inflexion de satisfaction dans sa voix.

— Autant que je sache, je crois qu'il a l'intention de passer la nuit ici et de retourner ensuite en ville chercher sa famille. Il a fallu qu'il change ses projets de vacances de façon un peu précipitée. Mais on va prendre bien soin d'eux. Et lui de nous. Alors, je crois que tu n'as pas besoin de te faire de souci. Vous pourrez d'ailleurs retourner en ville ensemble. Également ?!

Avec l'accord bienveillant d'Inga-Lisa, Henrik Perlegrund fut invité à partager le dîner familial. Ce soir-là, le tragique de ces derniers jours n'était pas perceptible dans l'air. Inga-Lisa consentit même à ce que Perlegrund lui tienne compagnie pour une promenade vespérale. Elle comprit que son père l'avait informé de ses habitudes. Et puis, ce n'était pas à lui qu'elle avait quelque chose à reprocher — mais bien à Krister. Comme si elle n'était pas capable de prendre soin d'elle-même !

Pourtant, elle n'emmena pas Perlegrund jusqu'à la pointe nord de l'île.

XXIX

On alla attendre van Drijd à son arrivée à l'aéroport d'Arlanda pour l'emmener directement dans les locaux du centre de Stockholm. Il se rendit tout droit à la salle de réunion. Seuls Bolsov et Thompson s'y trouvaient.

— Où est Lewin ? siffla van Drijd.

— Il a dit qu'il ne pouvait pas venir. Il était malade. Une forte fièvre. On a vérifié en appelant son médecin — c'est vrai. Il sera trop malade, aussi, pour que la police puisse l'interroger.

Cette précision adoucit quelque peu l'humeur de van Drijd. Il s'assit, planta les deux coudes sur la table, posa le menton sur ses mains aux doigts entrecroisés et dit d'une voix douce :

— Eh bien, ces rapports ? Thompson !

Celui-ci avait l'air bien malheureux et van Drijd s'en aperçut aussitôt. Qu'est-ce qu'il peut bien y avoir, encore ? se demanda-t-il. Une autre bourde ? Au point où nous en sommes, ça paraît pourtant impossible.

— Tout d'abord, je voudrais préciser que mon collaborateur d'avant-hier soir a quitté le pays. En outre, la police ne dispose probablement d'aucun indice. Nous sommes certains de ne pas avoir laissé d'empreintes ou d'autres traces dans le même genre. Autant que je sache aussi, il n'y a pas eu de témoin. On peut penser que la police ne disposera d'aucune piste à suivre quant à... l'exécution de Lindström.

— J'ai pourtant bien l'impression qu'elle est en train de mettre les bouchées doubles. Mais j'y reviendrai tout à l'heure.

Cette dernière phrase eut sur Thompson un effet très déprimant. Il dut donc se fortifier intérieurement pour ce qu'il avait à dire ensuite :

— Deuxièmement, les micros que nous avions placés dans le cabinet d'Östergren et dans sa maison ont été découverts et enlevés, très exactement pendant la nuit...

— Quoi ?!!

C'était la première fois qu'ils voyaient le visage de van Drijd changer de couleur. Bolsov redouta un instant un accident de santé. Il avait en effet beaucoup de mal à respirer et s'accrochait des deux mains au bord de la table.

— ... de jeudi, c'est-à-dire après que Lindström eut été abattu. Il y a environ seize heures.

Thompson savait que van Drijd aimait les informations précises, chiffrées. Ou, à parler plus strictement, que les informations qu'on lui transmettait soient exactes. Car celle-ci n'était pas précisément du genre à lui plaire.

— Malheureusement, poursuivit Thompson en voyant van Drijd s'effondrer, en quelque sorte, on a des raisons de craindre que cette avocate n'ait été préalablement au courant de nos écoutes. Nous disposons en effet d'un enregistrement sur lequel l'un de ses collaborateurs — il semble bien qu'elle en ait plusieurs, en fait — dit que c'était une bonne chose de pouvoir enlever ce micro, maintenant qu'il ne servait plus à rien.

Van Drijd regarda Thompson, l'air incrédule.

— Répète, dit-il.

Thompson répéta ce qu'il venait de dire. Le silence se fit, jusqu'à ce que van Drijd marmonne :

— Un coup d'avance sur nous.

Thompson ne fut pas certain de bien comprendre, alors que Bolsov, lui, se souvenant de certains propos sur les échecs, se garda bien de jeter de l'huile sur le feu par un commentaire quelconque.

Van Drijd était redevenu lui-même.

— Rien d'autre ?

Thompson secoua pour sa part la tête, ce qui signifiait que c'était maintenant au tour de Bolsov d'être sur la sellette.

— Si cette avocate devait réellement constituer un sérieux problème, nous avons la possibilité de nous en prendre à sa famille, au Danemark.

— On sait où ils sont ?

— Nous n'avons eu aucun mal à nous procurer leur adresse par l'intermédiaire de la poste. À l'heure qu'il est, deux de nos hommes sont en route.

— J'espère que vous ne leur avez pas donné d'instructions ? demanda van Drijd, imaginant déjà une nouvelle catastrophe.

— Oh non, absolument pas. Mais ils seront sur place dans quelques heures — c'est dans le Jutland. Ils ont pris l'avion jusqu'à Copenhague et ensuite les lignes intérieures et une voiture de location. On a déjà d'autres gens à nous au Danemark, alors on peut mettre sur pied tout ce qui est nécessaire en l'espace de quelques heures.

— Bon, tant qu'on ne fait rien de précipité. Autre chose ?

— Cette avocate, est-elle vraiment dangereuse ?

— C'est à vous de répondre à cette question. Qu'est-ce qu'elle peut faire ? Thompson !

— Je ne peux pas répondre à ça immédiatement. C'est le week-end, en ce moment, et il n'est pas possible de joindre nos avocats à nous. Il y en a un qui est en train de faire de la voile...

— De la voile !

Van Drijd donna l'impression de cracher ce mot.

— Oui, de la voile. Les autres, on n'a pas pu les joindre du tout.

— Est-ce que ça veut dire que nous sommes, aujourd'hui, dans l'impossibilité d'évaluer les risques ?

— Un week-end de juillet, en Suède...

— Mais enfin, bon sang, cette avocate, cette Östergren...

— D'après nos renseignements, elle est également en vacances, à la campagne, plus précisément chez ses parents. À ce propos, je peux ajouter quelque chose que nous n'avons pas encore dit, à savoir que l'avertissement dont il était question a bel et bien été administré. Il semble qu'il ait été bien clair. On peut même envisager qu'il s'avère suffisant.

— Mais, dans ce cas, on devrait déjà en avoir la preuve ?

— Pas nécessairement. C'est avant-hier que... les problèmes se sont manifestés, là-bas. D'après nos renseignements, ils n'ont été connus que le soir. Il est possible que ce soit pour cette raison que l'avocate a fait le déplacement. Qui sait, elle va peut-être se coucher ?

— Elle se dit certainement que, sinon, ce sont ses propres enfants qui risquent d'être visés, la prochaine fois, compléta Bolsov.

Van Drijd les regarda, l'air sombre.

— Dans ce cas, c'est une chance que vous ayez déjà des gens en route, dit-il avec un soupir. Si vous réussissez à mettre la main sur nos propres avocats et à obtenir d'eux une estimation de la situation, appelez-moi. Sinon, nous nous revoyons demain matin, ici, à neuf heures. Mais veillez à ce que je puisse vous toucher en cas de nécessité.

Il demeura un moment assis à la table, après le départ des autres. Il avait toujours à l'esprit l'impression que lui avaient laissée les délibérations de Zurich. Il était étonné que ses commanditaires n'aient pas réagi plus sévèrement. Mais il supposait que c'était dû en partie au fait qu'ils ne comprenaient pas aussi bien que lui que la situation était en train de leur échapper.

Non pas qu'il eût peur pour lui-même, en cas d'échec. Ceux qui l'employaient étaient des personnes efficaces qui savaient très bien que l'on ne tire pas le meilleur parti de ses agents en les menaçant constamment de châtiments en cas d'échec. C'étaient de froids calculateurs qui se disaient que certains échecs étaient tout simplement inévitables. Naturellement, des manquements par trop graves amenaient des sanctions, mais dans ce cas on était affecté à d'autres tâches, dans lesquelles on pouvait toujours se rendre utile. Van Drijd se faisait parfois la réflexion que c'était comme dans l'industrie suédoise, par exemple, où on conservait, à titre de consultants, les personnes dont on désirait se débarrasser, et non pas comme dans l'administration, où les personnes incompétentes conservaient leur poste et réussissaient même parfois à obtenir une promotion. Il se demandait souvent s'il serait un jour « consultant » ou bien s'il serait atteint d'un ulcère à l'estomac. En ce moment, les chances semblaient à peu près égales et il pouvait connaître n'importe lequel de ces deux sorts.

Van Drijd se dit qu'il devait avoir besoin de dormir. Mais il était aussi profondément chagriné d'être tombé sur plus malin que lui, dans cette affaire d'écoutes. Il se demanda si cette avocate ne serait pas une joueuse d'échecs, elle aussi.

XXX

À dix heures et demie, le samedi soir, Bolsov appela pour dire qu'on ne trouvait plus trace de la famille d'Inga-Lisa Östergren. Ils n'avaient pas signifié au propriétaire de la villa qu'ils habitaient leur intention de la quitter. Mais elle avait bel et bien été vidée de leurs objets personnels et on n'avait pas vu âme qui vive de la journée. Nul ne savait où ils avaient bien pu passer. Des contrôles sur les trains à destination de la Suède et auprès de toutes les compagnies aériennes étaient en cours et on reprendrait contact dès qu'il y aurait du nouveau à signaler.

Van Drijd comprit que son adversaire avait de nouveau un coup d'avance sur lui. Ce n'était pas fait pour renforcer sa confiance en lui.

C'est donc un van Drijd quelque peu abattu qui répondit de nouveau au téléphone le lendemain matin à sept heures et demie. Bolsov lui annonça que tout laissait penser qu'Inga-Lisa Östergren jouissait maintenant, sur l'île, d'une protection policière. Il fournirait de nouveaux détails dès qu'il serait en leur possession.

Van Drijd analysa la situation. Il était exclu de

s'abandonner à un sommeil réparateur. Par contre, il n'était pas loin de l'apitoiement sur lui-même. L'heureux aboutissement de leur entreprise lui tenait personnellement à cœur, et pas seulement pour ses commanditaires. La situation dans son pays était maintenant telle que rien d'autre ne pourrait avoir des effets positifs.

Il était désormais trop tard pour mettre un terme aux activités menées en Suède et les transférer ailleurs. Le retard que cela entraînerait serait catastrophique. L'invraisemblable s'était produit : toutes les mesures de prévention adoptées avaient été insuffisantes pour empêcher les déconvenues. Mais il pensait qu'il y avait des enseignements à tirer du fait que tous ces malheurs étaient en réalité de leur faute. D'un autre côté, ce n'était vraiment pas de chance que tout ce qu'ils avaient pu faire ait été remarqué de la sorte — il était maintenant bien conscient que leurs activités devaient faire l'objet de dispositions particulières de protection, puisque la police n'allait pas manquer de s'intéresser sinon à elles du moins au personnel qu'ils employaient.

Dieu merci, les membres ordinaires de celui-ci n'étaient en rien concernés par les événements qui avaient amené l'intervention de la police, à l'exception de Lewin. Van Drijd était certain que les autres chercheurs ne seraient pas interrogés d'une façon telle qu'ils risquent de révéler quoi que ce soit pouvant mettre sur la piste de ce projet de recherches. Ils n'auraient pas de mal à rester au-dessus de tout soupçon quant à ce à quoi la police s'intéressait. Il savait en effet qu'elle limiterait son enquête à des événements isolés. On lui avait aussi fourni assez de renseignements sur Krister Strömbom pour qu'il sache que c'était un homme certes capable mais pas particulièrement imaginatif et qu'il s'en tenait toujours aux mesures les plus évidentes. Aucune galipette à redouter de sa part. Les rapports qu'il entretenait avec cette avocate étaient purement professionnels. Mais cette femme savait fort bien manipuler les gens — à cette pensée, van Drijd ne put s'empêcher de faire la grimace — et il semblait bien qu'elle ait plus ou moins provoqué le meurtre de Lindström afin d'obliger la police à agir.

C'est cette conclusion qui perturbait le plus van Drijd. Il l'examina sous toutes les coutures mais ne put parvenir à en mettre en doute l'exactitude. Si vraiment elle l'avait fait exprès, elle était extrêmement habile — et très froidement calculatrice. Van Drijd ne l'avait jamais rencontrée, mais il avait déjà vu des photos d'elle et l'avait trouvée belle et distante. D'autres rapports la disaient aussi très efficace.

Sur ce plan, cependant, il n'avait rien à lui envier. Son erreur, jusqu'ici, avait été de sous-estimer l'adversaire. Ou plutôt de s'être bien trop basé sur la pratique courante en ce pays, sur la « norme », et d'avoir mal évalué les risques de devoir faire face à l'anormal. Dans le cas présent, il y avait dans le camp opposé une personne sur laquelle, à la différence des membres de l'administration, il n'était pas possible d'agir, que ce soit au moyen de pressions indirectes ou par la corruption. La seule solution, en l'occurrence, était la menace ou bien alors l'élimination pure et simple. Ils auraient sans doute dû avoir recours à la seconde solution plutôt qu'à la première. Et maintenant il était trop tard. Si elle était tuée ou si elle venait à disparaître, cela mettrait probablement en péril tous leurs projets. En était-elle consciente ? Il avait l'impression que c'était bel et bien le cas.

Normalement, la menace aurait dû suffire. L'ennui, c'était que l'adversaire avait également des motifs purement personnels de se lancer dans cette affaire. Van Drijd savait qu'il n'était pas au courant de la nature exacte de leur entreprise. Car, dans ce cas, se disait-il, son engagement personnel serait sans doute encore plus prononcé. Il supposait que c'était ce qui avait motivé la femme de Lindström quand elle avait tenté de percer leur dessein à jour.

Si la nature et les buts exacts de celle-ci étaient connus, tout le reste de la population de ce pays, y compris les hommes politiques, aurait également des motifs personnels et éthiques de faire immédiatement cesser ces activités. Van Drijd le savait bien. C'est pourquoi il fallait mettre en œuvre tous les moyens pour empêcher cela.

Quelques années auparavant, des débats avaient eu lieu, dans divers pays, sur les risques entraînés par différentes formes d'hybridation de l'ADN. Bien des gens avaient parlé avec fièvre de manipulations génétiques. La chose avait été discutée même en Suède. C'était d'ailleurs, entre autres raisons, la façon dont le débat s'y était déroulé qui avait amené les responsables de l'opération à choisir ce pays pour la mener à bien. Dans le monde entier, les discussions avaient porté sur des points aussi capitaux que ce à quoi pouvait servir la recherche, sur le risque d'introduction de nouveaux organismes dans le milieu vital et autres sujets du même genre. En Suède, on avait, au lieu de cela, nommé une commission qui, d'une façon caractéristique tenant aux habitudes nationales, avait réussi à traiter la question comme si elle relevait en tout premier lieu de la législation du travail. Protéger le milieu du travail ! Van Drijd eut une pensée fugitive pour ce gardien ivrogne. Et puis, naturellement, un comité d'éthique sans pouvoirs réels. On avait aussi décrété que l'installation de tout nouveau laboratoire devrait être acceptée par les autorités mais, lorsque les chercheurs eux-mêmes eurent déclaré que leurs activités étaient assurément exemptes de tout risque, on avait graduellement réduit les exigences en ce domaine et la dernière loi en date avait supprimé toute enquête préalable. C'est pourquoi l'installation de l'Institut n'avait pas posé le moindre problème. Les politiciens se fiaient vraiment aux experts, on pouvait bien le dire !

Mais maintenant, c'était le désordre le plus complet. Van Drijd était bien conscient qu'il lui fallait absolument élaborer une stratégie. Il comprit également que celle-ci ne serait pas facile à mettre sur pied si l'on ne parvenait pas à savoir quelle était celle de l'adversaire. En cela, il négligeait le fait que celui-ci jouait lui aussi ses coups sans rien savoir de sa propre stratégie à lui, van Drijd.

Il convoqua Thompson et Bolsov à une réunion qui aurait lieu à dix heures. Mais il avait à peine raccroché que la sonnerie du téléphone retentit. Une femme parlant un allemand parfait lui annonça que deux envoyés de la firme arriveraient de Zurich par l'avion du matin. Ils se rendraient en ville par leurs propres moyens.

Il ne trouva pas du tout cette information à son goût, aussi précise ou exacte fût-elle.

XXXI

Krister Strömbom avait l'air du premier estivant venu, avec ses jeans et son polo. Il fut observé par un homme dans la quarantaine qui passait une tondeuse pétaradante sur une pelouse bien entretenue. Krister poussa la grille. La tondeuse s'arrêta et la paix dominicale s'établit de nouveau sur le secteur.

Tunell se prénommait Kurt. Il venait de commencer ses vacances. Il était fonctionnaire, employé à la préfecture, et à ce titre responsable de la santé et de l'environnement dans le département. Inga-Lisa avait donné instruction à Krister — même si, sur le plan formel, ce n'était qu'une suggestion — d'aller s'entretenir avec lui afin d'en savoir un peu plus sur cet Institut de recherches biologiques.

De sa propre initiative, Krister n'aurait jamais accordé la priorité, dans un emploi du temps aussi serré que le sien à ce moment-là, à une démarche destinée à en savoir un peu plus sur l'arrière-plan de quelque chose qui n'avait peut-être même pas de rapport avec les crimes sur lesquels il enquêtait. Il suivit pourtant cette soi-disant suggestion et c'est pourquoi il se trouvait là, en ce dimanche matin de juillet, en train de tenter d'expliquer à ce Tunell ce qui l'occupait et pourquoi il venait le voir et pourquoi Tunell était précisément celui à qui il fallait qu'il parle et pourquoi, enfin, il considérait qu'il était important qu'il puisse lui parler même si lui, Tunell, était d'un avis différent.

— Je n'ai en fait rien à voir avec cet Institut, c'est un de mes collègues qui est chargé de ce dossier.

— Il y a donc quelqu'un qui en est chargé ?

— Enfin, non, je n'ai pas dit ça. Je veux dire que c'est quelqu'un d'autre qui est responsable de ce genre d'activités.

— Et qui est-ce ?

— Eh bien, ça dépend de...

— De quoi ?

— Eh bien, ce n'est personne en particulier.

— Est-ce que cet Institut n'échapperait pas à votre — comment dire — vigilance ?

— Nous n'avons pas eu de raison d'en exercer.

— Pourquoi ça ?

— Parce qu'il n'a pas été porté à notre connaissance qu'il y ait quoi que ce soit, là, qui nécessite...

— Comment pouvez-vous le savoir ?

— Qu'est-ce que tu veux dire ?

— Comment pouvez-vous, toi ou quiconque d'entre vous, le savoir si vous n'avez pas...

— Parce que nous avons bien entendu posé la question à la direction de cet Institut.

— Ah, je vois. Et pourquoi lui avez-vous posé la question, alors ?

Tunell n'appréciait pas du tout ce policier. Celui-ci, en revanche, s'estimait très fort dans l'art de poser des questions. Il estimait poser exactement celles que souhaitait Inga-Lisa. Il se demanda également ce que celle-ci pouvait avoir contre ce Tunell.

— Pour obtenir des réponses, le mieux est toujours d'interroger ceux qui les connaissent.

— Ce n'est pas ce que je t'ai demandé. Pourquoi ?

— Ce genre de laboratoires prête toujours à certaines controverses...

— Toujours ?

— Enfin souvent.

— Très souvent ?

— Ça arrive.

— Apparemment, mais avec quelle fréquence ?

— C'est au moins arrivé une fois.

— Et quand cela ?

— Il y a un certain temps.

— Sur quoi portait cette controverse ?

— Une vieille dame pensait que ces laboratoires étaient la source de certaines contagions. Son mari était mort de pneumonie et elle s'était imaginé que... Bon, tu sais ce que c'est.

— Non, je ne le sais pas et c'est justement la raison pour laquelle je suis ici. Alors, je t'écoute.

— Les gens s'imaginent tout un tas de choses.

— Comme le fait que leur mari meure ?

— Non, il est mort naturellement...

— Naturellement ?

— Enfin, je veux dire : bien entendu qu'il est mort. Mais d'une banale pneumonie. Ça a été attesté aussi bien par notre médecin, enfin par celui qui aurait précédemment dû être notre médecin, que par un professeur de la direction des affaires sociales et par les propres médecins de cet Institut.

— Ça fait beaucoup de médecins, tout ça.

— Oui mais, étant donné le caractère hystérique des accusations portées par cette femme, nous avons estimé qu'il valait mieux prouver de façon irréfutable...

— Cet Institut a donc ses propres médecins ?

— Peut-être pas vraiment des médecins à eux, mais il a fait appel à divers spécialistes...

— Qui ont tous attesté qu'il n'était pas responsable de cette maladie ?

Krister n'était pas très doué pour les insinuations, à vrai dire. Mais il était alors en proie à une fièvre à laquelle il n'était pas habitué. Kurt Tunell était bien malheureux. Il aurait préféré de beaucoup aller se baigner avec ses enfants. Ce policier était de toute évidence bien ignorant, puisqu'il posait de telles questions. Il ne comprenait absolument pas ce que c'est que de travailler quand on dispose de moyens insuffisants...

— Nous manquons terriblement de moyens.

Je m'en aperçois, se dit Krister en observant d'un peu plus près l'homme qu'il avait devant lui. Mais il ne dit rien.

— Nous sommes donc contraints de nous fier à ce que nous disent les employés de cet Institut. Qu'est-ce qu'on deviendrait si on ne pouvait pas avoir confiance les uns dans les autres ?

Bonne question, en effet. Krister fut un instant tenté d'y répondre, mais il se souvint à temps que c'était à lui de poser les questions et à Tunell d'y répondre et non pas l'inverse.

— Inga-Lisa Östergren m'a dit deux choses. La première, c'est que tu es en fait quelqu'un de bien. La seconde, c'est qu'il y a beaucoup de gens qui font des histoires à propos de cet Institut, mais que ton service ne fait cependant rien pour...

— Inga-Lisa a dû mal interpréter quelque chose que je lui ai dit. En outre, elle ne devrait pas...

— Mais elle le fait, et je lui ai promis de n'en parler à personne d'autre que toi. Alors, qu'est-ce que tu en penses ? Est-ce qu'elle a raison ?

— Tu veux dire à propos de mon service...

— On verra ensuite. Parlons d'abord de toi. Es-tu quelqu'un de bien ?

— Bien sûr que je...

Tunell s'interrompit brusquement. Krister le dévisagea. Au bout d'un moment, ce dernier mit un terme au silence.

— Bon, eh bien le second point, alors ?

— Il est vrai qu'il y a des gens qui rouspètent. C'est toujours le cas quand on est ignorant...

— Tu veux dire : quand on n'est pas informé.

— Non, je dis bien ignorant ! S'ils essayaient de se rendre compte de quoi il s'agit, ils cesseraient de se comporter de la sorte.

— Mais comment pourraient-ils le faire ?

— L'Institut a organisé une réunion d'information.

— Ah bon, une réunion d'information. Ah, je vois. Alors, je comprends.

Tunell regarda Krister, ne sachant trop quoi penser de cette remarque. Le ton de sa voix, en particulier, ne lui plaisait pas beaucoup.

— Est-ce que ça veut dire que la préfecture ne s'occupe en fait nullement de ce qui se passe derrière les murs de cet Institut ?

— Est-ce que la police le fait ?

— Oui, et c'est bien la raison pour laquelle je suis ici. Alors ?

— Depuis quand la police s'y intéresse-t-elle ?

— Depuis un certain temps, laissa tomber Krister. Alors ?

— Nous nous tenons naturellement au courant de ce qui se passe.

— De quelle façon ?

— Eh bien, s'il arrive quelque chose nous sommes évidemment aussitôt informés.

— Par l'Institut lui-même ?

— Oui.

— Est-ce que ça s'est déjà produit ?

— Non, pas encore.

— Est-ce que tu pourrais organiser une inspection de cet Institut dès demain ?

— Demain ? Mais je suis en vacances !

— Alors, pour qu'on ait une chance d'en avoir terminé aujourd'hui, posons la question comme ceci : si tu n'étais pas en vacances, aurais-tu pu organiser une inspection demain ?

— Mais je *suis* en vacances.

Krister eut un sourire indulgent.

— Je crois que les questions de ce genre sont qualifiées de conditionnelles. Mais tu n'en as peut-être encore jamais entendu parler ? Alors ferme les yeux et fais semblant de croire, pendant un instant, que tu n'es pas en vacances, demain, et je te pose la question...

— Ce n'est pas aussi simple que ça...

— Quoi ?

— Enfin quoi, je suis en vacances en ce moment et...

— Bon sang de bonsoir. Il y en a, je vous jure... Fais un effort, sinon...

Heureusement, Tunell ne lui laissa pas le temps de préciser sa menace. Car il y a fort à parier que son imagination n'aurait pas été à la hauteur.

— Non ! Je ne pourrais pas organiser cette inspection.

— Et pourquoi ?

— On ne peut pas s'amener comme ça, en prévenant aussi peu de temps à l'avance.

— Moi, je voulais dire : sans prévenir du tout !

— On ne fait jamais ça.

— Non, c'est bien ce que j'ai cru comprendre, dit aimablement Krister. Une inspection de ce genre serait donc doublement une surprise.

— Impossible.

— Inga-Lisa n'a donc pas tort de dire qu'on te mettrait des bâtons dans les roues, en haut lieu, à la préfecture, n'est-ce pas ? À moins qu'elle n'ait tort de penser que tu es quelqu'un de bien ?

Tunell fut incapable de répondre à cela. Krister le remercia donc et s'en alla. Tunell trouvait que c'était vraiment un monde de venir déranger les gens, comme ça, chez eux, pendant leurs vacances. Il trouvait aussi qu'Inga-Lisa lui avait assené un coup de poignard dans le dos. Puis il pensa à cette vieille bonne femme, qui était venue le voir à deux reprises — en voiture, aux frais de la princesse — pour lui demander d'essayer de faire quelque chose contre cet Institut.

Sa journée était bel et bien gâchée.

XXXII

Le dimanche après-midi, Inga-Lisa, Mikael — les yeux pas très en face des trous — Stig Eklund et Krister se retrouvèrent dans le bureau de l'avocate. Krister les informa qu'il était quasi certain qu'il ne fallait pas compter sur une inspection de la part des autorités et proposa donc d'écarter cette idée pour l'instant. Les autres se rangèrent à cet avis.

Mikael, pour sa part, les informa que la famille d'Inga-Lisa était maintenant en sécurité.

Au cours de la matinée, Inga-Lisa avait légèrement révisé à la baisse la sévérité de son jugement sur les mesures de protection prises par Krister. Sa fierté dut s'incliner devant le fait qu'elle avait elle-même sollicité quelque chose de ce genre. En revanche, Strömbom ne l'avait pas habituée à prendre aussi rapidement des initiatives. C'est pourquoi elle lui exprima sa gratitude pour sa délicate attention — sans toutefois aller jusqu'à se répandre en remerciements éperdus. Mais elle était bel et bien heureuse que ses parents et Kerstin fassent maintenant l'objet d'une protection. Oh oui !

Krister apprécia la situation comme il se devait.

Pour terminer, Stig les assura brièvement que, d'après lui, les risques d'autres écoutes avaient été presque totalement éliminés. Mais il se refusa à préciser de quelle façon. Krister le regarda d'un air songeur.

— Ce qui signifie, reprit alors Inga-Lisa, que nous avons pris l'avantage sur nos adversaires en ce qui concerne les mesures de sécurité à notre propre intention. Mais, tout ça, ce n'est encore que défensif. Le plus important, c'est de passer à l'offensive, de préférence avant que la police ne soit de nouveau obligée de mettre une sourdine à ses activités.

Krister la regarda, l'air étonné.

— Il ne faut pas exclure la possibilité, au cas où l'enquête s'enliserait, que tu t'entendes fortement conseiller par tes supérieurs hiérarchiques de te consacrer aussi à d'autres tâches. Par exemple à des viols... Je ne sais plus trop à quoi il faut nous attendre, en fait. Qu'est-ce que tu en penses, Krister ? Tu crois que c'est le résultat de la corruption ?

— La corruption ? En Suède ? Je n'y crois guère.

— Pourquoi pas ?

— Mais, Inga-Lisa, il faut quand même bien pouvoir se fier...

— Si je ne m'abuse, c'est précisément la réponse que t'a faite Tunell ?

Krister s'interrompit brusquement.

— Krister, si nos vies, par exemple, dépendaient de quelque chose, oserais-tu prendre des dispositions en partant de l'idée que la corruption n'existe nulle part ?

— Non, bougonna Krister. Il est évident que je ne le pourrais pas.

— Tu veux vraiment dire que les pots-de-vin et autres formes de corruption sont monnaie courante ? demanda Mikael.

— Je ne saurais le dire, reconnut Inga-Lisa. Mais il y a bien des façons de corrompre les gens. En tant que juriste tu n'ignores pas qu'il existe des phénomènes tels que le favoritisme, le fait de fermer les yeux ou la rigueur sélective. Il y a bien des gens qui se passent la main dans le dos, dans ce pays — également. La différence avec certains autres, c'est peut-être qu'ici personne ne veut jamais en croire ses yeux. Tu peux nuire à quelqu'un dans sa carrière, tu peux mettre quelqu'un à la porte parce que celui-ci affirme quelque chose qu'il pense être la vérité ou bien être juste. Il en est souvent question dans les journaux. Mais personne ne réagit. Tout le monde se dit simplement : « Encore ! » Il est possible de corrompre des politiciens en promettant des emplois pour leur région. Toutes les formes de corruption ne s'adressent pas forcément à un individu, même si les politiciens voient avant tout leur propre intérêt, le plus souvent. C'est-à-dire leurs chances de progresser dans la hiérarchie ou bien d'être réélus, tout simplement. Prends les différentes administrations, si tu préfères. Elles sont toutes aussi dociles que les politiciens lorsque l'économie ou l'emploi est en cause. Leurs fonctionnaires sont corrompus dans la mesure où ils lancent les idées et prennent les décisions dont ils savent qu'elles sont de nature à les faire accéder à des postes d'un rang plus élevé ou obtenir d'autres avantages du même genre.

Inga-Lisa mit un terme à cette petite leçon en poussant un soupir et en regardant d'un air à la fois maternel et mélancolique un disciple prénommé Mikael :

— Il n'est pas facile de rester honnête, sois-en bien convaincu. Ce dont nous venons de parler n'est peut-être pas exactement des pots-de-vin, mais ça n'en reste pas moins une forme de corruption qui a pour conséquence que l'on ne peut plus se fier aux gens. On donne des coups de téléphone, on prend des contacts. Il n'est pas impossible, par exemple, qu'on tente de mettre des bâtons dans les roues à Krister par l'intermédiaire de la direction départementale de la police, ou même plus haut encore. Tout dépend de savoir quelles informations vont filtrer jusqu'à eux. Mais il faut accepter l'idée que tout ce système n'est pas bien étanche. Il faut nous fier à nous-mêmes dans toute la mesure du possible. Je conviens que les tribunaux sont sans doute nettement moins influençables...

Elle se tut.

— Les tribunaux, oui... reprit-elle ensuite. Mais, par ailleurs, je ne vois vraiment pas...

À la même heure, van Drijd tenait sa seconde réunion de cette journée de dimanche. Thompson et Bolsov étaient présents, bien entendu, mais, cette fois, il y avait également deux hommes d'âge moyen en complet de bonne coupe. On faisait souvent à appel à Erik Jensen et Vilhelm E. Bengtsson pour tout ce qui touchait au fonctionnement de l'Institut. À vrai dire, ils étaient consultés exclusivement sur des points qui, au moins à première vue, étaient parfaitement légaux ou en tout cas normaux dans diverses formes d'activités reconnues, en Suède. Aucun des deux n'était donc informé de la nature véritable de l'opération en cours. Mais il est peu probable que cela aurait changé grand-chose s'ils l'avaient été.

En vue de cet entretien avec leurs avocats, Thompson et Bolsov s'étaient eux aussi efforcés de se donner l'air de respectables chefs d'entreprise et de mécènes de la recherche. On avait pu les toucher l'un à Sandhamn et l'autre dans la salle à manger du Sheraton. Leur sens du devoir bien entendu leur avait aussitôt fait comprendre qu'ils devaient impérativement répondre à cette invitation, dimanche ou pas dimanche.

— D'après nos informations, la situation est la suivante, dit van Drijd. Les activités de l'Institut se déroulent comme d'habitude et les recherches promettent de donner très bientôt des résultats intéressants. Mais des événements très regrettables ont affecté le personnel travaillant là-bas. L'un des chercheurs a été assassiné avant-hier dans des conditions qui ne sont pas passées inaperçues.

Les deux avocats en avaient en effet entendu parler.

— En outre, il semble que certaines personnes habitant dans le secteur soient toujours persuadées que l'Institut s'occupe de choses dangereuses.

Les deux avocats méditèrent ce point en affichant des mines graves.

— Les questions que je désire vous poser très directement sont les suivantes, poursuivit van Drijd. De quelles possibilités dispose la police, à l'occasion de cette enquête, d'obtenir des informations sur le type de recherches que menait Lindström — c'est le nom de celui qui vient d'être tué. Vous comprenez bien qu'il est de la plus haute importance que la nature exacte de nos recherches ne soit pas divulguée. Vous savez : l'espionnage industriel, etc.

Les deux avocats comprenaient parfaitement.

— Eh bien ?

— Je ne crois pas qu'il puisse y avoir de problèmes, dit Bengtsson. Je suppose que, lors des interrogatoires, diverses personnes diront que leurs activités ne peuvent en aucun cas faire l'objet d'une forme quelconque d'espionnage et que le comportement de Lindström dans le cadre de ses activités à l'Institut leur a toujours paru parfaitement normal. Peu importe également si la police finit par avoir connaissance du fait que Lindström avait laissé entendre qu'il avait des problèmes dans des domaines tout à fait différents. Par exemple dans celui de ses finances personnelles.

— Nous pouvons donc être tout à fait tranquilles sur ce point ?

— Je le pense. Il convient seulement que je sois informé au cas où quelque chose irait de travers, afin que nous puissions remédier également à cela.

Van Drijd comprit à quel point il appréciait la compétence chez les avocats, à l'exception cependant d'une certaine Östergren.

— Bien. Venons-en au second point. Les risques d'inspection de nos installations à la suite de ces plaintes répétées.

— Ils sont minimes, à supposer qu'ils existent vraiment, répondit Jensen. Il est évident que si ces plaintes devaient se poursuivre pendant des mois, alors peut-être...

— Notre principale opération de recherche doit rester secrète pendant au moins quatre mois encore. Ensuite, ses résultats pourront être rendus publics.

— Dans ce cas, il n'y a pas le moindre problème, dit Bengtsson. Nous savons déjà que les autorités locales ne feront rien. Et, même si elles s'avisaient de changer d'attitude, nous savons qu'elles vont si lentement en besogne que rien ne peut se produire au cours des quatre prochains mois.

— Mais est-ce qu'elles ne peuvent pas procéder à des visites d'inspection ?

— Théoriquement si. Mais elles ne le font pas. Surtout pas s'agissant d'un établissement aux activités duquel elles ne comprennent strictement rien. Et, même si elles venaient, vous n'avez pas à redouter de voir divulguer de quelconques secrets de recherches. Il suffit de leur fournir des renseignements anodins.

Ceci cadrait parfaitement avec les analyses auxquelles ils s'étaient livrés précédemment à propos des risques. L'Institut était tellement cloisonné qu'un visiteur éventuel — même s'il était assez au fait de ces choses — serait incapable de comprendre sur quoi portait exactement cette opération.

— Existe-t-il d'autres risques ? demanda encore van Drijd.

— Si vous entendez par là que divers secrets risquent d'être éventés, la réponse est non. En disant cela, je suppose, bien entendu, qu'aucune fuite ne puisse être due à l'un des chercheurs eux-mêmes. Mais je crois avoir compris que toutes les précautions ont été prises de ce côté et que chacun d'entre eux n'est informé que de ce qui le concerne et pas de ce que font les autres. Alors, même si quelqu'un voulait se livrer à des indiscrétions, je ne crois pas qu'il pourrait vous causer un bien grand tort.

— Non, pas si un seul s'en avise. Mais si un certain

nombre d'entre eux se mettaient à raconter ce qu'ils sont en train de faire, alors peut-être...

— En tout cas, cela ne saurait intervenir au cours d'une enquête de police concernant ce meurtre. Cette fois je présume qu'il n'existe rien qui puisse permettre d'opérer un rapprochement entre ce meurtre et les finalités de ces recherches.

C'est bien ça le hic, se dit van Drijd. Tu le présumes et moi je l'espère. Mais, continua-t-il à raisonner, il n'existe aucun lien qui soit susceptible d'être découvert par la police, à ce que nous sachions. Alors, tout devrait bien se passer.

— Pour terminer, est-ce qu'il y a quelque chose d'autre à quoi il conviendrait de penser ?

Les deux avocats se regardèrent et secouèrent ensuite négativement la tête, pour la plus grande satisfaction de van Drijd.

Une fois Jensen et Bengtsson partis, l'atmosphère se détendit sensiblement.

— Ce sont sans doute des types compétents, mais ils seraient tous les deux capables de vendre leurs enfants si on leur en donnait bon prix.

Il n'était pas dans les habitudes de Bolsov de faire des commentaires sur la moralité des gens. Thompson acquiesça de la tête.

— Nous pouvons passer au point suivant, dit van Drijd. Je n'en connais pas encore toutes les implications. Il s'agit d'une souche que nous avons expédiée il n'y a pas bien longtemps. J'ai reçu de la visite de la maison mère, ce matin. Et, à cette occasion, on m'a transmis l'information suivante, dont l'exactitude est garantie. Depuis quelques jours, une petite ville de Sibérie est totalement isolée. Bouclée à double tour.

Nos commanditaires ont parlé de quelque chose que j'ignorais, à savoir qu'une expérience se déroulait dans un camp de travail, là-bas, et que celle-ci a mal tourné de deux façons.

Bolsov et Thompson restèrent parfaitement immobiles.

— Tout d'abord l'anticorps n'a pas fait son office de façon satisfaisante. De plus, on pense que les germes ont pu franchir les limites du camp.

Les deux autres se regardèrent.

— Je crois vous avoir déjà dit qu'il se peut que nous ayons livré... une souche dont on a ensuite eu lieu de craindre qu'elle ait muté.

— Où l'a-t-on envoyée ?

— À Zurich, bien entendu. Pour qu'elle soit ensuite réexpédiée.

— Où ça ?

— Nous ne connaissons pas la destination finale. Je croyais personnellement que c'était l'Afrique.

— Mais apparemment, ce n'est pas le cas. Nos commanditaires n'ont même pas été surpris. Je crois que le bloc de l'Est est également impliqué dans ce que nous faisons.

— Qu'est-ce qu'il y aurait de tellement étonnant à cela ?

Van Dridj regarda Thompson d'un air perplexe.

— Qu'est-ce que tu veux dire par là ?

— Ça peut leur servir aussi bien qu'à nous. Il n'y a qu'à penser à l'Afghanistan, par exemple...

— Mais je croyais...

— Moi aussi, je le croyais, mais je ne suis pas surpris.

Van Drijd se tourna vers Bolsov, qui regarda au plafond.

— Il semble que le problème soit que tout ça n'ait pas très bien fonctionné sur une grande échelle, dit Thompson, afin de remettre la conversation sur les rails.

— Quoi ? Ah oui, la Sibérie. Quelle est la situation ? Qu'est-ce qui va se passer si la contagion se répand et si on ne dispose pas de moyens pour lutter contre elle ?

— Ils vont mourir, dit Bolsov.

— Mais est-ce qu'on ne peut pas inventer d'autres moyens ?

— Pas si les petites bêtes ont déjà tellement muté que ceux dont nous disposons déjà sont inopérants.

Bolsov qualifiait de petites bêtes aussi bien les bactéries que les virus.

— Tu veux dire que tout ça est impossible à endiguer, alors ?

— Il va falloir qu'ils isolent drôlement bien le secteur, cet hiver. Les petites bêtes ne passent pas l'hiver.

— Pour dire les choses comme elles sont, ça implique l'extermination de la population de la région.

— Oui.

Bolsov lâcha le mot sans en paraître particulièrement affecté. Van Drijd restait immobile, sous le coup de cette probable catastrophe. Encore une chance que ces bactéries ne survivent pas à l'hiver sibérien.

— Je me demande une chose, dit ensuite van Drijd. Qu'est-ce qui se passerait si ces bactéries se répandaient dans des contrées plus chaudes ? Je veux dire : où il n'y a pas d'hiver...

— Il faut faire en sorte de toujours disposer d'antidotes, répondit Thompson.

— Mais si elles mutaient ?

— Elles ne devraient pas résister bien longtemps, malgré tout, lui répondit Thompson pour le rassurer. Elles sont étrangères à l'écosystème.

C'était la première fois que van Drijd éprouvait des doutes.

XXXIII

À neuf heures, le lundi matin, quatre voitures de police vinrent se ranger devant l'Institut, suivies par deux véhicules civils dans lesquels d'autres policiers encore avaient pris place. Krister avait décidé d'avoir recours à la guerre psychologique. Il savait très bien qu'on lui reprocherait ultérieurement d'avoir mobilisé autant de personnel, qui ne serait ainsi pas disponible pour procéder à des interrogatoires, mais il lui avait semblé qu'une petite démonstration de force ne serait pas déplacée. Lors du petit déjeuner, il s'était entretenu avec Inga-Lisa des mesures qui devaient être prises ce jour-là et Gerd avait prêté une oreille attentive.

Comme prévu, l'opération avait surtout fait penser à une mauvaise farce. Des policiers en uniforme avaient pris position çà et là dans les locaux de l'Institut, surtout pour la galerie, tandis que des personnes en civil parlaient avec divers employés d'Erik Lindström et de ce qu'il faisait, leur demandaient s'ils lui connaissaient des ennemis ou des problèmes ou d'autres choses encore.

Lorsqu'ils rentrèrent en ville pour le déjeuner, le

personnel de l'Institut se sentit bien désorienté. Krister avait dit qu'on ne tarderait pas à revenir pour procéder à des interrogatoires plus poussés. Cela dérangerait tout de même moins que de faire venir tout le monde en ville.

Thompson et Lewin ne savaient pas trop quoi penser de cette assertion.

Krister nota en particulier que presque tout l'effectif était au travail, bien que l'on fût en pleine période de vacances. Il interrogea plusieurs chercheurs, là-bas, et tous lui firent à peu près la même réponse : la direction avait fortement insisté pour que l'on parvienne à certains résultats en vue d'une synthèse programmée pour le début de l'automne.

Lors du dîner, Inga-Lisa fut d'accord pour estimer que les activités de l'Institut avaient dû être quelque peu perturbées cet après-midi-là. Elle n'avait pas tort. Thompson se demandait toujours ce que pouvait bien signifier cette démonstration de la part de la police. Lewin était presque apathique. Il n'avait toujours pas obtenu d'autres informations à propos de la participation de son bateau à ce magnifique brasier au large des côtes. Il n'en fut pas non plus question ce jour-là.

Van Drijd avait quitté le pays pour un ou deux jours. Il trouvait expédient d'être en voyage à l'étranger pendant que la police se livrait à ses premières investigations. Moins il serait question de lui dans cette enquête, mieux cela vaudrait. Ce n'était donc pas par lâcheté qu'il partait en voyage, mais par simple mesure de prudence. Bolsov et Thompson pouvaient de toute façon le toucher instantanément sans risque que leur conversation soit surprise.

— Alors, as-tu bien travaillé, aujourd'hui ?

demanda Krister à Inga-Lisa, lorsqu'ils se retrouvèrent tous les trois dans le jardin en train de boire le café.

— Grâce aux papiers de Lisbet, nous avons recueilli à peu près tous les renseignements possibles en provenance des États-Unis et d'ailleurs. J'ai l'intention de me rendre là-bas afin de rencontrer certaines de ces personnes.

Krister leva les yeux, étonné.

— Quand ça ?

— Oh, demain.

— Demain ? Mais...

— Tu veux parler de l'enterrement ? Je n'irai pas.

— C'est beaucoup trop risqué pour toi de partir en voyage.

— Mais il le faut bien. D'après ce que j'ai compris de ce que tu as dit au cours du repas, il semble que quelque chose de définitif se prépare à l'Institut. C'est pourquoi j'ai décidé d'avancer un peu ce voyage.

— Quand est-ce que tu as décidé ça ?

— Il y a quelques minutes. Mikael, Stig, Stefan et Elsa sont en pleins préparatifs. Je viens de les appeler.

— Mais tu es complètement folle !

— Alors, espérons que la partie adverse ne dispose que de gens qui sont parfaitement sains d'esprit, comme ça ils seront incapables de deviner les folies que je vais commettre !

Krister vit à quel point elle était contente. Elle était loin, l'Inga-Lisa effondrée qu'il avait vue quelques nuits auparavant.

— Au fait, est-ce qu'il est possible de faire filer ces types, à Stockholm ? demanda Inga-Lisa.

— Non, impossible. Je me suis déjà attiré un certain nombre de remarques pour ce que j'ai fait aujourd'hui. Mais peu importe, poursuivit Krister, très philosophe, je m'y attendais. Le chef de la police a même reçu un coup de téléphone lui demandant pourquoi diable la police se mettait à s'intéresser aux problèmes écologiques. Je suppose que, vacances ou pas vacances, Tunell est allé se plaindre auprès de quelqu'un qu'on l'avait empêché de tondre sa pelouse, hier.

Gerd vit une lueur de malice briller au coin de son œil. Le noble commissaire Strömbom, si dévoué à sa tâche, se réjouissait comme un petit voyou des réactions qu'avait suscitées, dans le camp adverse, une série d'abus de pouvoir de sa part.

— À strictement parler, tu n'as commis aucune faute, dit Inga-Lisa pour le consoler, avec toute l'autorité en la matière dont peut jouir une avocate. La seule chose qu'on puisse te reprocher, c'est d'essayer d'observer la loi du mieux que tu peux. Mais il est vrai que c'est déjà très grave aux yeux de certains.

— Nous verrons bien. Mais ça fait longtemps que je voulais te poser une autre question. Ce Stig...

— Eh bien ?

— Pourquoi est-il de la partie ? Qui est-il, exactement ?

— Il est possible que ce soit pour des raisons morales. Quant à dire qui il est... Eh bien, au départ c'est un ami de Mikael qui a prêté occasionnellement son concours...

— À une petite perquisition privée dans la maison d'Erik ?

— En effet. Il a tenu à nous apporter son aide à

partir du moment où il a entendu parler de ces enfants brûlés vifs.

— Est-ce qu'il est marié ?

— Je crois qu'il vit seul.

— Où est-ce qu'il travaille ?

— Il a travaillé pour le service de recherches de l'armée et pour le contre-espionnage.

— Ahah !

— Comment ça, ahah ? Tu ne vas pas me dire que tu en as déjà tiré des conclusions ?

Krister laissa passer cette remarque.

— Je comprends maintenant pourquoi il est si calé en électronique. Mais ce que j'aimerais savoir, c'est la raison pour laquelle il se promène avec un pistolet...

— Il en a un ? Je ne le savais pas. C'est lui qui te l'a dit ?

Krister ferma la bouche. Il n'était pas sûr qu'Inga-Lisa lui pardonnerait cette première nuit de surveillance.

— Et qu'est-ce qu'il fait, maintenant ?

— Il est candidat à un poste de technologie dans une université. Je crois qu'il a quitté son emploi précédent pour des raisons de conscience.

— Ahah, fit Krister.

Inga-Lisa le regardait en plissant les yeux.

— Krister, est-ce que tu voudrais bien tondre la pelouse ? demanda-t-elle ensuite.

Krister la regarda, interloqué.

— La pelouse ?

— Bien sûr, elle a besoin d'être tondue. Ne te presse surtout pas. J'ai besoin de parler à Gerd.

— Ahah, fit Krister.

XXXIV

La réunion entre van Drijd, Bolsov et Thompson eut lieu par téléphone. Les deux derniers parlaient depuis l'ambassade de Stockholm. Van Drijd avait été informé de la visite de la police à l'Institut, mais on l'avait aussitôt rassuré en lui disant que rien de grave ne s'était produit.

— J'ai l'impression que cette visite était en partie une manœuvre d'intimidation, dit Thompson. Malheureusement, elle nous a passablement perturbés. Mais maintenant il faut jouer le jeu et leur permettre d'interroger les chercheurs. Je suis sûr que rien ne filtrera.

— Et ceux qui en savent assez long sur l'ensemble de l'opération ?

— Ce sont des gens sûrs. Comme tu l'as dit toi-même précédemment, ils ferment les yeux pour ne pas voir de quoi il s'agit véritablement. En fait, je pense qu'il n'y a sans doute que Lewin qui soit vraiment au courant de tout. Et lui, on le tient.

— Si les choses tournent mal, il faudra vous débarrasser de lui immédiatement, mais seulement dans ce cas. Essayez de me joindre d'abord. Sans lui, nous sommes privés de l'essentiel des connaissances disponibles en ce qui concerne ce sur quoi toute l'opération est basée. Il est donc d'une valeur presque inestimable, alors débarrassez-vous de lui en le renvoyant. Ne le tuez qu'en cas de nécessité absolue.

— Compris, répondit Bolsov.

— Mais il y a aussi cette infernale Inga-Lisa Östergren, reprit Thompson.

— Quoi donc ?

— Elle habite maintenant chez le commissaire Strömbom.

— Elle habite ? Est-ce qu'ils sont... ?

— Non, il est marié et sa femme est chez eux. Mais je crois que c'est une façon de la protéger.

Van Drijd digéra cette information en silence.

— Alors, comme ça, elle n'a toujours pas abandonné la partie ?

— Non.

— Mais qu'est-ce qu'elle peut faire ?

— Probablement rien.

— Mais, d'un autre côté, elle a déjà fait pas mal de choses.

— C'est bien pour ça qu'il ne lui en reste plus beaucoup à faire.

— Hélas si, on est bien obligés de supposer qu'elle est en mesure de se procurer, de divers côtés, pas mal d'informations qui peuvent nous causer du tort. N'oubliez pas que sa sœur a eu le temps de réunir pas mal de documents.

— Mais on a déjà mis la main dessus.

— Et la lettre de Växjö, vous l'oubliez ?

— Tu veux dire qu'elle pouvait contenir quelque chose susceptible de conduire cette avocate...

— Bien sûr. Ça m'est venu subitement à l'idée aujourd'hui. Il va falloir la surveiller de très près.

— Entendu. Jusqu'ici, on n'a presque jamais perdu sa trace. Par contre, on n'a pas réussi à la remettre sur écoutes. On n'ose pas trop essayer de placer un nouvel appareil dans ses locaux professionnels. On a identifié l'un de ses collaborateurs comme étant un ancien des services secrets et spécialiste de l'électronique.

— Dans ce cas, aussi bien laisser tomber.

— On a également essayé de la faire écouter par l'intermédiaire de personnes à nous qui travaillent dans les télécommunications. Tu sais : le genre d'écoutes auxquelles procède la police suédoise. Mais ils n'ont pas osé. Ils disent que, depuis hier, les contrôles ont été singulièrement renforcés. Je ne sais pas qui effectue ces contrôles et eux non plus sans doute. Alors, rien à faire de ce côté-là.

— On est donc aveugles et sourds, en somme ?

— Oui, mais la surveillance continue et nous disposons de tout un tas de gens, ce qui fait que le risque qu'ils soient découverts est très réduit. En outre, elle ne va certainement rien entreprendre pendant les vingt-quatre heures qui viennent, puisque sa sœur est enterrée demain. Elle vient d'ailleurs de partir pour s'y rendre et elle va sans doute passer la nuit là-bas. Et puis, nous avons appris qu'il y a également de la police sur place. Le plus proche collaborateur de Strömbom loge là-bas pour l'instant.

Van Drijd se demanda ce que cela pouvait bien laisser présager.

— Ne la perdez pas de vue une seconde ! dit-il.

XXXV

Stig accompagnait Inga-Lisa dans la voiture qui l'emmenait vers l'île de ses parents. Ils parlèrent un peu de l'affaire. Inga-Lisa l'interrogea prudemment sur son existence antérieure, mais il resta fort peu loquace sur ce point.

Une fois arrivée, elle dut expliquer longuement à ses parents qu'elle n'assisterait pas à l'enterrement, le lendemain. Quelque chose dans son comportement obligea ceux-ci à se plier à cette décision.

La soirée était déjà avancée, mais aucun d'entre eux n'alla se coucher, malgré tout. Kerstin rentra un peu plus tard. Inga-Lisa pensait qu'elle était allée dire bonne nuit à ses enfants, mais elle la détrompa en disant qu'elle avait simplement fait une promenade. Elle savait pourquoi Henrik Perlegrund était là et elle avait accepté certaines suggestions de sa part quant à l'endroit où se rendre et le temps pendant lequel s'absenter. Inga-Lisa se demanda s'il n'était pas arrivé quelque chose, car Kerstin n'était pas vraiment comme d'habitude. Le père Östergren observait également sa seconde fille, mais avec une lueur d'amusement au coin de l'œil.

— Je me demande si elle ne s'est pas un peu entichée de ce Bertil, confia-t-il à Inga-Lisa un peu plus tard.

— Kerstin ? demanda Inga-Lisa, incrédule. Elle ! Jamais !

— Hm, je n'en suis pas si sûr. Mais, en ce moment, je ne souhaite rien plus ardemment que de la voir se mettre à penser à elle-même. Je crois que je serais capable de tout faire pour ça.

— Je te trouve bien romantique, papa. Mais je suis d'accord avec toi que ce ne serait pas un mal... Est-ce qu'on ne pourrait pas inviter ce preux chevalier, dans ce cas ?

— Impossible.

— Ah, pourquoi ?

— Il a bien laissé entendre qu'il n'avait pas l'intention de venir en visite ici. Je crois bien qu'il y a un certain nombre de problèmes de son côté aussi. Non, il faudra que les princesses aillent le chercher elles-mêmes, si elles veulent profiter de sa compagnie.

— Eh bien alors, il va falloir qu'on dise à Kerstin de le faire.

— Ah ça non, je te l'interdis. À quoi penses-tu ? Un truc pareil et tu la bloques pour le restant de ses jours.

Le sens de l'humour d'Inga-Lisa ne résista pas à la vivacité de la réaction de son père. Elle le dévisagea et hocha la tête.

— Entendu, dit-elle.

Il savait qu'il pouvait être tranquille.

On donna une chambre d'ami à Stig et tout le monde alla se coucher mais, vers six heures du matin, l'activité battait de nouveau son plein. Peu après, un guetteur, maintenant quelque peu endormi, put voir Stig Eklund gagner la voiture dans laquelle Inga-Lisa et lui étaient arrivés la veille. Cette dernière ne tarda pas à faire à son tour son apparition. Le relais suivant, un peu plus loin sur la route, en fut aussitôt informé par radio et, lorsque la voiture passa devant cet endroit, le titulaire de ce poste se prépara à rentrer en ville. Il pouvait se tenir à bonne distance car, au cours de la nuit, la voiture d'Inga-Lisa avait été équipée d'un petit émetteur de signaux sonores qui n'avait pas été détecté et fonctionnait à la perfection.

Pourtant le véhicule prit une tout autre direction que celle de la ville. Au bout d'une heure et demie, l'individu chargé de cette filature acquit la certitude qu'elle se dirigeait bel et bien vers Arlanda et il fit aussitôt un rapport en ce sens. Heureusement, toutes les précautions avaient déjà été prises là-bas. Le responsable de la surveillance à l'aéroport vit donc Inga-Lisa sortir de voiture et se diriger vers le hall de départ des lignes internationales. Il n'eut aucun mal à l'y suivre. Elle y rencontra un jeune homme qui lui remit des bagages, après quoi elle se dirigea tout droit vers les guichets. Il constata aussitôt qu'elle s'apprêtait à prendre le vol de la matinée de la Swissair à destination de Zurich, sans escale. Il put même relever le numéro d'enregistrement de ses bagages. Peu après, il vérifia, grâce à certaines complicités au sein de la Swissair, si elle n'allait pas plus loin que Zurich. Non c'était un voyage-éclair, avec retour dès l'après-midi.

Très conscient de ses responsabilités, il la suivit jusqu'à l'entrée de la zone d'embarquement. Là, elle montra sa carte d'embarquement, posa ses bagages à main sur l'appareil de contrôle et passa sous le portique de détection d'armes. Puis elle reprit son sac et s'enfonça dans les profondeurs de ce vaste hall. Il attendit de pouvoir lire sur le panneau d'affichage que l'avion avait décollé. Il donna alors quelques coups de téléphone et demeura sur place pendant une heure afin d'être sûr qu'elle n'avait pas fait demi-tour.

À Zurich, un autre agent était chargé de la récupérer à l'arrivée du vol direct en provenance de Stockholm. Il s'était assuré que l'avion serait bien à l'heure. Il disposait, dans sa poche, d'une photo d'Inga-Lisa transmise par fax et d'une description détaillée de sa tenue lors de l'envol. Ce n'était pas un débutant et il l'aurait reconnue même sous un déguisement très étudié.

Il avait également pris la précaution de vérifier que le nombre de passagers de ce vol correspondait bien à celui des personnes enregistrées. Il ne restait donc plus qu'à attendre. Il avait pour seule mission de surveiller tous ses faits et gestes et de rendre compte en permanence de ses déplacements et de tout ce qu'il pouvait être utile de savoir à son sujet. Son réseau de communications avec le reste de l'organisation avait été parfaitement mis au point et, devant l'aéroport, il disposait d'un taxi qui lui était réservé ainsi que d'une autre voiture dans laquelle se trouvaient ses collaborateurs.

Le grand DC 9 vint se placer juste au-dessus de l'extrémité de la piste et toucha le sol avec un léger bruit. Cet atterrissage fut annoncé à l'intérieur de l'aéroport. Du haut de la terrasse où il avait pris position, l'agent put voir, à la jumelle, les passagers sortir de la carlingue et pénétrer dans les bus qui les attendaient. Pas de personnalité bénéficiant d'un traitement de faveur, sur ce vol.

Les bus vinrent se ranger près du bâtiment et se vidèrent de leurs passagers. Tout en comptant ceux-ci au fur et à mesure, plutôt par routine que pour une autre raison, il guetta Inga-Lisa. Au lieu d'attendre près du contrôle des passeports, il avait mis à profit les facilités dont il jouissait en ces lieux afin de la repérer le plus tôt possible.

Lorsque passa devant lui le cent-neuvième passager, il comprit qu'il y avait quelque chose qui n'allait pas. Cent neuf voyageurs étaient à bord de l'appareil et aucun d'entre eux ne correspondait au signalement qui lui avait été fourni. Il gagna donc rapidement le contrôle des passeports afin de procéder à une nouvelle vérification à cet endroit. Mais il lui fallut se rendre à l'évidence : Inga-Lisa Östergren ne figurait pas parmi les passagers de ce vol.

À peu près au même moment, devant l'aéroport, Gerd Strömbom prit un taxi afin de se rendre en ville. Elle n'était encore jamais venue à Zurich et disposait de quelques heures avant de rentrer à Stockholm — avec un billet au nom de Gerd Strömbom, cette fois.

Une demi-heure plus tard, le vol de la matinée de la SAS à destination de Londres atterrit à Heathrow. Inga-Lisa y fut accueillie par l'une des relations d'affaires de Stefan, qui avait pris toutes les dispositions pour faciliter son transit en direction du Super VC-10 de la British Airways en partance pour Washington. Tandis que les autres passagers faisaient le tour de l'aéroport à bord de vieux autobus, elle put se détendre en buvant un cognac et envisager les mesures à prendre afin de retourner la situation.

Une fois à bord de l'autre avion, elle se détendit enfin complètement. Elle aimait bien cet appareil d'un modèle un peu plus ancien et se préparait à un vol transatlantique bien paisible. Il lui était impossible de s'assurer qu'elle n'était pas suivie, mais elle estimait pouvoir être relativement tranquille sur ce point. Et elle avait raison. L'idée d'échanger sa carte d'embarquement avec Gerd à l'entrée de la porte d'où partait l'avion de la Swissair lui revenait entièrement et elle en était assez fière. La réservation sur l'avion de la SAS avait été faite en utilisant le nom de jeune fille de Gerd Strömbom. Et cela n'avait pas posé de problème. Le transit à Londres avait été arrangé par l'ami de Stefan et une erreur de transmission avait même déformé ce nom au point qu'il était impossible de retrouver sa trace en utilisant les listes informatisées de réservation.

Elle n'était pas mécontente d'elle-même, en effet.

Van Drijd, en revanche, était beaucoup moins satisfait. Il se trouvait soudain privé de toute possibilité de surveiller ce que faisait son adversaire. Cette avocate avait, de nouveau, joué son coup beaucoup plus tôt qu'il ne l'avait prévu. Il donna donc ordre de tout mettre en œuvre pour la retrouver.

XXXVI

Au cours de l'après-midi, Lisbet fut enterrée dans le cimetière de l'île. Après la cérémonie, plusieurs personnes se réunirent dans la maison de ses parents. Henrik Perlegrund avait l'air de n'importe quel ami venu présenter ses condoléances. Tout ceci fit l'objet d'un rapport en bonne et due forme de la part de celui qui était chargé de surveiller l'île. Thompson s'interrogeait sur la nécessité de poursuivre cette opération, mais van Drijd avait donné des ordres très stricts en ce sens, ce qui incitait le premier à se demander si le second n'avait pas commencé à perdre la notion des proportions. Pour sa part, il n'était plus en mesure de prévoir de quoi Inga-Lisa pourrait bien être capable. Et il nourrissait certaines inquiétudes quant à la résistance que les chercheurs pourraient opposer aux questions de la police.

Vers la fin de l'après-midi, Kerstin partit en promenade après s'être entretenue avec Henrik Perlegrund. Les enfants étaient chez leurs grands-parents. Östergren la regarda pensivement s'éloigner.

Elle fut de retour au bout d'environ une heure. Elle ne tenait pas en place, allant prêter la main tantôt ici, tantôt là. Peu après, il la vit assise, toute seule, dans le coin. Puis elle se leva et prit une tasse de café. Östergren l'observait à la dérobée. Jonas et Jessica étaient à l'étage supérieur, en train de regarder les vieilles photos de leur grand-mère. L'heure de leur dîner approchait. Östergren se demanda si Kerstin n'allait pas, pour la première fois de sa vie, l'oublier.

Mais il se trompait. Pour une fois.

Krister, lui, se préparait à aller chercher Gerd à Arlanda. Il se demandait si les choses s'étaient aussi bien passées que prévu et comment Inga-Lisa allait se tirer d'affaires, là-bas. Et s'ils allaient vraiment parvenir à un résultat quelconque.

Couché sur son lit, Mikael était en train de lire des scènes de chasse françaises. Il s'était déshabillé et se préparait à passer une bonne et longue nuit de sommeil après plusieurs de suite qui avaient été plutôt agitées. Au-dehors, le soir commençait à succéder à cet après-midi d'été. Le temps était resté beau pendant la plus grande partie de la journée. Mikael laissa aux agriculteurs le soin d'appeler la pluie de leurs vœux et se plongea dans son livre.

Stig Eklund, pour sa part, était au volant de sa voiture, sur l'autoroute en direction de Stockholm. Il comptait être de retour chez lui vers neuf heures. Et alors il avait l'intention de s'accorder une bonne nuit de sommeil. Loin de lui l'idée de regagner son lieu de villégiature.

Cette soirée d'été respirait donc le calme et la paix, en Suède, alors qu'Inga-Lisa était bien confortablement calée dans son siège, après un très bon déjeuner. L'appareil avait quatre moteurs, tous situés à l'arrière, et elle jouissait du calme. C'était la première fois depuis plusieurs jours qu'elle pouvait vraiment se détendre. À sa gauche, elle voyait le soleil, encore bien haut. Elle avait le sentiment d'avancer dans un perpétuel après-midi, à bord de cet avion. Il lui était fait cadeau de quelques heures de vie supplémentaires et elle en avait grand besoin pour elle-même. Bien rassasiée de nourriture, de vin et de cognac, elle interrompit le flot de ses pensées et se laissa emporter sans résistance.

Van Drijd, lui, essayait d'imaginer diverses solutions.

XXXVII

L'élégant quadrimoteur se laissait descendre vers l'aéroport international Dulles et tressaillit légèrement en traversant la couche d'air rendue turbulente par la chaleur. Inga-Lisa était de nouveau bien éveillée. Elle se sentait ragaillardie et se mit à parcourir la liste des personnes avec lesquelles elle voulait s'entretenir.

L'avion toucha le sol et alla se ranger à la place prévue, assez loin à l'écart. Peu après, les passagers se retrouvèrent dans l'un de ces grands autobus pouvant monter et descendre qui servent, à cet endroit, à leur permettre de gagner le bâtiment principal de l'aéroport, à la forme très curieuse. Le passage de la douane et du contrôle d'immigration se déroula sans difficulté — elle était maintenant redevenue Inga-Lisa Östergren, impossible de faire autrement. De l'autre côté, l'attendait une autre relation d'affaires de Stefan — à cette occasion, elle put se rendre compte à quel point cette partie de l'activité de son cabinet était importante — et ils furent bientôt à bord d'une voiture roulant vers la capitale, à quelques dizaines de kilomètres de là. Le soleil était encore assez haut et il faisait une chaleur extrême. La ville connaissait depuis un certain temps une forte vague de chaleur, l'informa-t-on.

Stefan avait donné à son collègue américain tous les renseignements nécessaires pour que tout se passe bien. Une heure et demie plus tard, elle était assise dans un immeuble de bureaux, non loin de Pennsylvania Avenue, en train de parler à un homme de trente-cinq ans aux cheveux bruns et portant moustache, du nom de John Kozinski. Quatre-vingt-dix minutes plus tard encore, elle était à bord d'un taxi se dirigeant vers National Airport, lieu de départ des lignes intérieures, qui se trouve en plein Washington. Là, elle prit la célèbre navette pour New York et paya sa place en espèces américaines. Rien ne pouvait donc permettre de savoir qu'une certaine Inga-Lisa Östergren s'était envolée pour New York.

À son arrivée dans cette ville, le soir était tombé. Pour son corps, c'était même déjà la nuit. Une chambre d'hôtel avait été réservée au nom d'une certaine firme — merci, Stefan, une fois de plus ! — et elle s'endormit aussitôt. Comme elle s'y attendait, elle se réveilla à quatre heures et demie heure locale. Elle prit alors un somnifère qu'elle s'était procuré à cette fin au moyen d'une consultation médicale. Elle dormit jusqu'à sept heures et demie. On vint la chercher à neuf heures et demie, après son petit déjeuner. Une bonne partie de la journée se passa en conversations de diverses natures. Elle était donc assez fatiguée quand elle se retrouva dans une voiture qui l'emmenait à l'aéroport pour prendre un vol direct à destination de Toronto. Elle y passa la nuit, afin de rencontrer, le matin, un savant très connu dans le domaine de la recherche biomédicale. Il avait eu l'amabilité d'accepter de venir lui-même de Denver, car il tenait à lui faire rencontrer quelqu'un d'autre, précisément à Toronto.

Elle s'endormit aussitôt, en ce mercredi soir.

À ce moment-là, van Drijd était informé de son passage à Washington et pas mal de personnes cherchaient à déterminer son itinéraire ultérieur. Il avait également passé en revue la liste des personnes qu'elle était susceptible de chercher à voir. Cette liste avait été arrêtée le mercredi après-midi à Stockholm, et donc le matin aux États-Unis, et, quelques heures plus tard, les ressources humaines de leurs commanditaires là-bas étaient mobilisées. La liste qui avait été dressée comportait le nom de toutes les personnes auxquelles elle avait parlé jusque-là et, au moment même où elle s'endormait, un van Drijd légèrement pâteux en cette heure matinale recevait l'information qu'elle avait pris certains contacts à Washington et à New York au cours de la journée, mais qu'on avait perdu sa trace depuis. Il ordonna alors que soit mise sur pied une surveillance très étroite d'un certain James S. Stoker, de Denver, laissant également entendre qu'il convenait de s'arranger pour qu'il ne puisse pas la rencontrer.

Quelques heures plus tard, Östergren descendit jusqu'à son bateau. Le soleil était assez haut, à l'est, et la surface de l'eau était à peine ridée. Il tenait à la main une thermos et quelques tartines et se sentait tout content. Une fois parvenu près du bateau, il s'assit et Henrik Perlegrund, qui était resté confortablement adossé à des coussins dans la petite barque qui se trouvait à côté, monta sur le ponton. Östergren versa du café dans la tasse que lui tendit Perlegrund et dans celle qui surmontait la thermos. Ils mangèrent en silence.

— Belle matinée, consentit enfin à dire Henrik, toujours aussi taciturne.

— Tout est calme, je présume ?

— Oui oui, personne n'est venu par ici depuis que tu t'es levé, sur le coup de deux heures. Quand est-ce qu'elle part ?

— Elle n'a pas dit exactement et, d'ailleurs, elle a bien dit *peut-être*. Mais je suis certain qu'elle va s'en aller.

— Ça te ferait plaisir, hein ?

— Oui, c'est vrai.

Il se leva et s'étira le dos.

— Va te coucher un moment. Je vais monter la garde sur le bateau pendant ce temps-là.

— Merci. Tu sais, je ne verrais pas d'inconvénient à ce que ça dure, au fond, parce que ce n'est pas une façon désagréable de passer des vacances, pour nous. Ma femme trouve vraiment ça de son goût.

« Ce qui ne m'empêche pas, reprit-il au bout d'un instant, d'espérer que ça va bientôt se terminer quand même. Mais pour vous.

Östergren opina du chef. Il ne savait pas exactement tout ce qui était en train de se passer mais, en particulier pour Inga, il souhaitait que la vie redevienne normale. Elle ne disait rien, c'est vrai, mais il était persuadé qu'elle en soupçonnait d'autant plus.

Il examina attentivement le bateau. Tâta les câbles du gouvernail, inspecta leurs points de fixation, de même que le moteur et le réservoir à essence. La veille au soir, il avait procédé à un essai. Tout marchait très bien. Le plein d'essence avait été fait et Östergren — qui aimait ne rien laisser au hasard — avait habilement scellé le couvercle du réservoir. Personne n'y avait touché depuis.

Après avoir mis le moteur en marche il largua les amarres et alla faire un petit tour au large. Tout fonctionnait parfaitement. Il était satisfait, très satisfait.

Il resta longtemps assis, près du ponton, plongé dans ses pensées. Vers neuf heures et demie, il l'entendit approcher. Il ne se retourna pas.

— Père ?

Seule Kerstin l'appelait ainsi. Ses deux autres filles l'appelaient toujours papa.

— Je t'emprunte le bateau pour la journée, comme on a dit. Tu es certain que tu n'y vois pas d'inconvénient ?

— Pas du tout. Au contraire. Mais si tu désires que quelqu'un...

— Non !

Le ton était sans réplique.

— C'est toi qui décides, répondit Östergren, mais dans les circonstances présentes...

— Je sais bien, mais je ne crois pas que je risque quoi que ce soit, maintenant. Je le sens. Il n'y a pas de raison, voilà tout. Alors, tu n'as pas besoin de te faire de souci. Je suis en sécurité. Je te promets !

Östergren réussit à dissimuler sa joie.

— Combien de temps vas-tu rester partie ?

— Oh, ça dépend... Mais, si je rentre tard, je vous téléphonerai.

— D'où ça ?

Une légère rougeur passa sur le visage de Kerstin — réponse suffisante pour son père.

— Eh bien, j'irai à terre quelque part et, de là, je vous appellerai pour vous dire...

— Alors c'est parfait. Excuse-moi de te traiter comme une enfant. Je suis inquiet à propos de tout, en ce moment, voilà...

— Je sais bien et ça ne fait rien.

Elle lui donna une petite tape dans le dos.

— Tu veux que je t'aide à descendre quelque chose ?

— Non, non. Je suis capable de le faire toute seule. Tu peux remonter !

Östergren obéit. Du haut de la cuisine, il vit Kerstin faire deux tours pour porter ses affaires jusqu'au bateau. Östergren ne put réprimer un sourire en pensant à la quantité de bagages qu'elle emportait pour une sortie qui devait durer si peu de temps.

Ce sourire n'échappa pas à Inga. Elle aussi était d'avis que le changement qui avait affecté Kerstin en l'espace de ces quelques jours était une bénédiction. Jonas et Jessica devaient rester avec eux pendant cette escapade. La famille Perlegrund avait promis de les emmener à la baignade du village un peu plus tard dans la journée. Mais cela n'empêchait pas Inga de trouver que sa fille ne devait pas partir seule, comme cela. Pour elle, la disparition de Lisbet était encore trop fraîche.

— Tout se passera très bien, Inga, tu verras... dit son mari en lui lançant un clin d'œil.

La confiance dont il faisait preuve la rassura quelque peu. Il était toujours très minutieux et prenait toutes les précautions. Et pourtant !

Lorsque Kerstin eut fini de charger le bateau et se prépara à larguer les amarres, Östergren descendit comme par hasard jusqu'au bord de l'eau. Elle avait mis le moteur en marche et celui-ci tournait très régulièrement, à vide. Sur le flanc s'écoulait le liquide de refroidissement. Östergren largua également l'aussière avant et la jeta à Kerstin. Celle-ci lui fit au revoir et leva les yeux vers la maison. Inga et elles échangèrent des signes de la main.

Elle fit faire machine arrière au bateau et celui-ci glissa vers le large. Puis il s'arrêta, s'enfonça un peu de la proue et prit ensuite de la vitesse vers l'avant. Kerstin gagna alors la pleine mer en passant largement à l'écart des rochers. Östergren lui fit encore quelques signes de la main avant de regagner rapidement la maison.

Kerstin mit cap au nord, la carte marine dépliée devant elle. Mattson lui fit un petit signe, au passage, tandis qu'il était en train de pêcher à la pointe de l'île. Un peu plus loin, elle fut dépassée par toute la famille Fredriksson à bord d'une vedette rapide qui ressemblait à un nuage d'écume planant sur le bleu foncé de la mer. Le père lui fit également des signes de la main.

Elle laissa derrière elle les derniers écueils et les larges étendues d'eau qui la séparaient du groupe d'îles suivant, qui s'ouvrirent devant elle. Le temps était parfait, les lames très douces et ce vieux bateau en bois avançait en piquant doucement de la tête dans un vent soufflant légèrement de travers. Des gouttes venaient éclabousser le pare-brise.

Kerstin pensa à sa dernière sortie en mer, mais se dit que son père avait essayé le bateau la veille au soir. Le moteur tournait régulièrement et le voyant de température indiquait juste ce qu'il fallait. Elle regarda la carte et prit un repère à l'horizon. Tout était bien différent de la dernière fois. La mer grouillait de monde, aujourd'hui. Et, entre elle et la côte, elle voyait la vedette du sauvetage en mer de la région qui fendait les flots. Il semblait bien, aussi, que la marine de guerre fût en train de procéder à des exercices car, non loin de là, se trouvaient deux navires peints de cette couleur grise caractéristique. Cela contribua également à la rassurer.

Au bout d'une heure environ, elle approcha du second groupe d'îles. Elle avait parfaitement tenu le cap. Le plus difficile était maintenant de bien prendre le premier chenal. À cet endroit, la carte était bien difficile à lire. Il y avait d'ailleurs, à l'ancre, un bateau à bord duquel des gens étaient en train de pêcher. Kerstin vit quelque chose briller, dans la violente lumière du soleil, près du flanc du bateau : un poisson, un filet ou quelque chose comme cela. Elle pensa un instant à Jessica et Jonas, mais écarta bientôt cette pensée. Ils n'étaient pas à plaindre, avec la famille Perlegrund.

Elle était un peu tendue. N'avait-elle pas fait une bêtise en appelant Bill et Bull ? Est-ce qu'elle n'allait pas se couvrir du ridicule le plus parfait ? Tant pis, cela en valait la peine... Mais, que se passait-il ? Le bruit du moteur avait brusquement changé. Le voyant de température n'avait pourtant pas varié, pas plus que le compte-tours...

Le teuf-teuf se fit plus puissant et elle leva les yeux en entendant un hélicoptère passer juste derrière elle, se dirigeant vers le large. Sans doute fait-il le service des phares, se dit-elle. Dans le chenal, la famille en train de pêcher venait d'en terminer pour la journée. Sur le pont avant, quelqu'un était en train de lever l'ancre. Ils n'étaient qu'à quelques centaines de mètres d'elles. Elle vit l'éclat humide de l'ancre briller fugitivement au soleil et, en même temps que la silhouette accroupie faisait quelques pas en arrière pour la poser sur le fond du bateau, celui-ci commença à décrire une large courbe en direction de l'intérieur du chenal.

Reconnaissante de ce guidage fortuit, elle alla se placer dans le sillage de l'autre bateau. Celui-ci était nettement plus moderne que le sien, mais ne franchissait malgré tout pas la passe plus vite qu'elle. Par chance, ils allaient tous deux dans la même direction et, moins de dix minutes plus tard, elle avait dépassé la zone des hauts-fonds et voyait déjà la maison de Bertil. Lorsqu'elle coupa les gaz, l'autre bateau poursuivit sa route sans ralentir. Bill — à moins que ce ne fût Bull — se leva de l'endroit où il était assis et gagna la maison en courant. Elle avait la bouche sèche. Les deux gamins avaient-ils bien gardé le secret ?

— Papa, papa ! Voilà quelqu'un !

Bill pénétra dans la maison, le souffle un peu court. Par la fenêtre, Bertil vit le vieux bateau en bois approcher du ponton. L'ancre arrière souleva une grande gerbe d'eau, à quelques mètres de là et, aussitôt, Kerstin fit machine arrière. Elle vint se ranger le long de l'appontement sans le moindre heurt. Bull sortit d'on ne sait où pour saisir l'aussière au vol. Bill était également accouru. Mais, avant même qu'il ait eu le temps d'aider Kerstin à débarquer, elle était debout sur le ponton.

Les deux garçons se regardèrent et Bill lança un coup de coude à Bull. Puis ils se tournèrent vers l'ancienne génération.

Bertil finit par trouver quelque chose à dire.

— Est-ce que tu veux prendre une tasse de café ? demanda-t-il.

Bill regarda Bull d'un air résigné.

— Papa, dit Bill, conscient qu'il convenait de faire très rapidement quelque chose. Je crois qu'il vaut mieux qu'on change nos projets pour aujourd'hui. Tu n'es pas obligé de nous emmener à la pêche, comme on avait dit.

— Bien sûr que non, dit Bull.

— Mais c'est vous-mêmes qui me l'avez proposé il n'y a pas longtemps...

— Oui mais, en fait, on a pas tellement envie d'aller pêcher, dit Bill.

— Non, on préfère aller faire quelque chose d'autre, tout seuls, dit Bull.

— Emmène donc Kerstin, dit tout à coup Bull.

— Oui, c'est ça, dit Bull.

Bertil ne se rendit pas compte qu'il était victime d'une conspiration.

— Et on se débrouillera très bien tout seuls ce soir, ajouta Bill.

— On n'est pas des empotés, renchérit Bull en regardant Kerstin droit dans les yeux.

Elle n'avait plus la bouche sèche et ne se sentait plus du tout tendue.

— Dans ce cas, on peut même prendre mon bateau, j'ai de quoi manger et boire à bord, acheva Kerstin.

Bertil était cuit. Dix minutes plus tard, ils faisaient tous deux machine arrière et quittaient le ponton. Il se préparait à déposer l'ancre sous le siège arrière lorsqu'il aperçut la carabine et les boîtes de cartouches.

— J'ai piqué une des carabines de mon père et une vingtaine de cartouches, dit Kerstin d'une voix qui ne tremblait pas.

Bertil convint que cela devait suffire.

— Elle m'a l'air assez futée, dit Bill à Bull, sur le ponton, tandis qu'ils regardaient le bateau s'éloigner vers la haute mer.

— Tu crois que papa se souvient encore comment on fait ? demanda ce dernier.

Inga sortit sur la pelouse pour voir ce que c'était que ce vacarme. Un hélicoptère était juste en train de se poser sur les rochers plats, tout près de là. Albert Östergren en sortit, parcourut quelques mètres plié en deux et fit ensuite signe au pilote. L'hélicoptère reprit l'air et mit le cap vers la terre ferme. Östergren vint retrouver sa femme, un sourire énigmatique aux lèvres. Du regard elle exigea une explication.

— Elle est bien arrivée.

— Alors comme ça, tu es allé surveiller ce qu'elle fait ?

— Je suis allé surveiller qu'il ne lui arrivait rien de mal.

Elle aurait bien dû comprendre.

— Alors, elle n'est pas livrée à elle-même ?

— Livrée à elle-même ? Pas précisément, non. Je crois que j'ai fait intervenir toutes mes relations — je suis même sûr qu'Inga-Lisa parlerait de corruption ou de favoritisme. La vedette de secours en mer est sortie, je l'ai vue. Et puis la marine a jugé bon de procéder à quelques petites manœuvres juste aujourd'hui. Le hasard fait bien les choses, pas vrai ? Et certaines de nos connaissances ont également pris la mer. Personne n'a téléphoné ?

— Si, Lisa a appelé et m'a dit de te dire que tout s'était bien passé.

Inga sortit de nouveau de la maison.

— Est-ce qu'elle n'habite pas tout près de chez Bertil, Lisa ?

Extrêmement satisfait, Östergren se contenta d'un hochement de tête pour toute réponse. Inga lui donna une petite tape sur le ventre.

— On n'a plus besoin de se faire de souci pour elle, maintenant, n'est-ce pas ? dit-elle.

XXXVIII

Le téléphone se mit à sonner dans la chambre d'Inga-Lisa. Elle regarda sa montre. Il était près de cinq heures du matin. Elle réfléchit un bref instant et se rappela alors que Stefan devait essayer de la toucher et que c'était l'après-midi en Suède. Elle répondit donc.

— Désolé de te réveiller à une heure pareille, dit une voix en américain, ici Jim Christie.

Christie du cabinet Christie, James et Dupont, les avocats de Toronto avec lesquels Stefan avait pris contact. Ils s'étaient vus fugitivement la veille au soir, à l'aéroport. Il l'avait conduite à l'hôtel et devait organiser sa rencontre avec Stoker, ce jour-là.

— Je suppose qu'il est plus facile pour moi que pour vous d'être réveillée à cette heure-ci. De quoi s'agit-il ?

— Est-ce qu'on peut monter ?

— On ?

— Leclerc est avec moi, mais personne d'autre. Je crois qu'il est indispensable qu'on se voie tout de suite.

Leclerc était l'homme qu'elle devait rencontrer en compagnie de Stoker.

— Je descends, dit-elle.

— Mais...

— Je descends à la réception, répéta Inga-Lisa d'une voix ferme. Attendez-moi.

Elle raccrocha, prit à la hâte sa mince robe de chambre, enfila ses chaussures, ferma la porte à clé et gagna l'escalier. Elle logeait au deuxième étage et n'en eut donc pas pour longtemps à descendre au rez-de-chaussée. Christie et une autre personne étaient debout au milieu de la pièce. Tout avait l'air parfaitement paisible et elle se sentit légèrement ridicule. À ce moment, Christie l'aperçut. Elle serra sa robe de chambre sur elle et leur fit signe de prendre l'ascenseur pour monter. Pour sa part, elle prit l'escalier mais arriva en même temps qu'eux.

— Désolée de vous avoir fait attendre, dit-elle. Mais je n'étais pas certaine...

— Tu as eu parfaitement raison, répondit Christie d'une voix admirative, avant de présenter Leclerc.

Celui-ci était âgé d'environ trente-cinq ans et avait des traits qui firent à Inga-Lisa l'effet d'être typiquement français.

— Tu es Canadien français ? demanda-t-elle.

— Je viens de Chicago, répondit-il.

— On a des problèmes, dit alors Christie. Je ne sais pas exactement de quoi vous devez parler, tous les deux, parce que Stefan a uniquement évoqué une affaire d'espionnage industriel. Mais on est obligés de modifier nos plans pour la journée qui vient.

Inga-Lisa les regarda, perplexe, l'un après l'autre.

— Stoker a été assassiné, se contenta de dire Leclerc.

Inga-Lisa le regarda cette fois bien en face.

— Assassiné ? Où, quand, comment ?

Christie comprit alors que Stefan ne lui avait pas menti à propos de cette femme.

— Hier soir. Chez lui, à Denver. Par balle. Deux personnes ont pénétré de force dans sa maison, tout simplement, et lui ont tiré dessus. Ils ont blessé un de ses fils, par la même occasion. Sa femme m'a appelé il y a deux heures pour me dire ça — on se connaît assez bien, tous les deux.

— Et qu'est-ce que ça signifie en ce qui nous concerne ? Quelles informations vont nous faire défaut, de ce fait ?

Leclerc resta stupéfait devant tant de froideur. Pendant tout le trajet pour venir à l'hôtel, après avoir téléphoné à Christie pour le réveiller, il avait pensé à son ami et à sa famille. Et la seule chose dont se préoccupait cette femme, c'était de savoir quelles informations allaient lui manquer.

— Avant tout son analyse. Il a accès à beaucoup de données nouvelles dans le domaine de la biotechnique et dans les disciplines voisines. Il y en a un certain nombre que je connais également. Nous devions donc nous réunir, tous les trois, pour faire la synthèse de nos informations et procéder à une estimation. En Suède, il se passe certains événements sur lesquels nous ne possédons que des renseignements très partiels. Je crains que, sans lui, nous n'allions pas bien loin.

Il prononça ces derniers mots sans émotion apparente. Mais, en son for intérieur, il déplorait profondément que ces informations ne puissent être rapprochées les unes des autres.

Inga-Lisa réfléchit un bref instant. Les deux hommes gardèrent le silence pendant ce temps.

— Je ne le connaissais pas. Mais mon collaborateur lui a parlé au téléphone à plusieurs reprises. Il voulait vraiment nous aider. Je suis sincèrement désolée. Surtout du fait que je suis peut-être la cause de sa mort. Quel âge a ce fils ?

— Cinq ans.

Inga-Lisa se tut de nouveau.

— Il faut revoir tous nos plans, dit Christie d'une voix ferme. Il me semble que tu essaies de voyager incognito et tu dois avoir de bonnes raisons pour cela. Il faut donc que tu quittes Toronto le plus vite possible, avant qu'on ne retrouve ta trace. N'oublie pas qu'il y a des traces de ton entrée au Canada !

— Mais je n'ai pas encore réuni assez d'éléments.

— Pour quoi faire ?

— Eh bien, pour pouvoir mener cette affaire à bien.

— Une affaire criminelle ?

— Non, pas vraiment.

Leclerc ne cessait de la regarder.

— As-tu la possibilité de perturber ou bien même de mettre un terme aux activités de cet Institut ? demanda-t-il alors.

Christie écoutait.

— Qu'est-ce que tu sais sur son compte ?

— Jimmy m'a dit qu'il pensait que c'est à cet Institut que tu cherches à t'en prendre et qu'il y a une chance que tu réussisses à le faire fermer, si seulement tu peux ramener suffisamment de renseignements. Est-ce que tu as l'intention de les communiquer aux autorités ?

Inga-Lisa comprit que Leclerc n'avait jamais mis les pieds en Suède.

— D'une certaine façon, dit-elle. Je crois qu'il existe certains moyens. Oui, je cherche à mettre fin aux activités de cet Institut. Ma sœur — qui est morte maintenant — a déjà recueilli un certain nombre de faits qui laissent penser qu'il s'occupe de choses louches. Elle a rencontré Stoker, entre autres, mais, à ce moment-là, il n'avait pas encore assez d'éléments à lui fournir pour qu'elle puisse vraiment comprendre ce qu'ils sont en train de faire. Pour ma part, je commence à y voir un peu plus clair après avoir rencontré certaines personnes, mais c'était sûrement Stoker qui... J'ai ici des notes que nous avons découvertes et que ma sœur s'est procurées pendant son séjour ici.

— Est-ce que je peux les voir ?

Inga-Lisa sortit des copies de ce qu'ils avaient trouvé derrière le tiroir, chez Lisbet, lors de ce que Krister appelait une perquisition privée. Il semblait que ces papiers avaient trait à des choses de deux ordres. Ils contenaient des calculs, mais aussi des schémas et des tableaux auxquels elle ne comprenait absolument rien. Elle ne les avait montrés à aucun spécialiste en la matière en Suède, parce qu'elle estimait que le risque que ceux-ci soient achetés était trop grand. Ceux avec qui elle s'était entretenue jusque-là, aux États-Unis, avaient seulement une vague idée de ce que pouvaient signifier ces notes et elle leur en avait remis des copies pour qu'ils puissent continuer à travailler dessus. Mais elle estimait malgré tout ne pas avoir obtenu ce qu'elle appelait elle-même une information décisive.

Leclerc examina ces papiers un bon moment.

— On va avoir besoin de pas mal de temps, maintenant que Jimmy est mort.

— Mais moi, je n'ai pas le temps. Il va bientôt se passer quelque chose, là-bas, quelque chose de grave.

Leclerc se mit à réfléchir. Il avait l'air très embarrassé.

— Nous devons être prudents, nous aussi. Ce qui vient d'arriver à Jimmy prouve bien à quel sorte de gens nous avons affaire.

Inga-Lisa était déjà du même avis. Christie, lui, ne se prononça pas.

— Je suis censée prendre l'avion ici, ce soir, pour rentrer chez moi, fit observer Inga-Lisa.

— Je sais, mais c'est exclu. D'une part, on ne va pas tarder à retrouver ta trace jusqu'ici, si ce n'est déjà fait. D'autre part, tu n'auras pas le temps de compléter...

Leclerc s'arrêta au milieu de sa phrase. Inga-Lisa attendit. Elle sentait que quelque chose allait venir.

— Il existe une personne qui a abandonné une recherche de caractère légèrement différent, mais dont je me souviens avoir entendu Jimmy parler. Je crois bien qu'il a dit que, selon lui, cette personne en sait autant que lui — ou en savait, maintenant. Mais comment est-ce que je pourrais... ?

Il se dirigea vers le téléphone et composa un numéro très compliqué.

— Ça va coûter cher, lança-t-il par-dessus son épaule.

Il n'obtint pas d'autre réponse qu'un hochement de tête de la part de Christie.

— Alors on va faire comme ça, dit-il. On essaye d'organiser cette rencontre cet après-midi. Je t'accompagnerai jusqu'à Buffalo pour qu'on puisse bavarder en cours de route. J'ai une foule de questions à te poser et, toi, il y a pas mal de choses que tu as besoin de savoir, également.

— Buffalo ?

— On va y aller en voiture. Il n'est pas impossible qu'on arrive à franchir la frontière sans que les autres en soient immédiatement informés. Ils prendront donc un peu de retard sur nous.

— Et de Buffalo ?

— L'avion pour Boston. C'est là qu'aura lieu la rencontre, si tout se passe comme je l'espère. Ensuite, tu n'auras qu'à reprendre l'avion pour rentrer chez toi.

Inga-Lisa se tourna vers Christie, qui attendait patiemment la fin de cette conversation.

— Est-ce que tu peux te charger des réservations et les faire mettre au nom de ta firme, afin qu'on ne retrouve pas mon nom en trop d'endroits ? En ce qui concerne le vol pour Boston, il doit bien, puisque c'est un vol intérieur, pouvoir être réservé sous un faux nom ? Mais on a bien réussi à organiser de la même façon mon arrivée ici, à partir de Londres. Faux nom, billet retiré par une autre personne, absence de rapprochement entre le passeport et le billet, etc.

Christie fit observer que ceci ne cadrait pas tout à fait avec ses principes professionnels habituels, mais il était sous le charme d'Inga-Lisa et souhaitait vivement faire plaisir à Stefan. Il donna donc son accord d'un hochement de tête.

— Je crois que ce sera possible à mettre sur pied et je vais prendre les dispositions nécessaires pour que vous puissiez entrer en contact avec quelqu'un à Boston...

— Uniquement Inga-Lisa, dit Leclerc.

— Pourquoi est-ce que tu ne vas pas avec elle jusque là-bas ?

— Ça accroît les risques que nous soyons identifiés. Nous aurons le temps de nous dire ce que nous avons à nous dire pendant le trajet en voiture.

— On dirait que tu tables sur un adversaire très bien organisé ?

— Pas moyen de faire autrement. Si je suis allé m'installer au Canada c'est, entre autres raisons, parce qu'il est plus facile qu'aux États-Unis de travailler en conservant un point de vue critique sur ce qui se passe autour de vous. Comme tu le sais probablement, les Canadiens n'ont pas qu'à se féliciter de ce que fait leur grand frère, là-bas, au Sud.

— Mais ceci, c'est quand même une tout autre histoire que ce que les États...

— Ne dis pas ça. Je crois qu'en fait il y a une foule d'intérêts particuliers qui s'exploitent les uns les autres — et qui se font des croche-pieds. La biotechnique peut être utilisée à bien des fins différentes. La fabrication de l'insuline et de produits analogues n'est qu'un aspect marginal de la chose. Je crois que le Pentagone ainsi que l'état-major de bien d'autres pays s'intéressent beaucoup à ce qu'on peut faire dans ce domaine.

— Tu crois que c'est pour ce genre de choses que sont recrutés les chercheurs ?

— Non, pas toujours. On les utilise seulement à cette fin. Et puis, il ne faut pas oublier que l'industrie s'y intéresse beaucoup, également. En réalité, ses différentes branches collaborent souvent, sans peut-être en être toujours bien informées. Il est impossible de savoir en qui on peut vraiment avoir confiance. Mais ici, au Canada, je peux au moins travailler un peu plus en paix.

— Pourquoi dis-tu « travailler » ?

— Je suis chercheur, mais je travaille pour une organisation qui s'efforce de mener une réflexion critique sur ce à quoi servent les résultats de la recherche. C'est un peu la même idée, mais peut-être poussée encore plus loin, que celle qui est à la base de l'*Union of Concerned Scientists* et de quelques autres organisations de ce genre.

Christie donnait des signes certains d'impatience et dit qu'il était grand temps de commencer à bouger. La matinée était déjà bien avancée. Inga-Lisa ne répondit pas. Elle fixait quelque chose du regard, au loin, de l'autre côté de la fenêtre. Les deux hommes la regardèrent, étonnés. On aurait dit qu'elle s'était soudain vidée de toute son énergie. Ils comprirent qu'elle devait être très fatiguée.

— Ce n'est pas possible, dit-elle. On n'obtiendra jamais rien de tangible. Il m'arrive de me demander à la poursuite de quoi nous nous sommes lancés. J'avais espéré que Stoker pourrait mettre en place les derniers morceaux du puzzle. Mais, maintenant, il n'est plus là... Alors, je ne sais plus trop.

Soudain, elle prit sa décision.

— Je vais quand même rentrer directement d'ici. Je ne peux pas m'amuser à faire le tour du monde en essayant de trouver des coïncidences par-ci et des coïncidences par-là. J'ai appris pas mal de choses, mais rien de suffisamment concret.

— Mais ils vont naturellement savoir quel avion tu prends...

— Ils savent probablement déjà que je suis ici. Ils n'auraient pas tué Stoker au moment précis où il s'apprêtait à venir ici, s'ils ne l'avaient pas su. Non, je crois que ça n'a pas la moindre importance...

Elle avait vraiment l'air découragé. Christie la regarda, l'air pensif.

— Tu ne veux pas que j'organise ton retour via Boston ?

— Je ne sais pas encore. Tout ça va beaucoup trop vite. Si, fais-le quand même. Comme ça, j'aurai une solution de rechange. Mais uniquement à partir de Boston. Si je change d'avis, je m'y rendrai directement d'ici par avion. Mais je crois que je vais plutôt prendre l'avion d'ici, ce soir, pour rentrer chez moi. Quoi qu'il en soit, je vais encore rester ici une ou deux heures. Appelle-moi pour me dire ce que tu as pu faire et comment retirer mon billet là-bas. Et puis, Jim ! Merci pour tout. Je crois que je t'ai causé bien du dérangement. C'était vraiment très chic de ta part. Alors, tu te charges de tout ?

Christie se leva, imité par Leclerc.

— Mais ce que tu me disais sur le désir des Canadiens de prendre leurs distances par rapport aux intérêts américains m'intéresse tout de même, dit-elle à Leclerc. Est-ce qu'on ne pourrait pas en parler un peu en prenant le petit déjeuner ?

— Mais, bien sûr, si tu le désires. Je pourrai en profiter pour essayer de te remonter un peu le moral...

— J'ai bien peur que ce ne soit pas possible, dit-elle d'une voix lasse.

Christie prit congé d'eux et s'en alla.

Inga-Lisa décrocha le téléphone.

— J'appelle chez moi pour leur dire que je reviens comme prévu, dit-elle. Ensuite, on va descendre prendre le petit déjeuner. Si tu veux bien y aller, pendant que je m'habille.

Van Drijd venait d'apprendre que Stoker ne pourrait pas rencontrer Inga-Lisa. Mais il s'interrogeait sur le sens exact de ce message. Il paraissait extrêmement catégorique. Pourtant, il n'avait donné aucun ordre précis.

Il eut le sentiment que certaines décisions étaient prises sans qu'il en soit informé. Et ce n'était pas la première fois.

Il savait également qu'Inga-Lisa était à Toronto.

— Stefan, c'est toi ?

— Inga-Lisa ! Où es-tu ?

— À Toronto. Stefan, qui est ce Christie ?

— Jim Christie. Un juriste spécialisé dans le droit commercial avec qui j'ai été plusieurs fois en relation. Extrêmement compétent.

— À quel genre d'affaires s'intéresse-t-il ?

— À pas mal d'affaires différentes, je crois. Il s'occupe beaucoup des questions de brevets.

— Ahah.

— Comment ça : ahah ?

— Je n'ai pas confiance en lui.

— Tu as des raisons pour ça ?

— Aucune dont je puisse vraiment être sûre. Je peux très bien me tromper. Et ne viens pas me reprocher de me fier à mon intuition. C'est simplement que je tiens à assurer mes arrières. La personne que je devais rencontrer et qui détenait la clé de tout ça a été assassinée avant de venir ici. Hier.

— Inga-Lisa, qu'est-ce que tu es en train de faire, au juste ?

— Je suis à la recherche de faits.

— Ce n'est pas ce que je veux dire. Tu es en danger.

— Pourquoi ?

— Si des meurtres se produisent...

— C'est vrai, mais n'oublie pas que je ne sais pas pourquoi.

La voix de Stefan traduisait maintenant une réelle inquiétude.

— Il vaut mieux que tu rentres.

— As-tu quelqu'un, ici, en qui tu aies une confiance absolue ?

— Le type de Washington.

— Oui, il a fait du bon boulot, c'est vrai. D'autres encore ?

— Tu veux dire : tellement bêtes qu'ils sont incapables de mener un double jeu ?

— Oui.

— Non.

— Bon.

— Tu rentres maintenant ?

— Comme prévu. Je commence à croire que j'ai échoué. Il est douteux que ce que je ramène puisse être suffisant. Tu sais parfaitement ce qu'il en est.

— Bah, je n'en suis pas si sûr. Est-ce que tu vas tenir le coup ?

— Oui, parfaitement.

— Tu en es certaine ?

— Tout à fait certaine.

Cette conversation fut enregistrée, mais ne put être traduite du suédois qu'au bout d'une heure et demie. À ce moment-là, Inga-Lisa avait déjà quitté l'hôtel et se tenait devant l'entrée, en compagnie de Leclerc. Elle portait sur son épaule le sac qui lui avait servi de bagage à main.

— On y va directement ?

— Directement à l'aéroport.

— Mais tes bagages ?

— Christie s'en chargera par la suite, en liaison avec mon associé.

Cette conversation était destinée à des oreilles indiscrètes. Mais il n'y en avait pas.

À l'aéroport, elle prit un billet pour Boston et le paya avec sa carte de crédit. L'ordinateur enregistra la réservation à son nom. Elle prit congé de Leclerc au cours d'un déjeuner pris en sa compagnie. Ils eurent une conversation très soutenue. Leclerc promit de faire ce qu'il pouvait.

Pendant le bref trajet en avion, ses pensées s'agitèrent en tout sens dans son cerveau. Avant de monter à bord, elle avait eu le temps de passer un autre coup de téléphone en Suède.

Elle aperçut un coin de mer, devant l'aile, puis l'herbe qui se rapprochait, ainsi que les feux de la piste, au bout de leurs supports en fer, puis l'appareil toucha le sol. Les formalités d'immigration avaient été effectuées dès Toronto. Il ne lui fallut donc pas beaucoup de temps pour pénétrer dans le bâtiment de l'aéroport. Elle se rendit directement au comptoir que lui avait indiqué Christie et s'y vit remettre ses billets. Boston-Zurich-Stockholm. Elle se demanda si pareil itinéraire n'était pas mauvais signe.

Elle alla ensuite passer un appel à partir d'une cabine téléphonique. Puis elle acheta un journal et s'assit pour le lire. Environ une heure plus tard, elle retourna à la cabine. Elle reprit ensuite la lecture de son journal pendant vingt-cinq minutes et gagna alors l'ascenseur, qui la mena au restaurant, en haut de la tour. Là, elle s'installa à une table et commanda — eh bien, puisqu'elle était à Boston — un bon plat de poisson. Elle avait l'air très satisfait de l'existence. Elle regarda sa montre et gagna ensuite une autre partie du restaurant, où elle commanda un sherry sec. De la table ronde à laquelle elle était assise, elle pouvait voir l'aéroport tout entier.

Van Drijd avait été informé qu'elle avait pris l'avion pour Boston sous son propre nom et que, là-bas, elle attendait le vol transatlantique pour Zurich. Il espérait qu'elle avait vraiment abandonné la partie et se disait qu'il pouvait maintenant attendre la suite des événements.

Un jeune homme bien habillé s'approcha de la table d'Inga-Lisa et lui tendit une enveloppe. Sur le chemin du retour, il fut pris en filature. Il s'avéra alors qu'il travaillait pour une firme de juristes de Boston. La filature fut alors interrompue, mais certaines personnes se demandèrent bien ce que pouvait contenir l'enveloppe.

Un Boeing 747 de la TWA était juste en train de se poser pour une escale entre Atlanta et Londres.

Le soir commençait à tomber. Les lumières bleues formaient des dessins très subtils, que la douce clarté du crépuscule rendait moins distincts en direction de la mer. Elle regarda l'écran. Le vol de la Swissair était annoncé à l'heure prévue, dans quatre-vingt-dix minutes. À l'extrémité de l'une des pistes d'atterrissage, plusieurs avions faisaient la queue pour décoller. Elle eut le sentiment qu'une sorte de calme planait sur tout cela. Elle avait un peu la nostalgie du pays.

Elle commanda un troisième sherry. La personne chargée d'une discrète filature nota qu'elle attendait son avion.

Finalement, elle redescendit. L'homme qui la surveillait regarda sa montre et vit que l'heure de rembarquement de l'avion de la Swissair approchait. Il la suivit, l'air passablement ennuyé, et réussit à ne pas perdre sa trace dans la foule. Ils franchirent le contrôle. Pour une raison qu'il ne comprenait pas, on lui avait fourni une carte d'embarquement, bien qu'il ne fût pas censé accompagner cette personne à bord. Ils continuèrent leur chemin et s'apprêtèrent à passer devant la porte où l'on annonçait l'embarquement immédiat du vol de la TWA. Arrivée là, Inga-Lisa tourna brusquement, tendit une carte d'embarquement et planta là un garde du corps médusé. Il se retourna et fut presque bousculé par une dame dans la cinquantaine qui avait bien failli manquer l'avion. Une minute plus tard, la porte fut fermée. L'homme était déjà en train de faire savoir, au téléphone, que la personne qu'il était chargé de suivre s'était trompée d'avion.

Inga-Lisa avait demandé à Stefan de lui faire réserver une place en première classe. Celle d'à côté était vide. Elle pensa au mal qu'il devait avoir eu à tout arranger, ainsi, une heure seulement à l'avance. Tout à coup, quelqu'un vint se poster à côté d'elle. Elle leva les yeux. Une dame dans la cinquantaine s'assurait auprès de l'hôtesse que la place à côté d'Inga-Lisa était bien la sienne. On l'aida à ranger ses bagages et elle s'assit, légèrement essoufflée.

— *So you made it*, lui dit Inga-Lisa. Eh bien, vous êtes arrivée juste à temps.

Quelques minutes plus tard, l'appareil partit vers la piste d'envol.

XXXIX

Une demi-heure plus tard, van Drijd était en train d'essayer d'expliquer au téléphone à l'un de ses commanditaires qu'il ne comprenait absolument pas pourquoi Inga-Lisa s'était comportée comme elle l'avait fait, mais qu'il ne pensait pas, malgré tout, qu'elle puisse encore perturber leurs activités pendant le peu de temps qu'il restait. Tout semblait indiquer qu'elle avait mis fin à son enquête. Elle n'avait même pas quitté l'aéroport. Le commanditaire lui demanda alors avec quel chercheur elle s'était entretenue et si celui-ci avait été surveillé. Non, van Drijd estimait que c'était inutile. Puisque Inga-Lisa l'était, elle.

Malgré tout, il ne se sentait pas très sûr de lui en raccrochant. Pendant ce temps, Inga-Lisa et Phyllis Peterson avaient commencé à bavarder. Elles en eurent pour longtemps, bien que la nuit, elle, fût brève pour toutes deux, à bord de cet avion. Phyllis Peterson, ou plus exactement le docteur Peterson, était une spécialiste reconnue dans le domaine de la biotechnique, avant d'abandonner cette branche fort lucrative. Son organisation savait, sur le compte de van Drijd, certaines choses qu'Inga-Lisa ignorait jusque-là. Elle était aussi informée des mesures d'isolement prises dans une certaine ville de Sibérie. Inga-Lisa, de son côté, lui dit ce qu'elle savait à propos des activités de l'Institut, et lui montra un certain nombre de papiers. Phyllis lui expliqua, en suivant du doigt sur l'un des schémas. Soudain, elles se regardèrent.

Inga-Lisa demeura comme paralysée pendant un bon moment. Phyllis ne disait rien, elle non plus. Elles restèrent ainsi pendant une bonne heure. Puis Inga-Lisa s'informa auprès de l'hôtesse de l'air des possibilités de contacter la Suède et se mit à écrire à toute allure et avec fureur pendant une demi-heure.

Ce long message parvint à son destinataire — Mikael — alors qu'il était au plus profond de son sommeil matinal. Un véritable flot d'informations et d'instructions se déversa sur lui. Il comprit.

Pendant les trois dernières heures du vol, les deux femmes ne dirent pas grand-chose. Une heure et demie avant qu'il prenne fin, Inga-Lisa demanda un autre service à l'hôtesse de l'air.

XL

Une heure après que le jumbo-jet eut décollé de Logan Airport, une réunion assez houleuse se tint dans les locaux de l'Institut. Van Drijd était revenu de son petit voyage à l'étranger. Il venait d'être en communication avec Zurich et se préparait maintenant à s'entretenir avec Thompson, Bolsov et Lewin.

Il avait accueilli avec un calme apparent la nouvelle des dernières fantaisies d'Inga-Lisa dans ses déplacements aériens. Il trouvait qu'elle ne faisait guère preuve d'imagination en changeant de nouveau d'avion à la dernière minute. Mais il oubliait que cette manœuvre si prévisible l'avait tout de même pris totalement au dépourvu. À ce qu'il pouvait savoir, Inga-Lisa était maintenant en train de sommeiller dans un siège d'avion, au-dessus de l'Atlantique, en attendant d'arriver à Londres. Il était impossible de prévoir par où elle passerait ensuite, puisqu'elle voyageait sous un autre nom que le sien, et il était bien placé pour savoir que ce ne serait pas l'imagination qui lui ferait défaut pour la suite du voyage.

Une fois terminé l'entretien avec ses collaborateurs, il apprit qu'elle était maintenant enregistrée, sous son vrai nom, sur un vol de la British Airways à destination de Stockholm, au cours de l'après-midi. Il n'y comprit plus rien.

Mais en ce moment non plus il n'était pas sûr de comprendre grand-chose. Il examina de près les trois autres. Thompson affichait son calme habituel, de même que Bolsov. Lewin, lui, avait le visage gris, ce qui le distinguait de la plupart des autres Suédois en cet été ensoleillé. Van Drijd se faisait du souci pour lui. Non pas par égard pour lui, mais parce que c'était sans doute l'homme-clé de leurs activités, à cause des connaissances qu'il possédait. Et également parce qu'il était exactement dans l'état où on peut craquer à n'importe quel moment. Il s'inquiétait en particulier du fait que la police semblait jouer au chat et à la souris avec lui à propos de ce fichu bateau. Pourquoi diable n'avaient-ils pas pu utiliser une embarcation moins facile à associer à l'Institut que celle-ci, lorsqu'ils s'étaient chargés de régler son compte à cette Lisbet Lindström ?

Il était absolument indispensable que Lewin tienne encore le coup quelques semaines. Ensuite, on pourrait l'emmener à l'étranger et l'utiliser à autre chose. Cela reviendrait moins cher que d'essayer de trouver quelqu'un d'autre possédant les mêmes connaissances que lui.

— J'apprends des choses bien déconcertantes à propos de cette Inga-Lisa Östergren, commença van Drijd, avant de se lancer dans un compte rendu détaillé de ses étranges zigzags internationaux.

Mais il poursuivit en leur disant que certains indices laissaient penser qu'elle n'avait pas pu atteindre son but.

— Ce qui voudrait dire, conclut van Drijd, qu'elle ne peut rien contre nous. On peut d'ailleurs penser qu'elle n'aurait rien pu faire même si elle avait recueilli toutes les informations sur la piste desquelles elle s'est lancée.

— Mais, si elle ne pouvait rien faire... commença à objecter Bolsov.

— Ce n'est pas exclu, malgré tout. Je ne comprends pas ce qu'elle cherche à faire, au juste. J'ai de plus en plus tendance à croire qu'elle s'est contentée de recueillir, au hasard, des faits isolés — des faits certes désagréables pour nous — dans l'espoir de pouvoir ensuite les divulguer ici.

— On dirait tout de même qu'elle a bien préparé son coup, fit remarquer Bolsov. Je dois dire que sa façon de brouiller les pistes lors de son départ...

Le regard furieux que lui lança van Drijd le dissuada d'aller plus loin dans ses considérations sur ce point et il dit à la place :

— En tout cas, il ne faut pas fermer les yeux sur ce qu'elle fait. N'est-ce pas toi qui parlais de jouer aux échecs, il n'y a pas si longtemps ? Eh bien, elle m'a l'air d'assez bien s'y connaître, dans ce domaine. J'ai eu à plusieurs reprises le sentiment très désagréable que c'était elle qui menait les opérations. Elle s'est même servie de nous pour... Enfin, bon, la seule chose qu'on puisse faire, c'est de veiller au grain de tous les côtés possibles. On peut peut-être se dire, pour l'instant, qu'on ne voit pas bien comment elle s'y prendrait pour nous causer des problèmes à la dernière minute. Mais n'oublions pas qui elle est. D'un autre côté, il faut voir ce qui se passe par ailleurs. Je me pose des questions quant à ce qu'est en train de faire la police.

— Qu'est-ce que tu y trouves de si étrange, mis à part cette petite séance à laquelle ils se sont livrés, il y a quelques jours ?

— Ils prennent tous les chercheurs les uns après les autres, toujours à l'improviste et sans la moindre logique apparente dans le choix des personnes. Un policier se présente tout d'un coup dans un laboratoire, ou bien appelle au téléphone à domicile. Toujours très poliment. En s'excusant de déranger de la sorte, mais naturellement pour les besoins de l'enquête... Ce qui, bien sûr, les perturbe passablement dans leur travail. Les choses avancent bien plus lentement que nous le pensions, et c'est en grande partie dû à la façon de procéder de la police.

— Nous avons déjà été en mesure de mettre le holà à ce genre de pratique.

— Oui, mais cette fois, les choses se présentent de façon un peu différente en haut lieu. Plusieurs de nos personnes-clés sont en vacances. En outre, ce commissaire Strömbom semble n'en faire qu'à sa tête. Ses propres collègues sont vraiment étonnés. En fait, sa façon de procéder est à la limite de ce qui justifie une plainte auprès de l'ombudsman[1].

— C'est à ce point ? Je me suis pourtant laissé dire qu'il en fallait beaucoup.

— De toute façon, nous sommes mal placés pour faire appel à lui. Les seuls qui pourraient le faire, ce sont les chercheurs. Mais, d'un autre côté, il vaut

1. Personnage chargé de veiller à la régularité des procédures administratives civiles et militaires, en Suède *(N.d.T.)*.

peut-être mieux éviter toute publicité... Enfin, zut, je ne savais vraiment pas quoi faire.

— Ça ne change pas tellement, parmi nous, lança Bolsov.

— Quoi donc ?

— D'être déboussolés.

Van Drijd commença par ouvrir la bouche, ce qui lui donna l'air d'un poisson. Ou plus précisément d'une carpe, du fait de son mutisme. Ses lèvres se refermèrent sans qu'il ait prononcé une parole.

— Attends un peu, dit-il ensuite. Est-ce que tu veux dire... Bien sûr que tu as raison, mais est-ce que tu veux dire que les autres nous ont, pour ainsi dire, plus ou moins mystifiés ?

— On le dirait bien.

— Mais, les autres, qui est-ce ?

— Excellente question. Il faut savoir identifier son ennemi !

— Est-ce que ce ne serait pas le bloc de l'Est ?

— Je n'en ai aucune idée.

— Ou bien celui de l'Ouest ?

— Je ne sais pas.

— Mais enfin, calmez-vous, tous les deux, coupa Thompson. Ça suffit bien avec les adversaires que nous avons en ce moment. Inutile d'aller en inventer d'autres. Je crois qu'on a bien assez de difficultés comme ça avec ceux qu'on connaît.

— Mais justement, nous ne les connaissons pas vraiment.

— Nous savons qui c'est.

— Oui, mais nous ne les connaissons pas.

Van Drijd frappa du poing sur la table.

— Ça suffit. Je reconnais que nous n'avons pas une

vue d'ensemble bien nette de ce qui est en train de se passer. Il est probable que nos adversaires ont également semé un certain nombre de fausses pistes à notre intention. Comme cette comédie du voyage de retour d'Inga-Lisa Östergren. Il est très possible qu'ils préparent en fait quelque chose de tout à fait différent. Dans ce cas, je ne sais pas qui est derrière tout ça, mais... Je crois qu'il faut que nous prenions certains risques. Lewin !

Ce n'est qu'alors qu'ils s'avisèrent de sa présence. Il avait prêté une oreille assez perplexe à tout cet échange de propos. Il se redressa.

— Lewin ! Est-ce que, en mettant en œuvre tous les moyens dont nous disposons pendant disons deux semaines, nous pourrions obtenir des cultures suffisamment satisfaisantes de cette souche, avec tout ce qui va avec ?

— Euh... oui, sans doute. Mais il y a certains tests de sécurité qui...

— On les laisse tomber.

— Dans ce cas, je crois que c'est possible, mais il me semble...

— Je ne veux pas le savoir, dit brutalement van Drijd. Qu'est-ce qui doit fonctionner pour que nous réussissions ?

— Il faut que nous soyons absolument tranquilles pendant cette période. Les chercheurs ne doivent être dérangés sous aucun prétexte.

Van Drijd regarda les deux autres :

— Est-ce que c'est possible ?

— Nous faisons déjà procéder à une surveillance vingt-quatre heures sur vingt-quatre, là-bas, pour qu'aucune personne étrangère ne puisse pénétrer dans les locaux et détruire ou découvrir quoi que ce soit, fit observer Bolsov. Le problème, c'est qu'il n'est pas facile de prendre de pareilles mesures sans inquiéter les chercheurs.

— Fais quand même renforcer cette surveillance. Quant aux chercheurs, explique-leur que nous avons des raisons de penser que des concurrents cherchent à mettre la main sur les résultats de nos travaux. Je crois qu'ils risquent d'être sensibles à cet argument. Mais comment s'y prendre en ce qui concerne les autres sources de perturbations ?

— Il faut régler son compte à ce flic.

— Thompson, je te charge de voir ce qu'on peut faire en ce sens. Quels que soient les moyens à employer.

— On oublie peut-être certaines personnes, fit observer Bolsov.

— Lesquelles ?

— Les collaborateurs de cette avocate. Il y en a plusieurs, y compris cet ancien des services secrets.

— Qu'est-ce qu'ils peuvent faire ?

— Que peut faire cette Östergren ?

— Rien, sans doute.

— Et pourtant, elle navigue dans tous les sens sur une bonne moitié de la planète. Où est-ce qu'elle prend tout l'argent nécessaire, selon vous ?

— Peut-être bien dans sa propre caisse, dit Thompson.

— Tiens ! Une avocate ?

— On s'en fiche ! Mais nous avons consacré beaucoup de temps et de moyens à la suivre aux États-Unis, tout ça pour l'entendre raconter tout un tas de bêtises. Alors, ce ne serait peut-être pas une mauvaise idée de nous intéresser un peu à ses collaborateurs.

— On pourrait peut-être essayer d'écouter de nouveau leur cabinet ?

Van Drijd se gratta le menton.

— Il ne doit plus y avoir beaucoup de risques, maintenant, convint Thompson. En tout cas, le jeu en vaut peut-être la chandelle. Mais, dans ce cas, il faut que ce soit par l'intermédiaire de leur ligne téléphonique et à partir du central. Il va tout simplement falloir sortir le grand jeu.

Lewin se sentait mal à l'aise.

XLI

Deux heures plus tard, dans le central téléphonique de la ville, un homme était en train de brancher la ligne du cabinet d'avocats Östergren sur écoute. Un autre homme surgit alors par-derrière et lui pointa un pistolet dans le dos, lui suggérant en même temps de quitter rapidement les lieux. Ils sortirent tous les deux, dans un silence qui n'était pas des plus réjouissants. Stig Eklund, qui dissimulait son pistolet sous sa veste, se demandait ce qu'il allait bien pouvoir faire de son prisonnier. Il décida ultérieurement de tenter de l'interroger dans un endroit peu fréquenté. Mais il ne parvint pas à en tirer grand-chose. Il l'attacha donc à un arbre, avant d'aller téléphoner à la police pour lui dire qu'un employé des télécommunications était ligoté dans la forêt, à l'entrée de la ville. Puis il revint vérifier que rien d'autre n'avait été branché entre-temps dans le central. Il se félicita d'avoir été aussi prévoyant, mais dut bien en attribuer le mérite, avant tout, au fait qu'il avait lui-même réussi à écouter les conversations téléphoniques de l'Institut. Il était inutile de déranger Krister avec de pareilles bagatelles.

XLII

Van Drijd laissa Thompson, Bolsov et Lewin à l'Institut et rentra à Stockholm en voiture aux petites heures du matin. Pour sa part, il n'avait pas fermé l'œil de la nuit, alors que ses collaborateurs avaient tout de même pu dormir quelques heures, avant d'être réveillés pour la réunion qui venait de se tenir.

Van Drijd monta au bureau et trouva sur sa table un papier laissé à son intention par l'un de ses collaborateurs lui demandant de rappeler Zurich. D'après l'heure indiquée, la communication ne remontait qu'à une vingtaine de minutes. Il s'exécuta.

— Östergren a de nouveau changé d'itinéraire. Elle a annulé sa réservation pour Stockholm et en a pris une, à la place, sur un avion à destination de Dublin, cet après-midi.

— En Irlande ?

Il fallut promettre de prendre les mesures nécessaires pour qu'elle soit surveillée. Il raccrocha, perplexe : l'Irlande ?

Il appela l'Institut, où Lewin put lui dire que tout était calme. La police n'avait encore procédé à aucun interrogatoire. Sans savoir pourquoi, van Drijd transpirait des mains.

Quelques heures plus tard, il passa un nouveau coup de téléphone. Cette fois, il apprit qu'il avait été impossible de brancher le cabinet d'avocats sur écoute, comme prévu, et qu'on avait perdu la trace de la personne chargée de procéder à cette opération. Mais, par ailleurs, tout était calme.

Ceci ne fut pas de nature à atténuer sa transpiration, bien au contraire. Il s'interrogea sur les raisons de l'échec de cette tentative.

Puis il reçut un appel en provenance de Londres l'informant qu'Inga-Lisa avait atterri et qu'on la prenait en filature. Elle se trouvait pour l'instant dans un salon réservé aux hôtes de marque et venait de rencontrer une femme que l'on n'allait pas tarder à identifier.

Il appela donc de nouveau l'Institut. Tout était calme mais on savait maintenant que la personne chargée de brancher le cabinet sur écoute avait été victime d'une attaque surprise et ligotée, et qu'elle venait seulement d'être relâchée par la police après un interrogatoire assez serré sur les raisons pour lesquelles elle avait pu se retrouver en pareille situation, en vêtements de travail, dans un coin de forêt.

Londres appela peu avant une heure pour signaler, cette fois, qu'Inga-Lisa était montée à bord d'un avion d'Air Lingus à destination de Dublin. Elle était sous surveillance jusque dans l'avion. Le seul contact qu'elle ait eu, mis à part la personne qui était venue la voir, était un coup de téléphone que l'on n'avait malheureusement pas pu intercepter.

Van Drijd était maintenant certain qu'il s'agissait

d'une manœuvre de diversion et il appela une nouvelle fois l'Institut. Thompson l'informa que celui qui avait été chargé de se mettre en contact avec Krister Strömbom pour parler avec lui de la façon d'organiser le travail de la police n'avait pas pu le toucher avant le déjeuner.

— Renforcez la surveillance et soyez prudents. Comment travaillent les chercheurs ?

— Ils sont parfaitement en paix. Lewin dit maintenant qu'ils n'en ont plus que pour une semaine. À condition de ne pas être dérangés.

À cette même heure, Inga-Lisa laissait musarder ses pensées, au cours de ce vol de brève durée. Le coup était porté. Quelle délicieuse sensation. Serait-ce efficace ? Que diraient les autres quand ils apprendraient les détails ? Est-ce qu'ils y attacheraient de l'importance ? Par exemple Stig ? Krister ? Stefan ?

Elle ressentit tout à coup une immense fatigue, maintenant que la tension se relâchait. Elle repensa à ses allées et venues frénétiques, au cours de ces derniers jours. Jadis, quand on voulait se déplacer incognito, il suffisait de se déguiser et de raser les murs ou les buissons. Maintenant, il fallait jouer à cache-cache avec des ordinateurs, des fichiers, des listes de passagers. Elle se demanda si...

L'atterrissage la tira de ses pensées. Elle regarda à l'extérieur. L'air était très légèrement brumeux, au point que cela se remarquait à peine. Était-ce de cette qualité de l'air qu'il avait voulu parler ?

Une fois franchie la douane, elle se dirigea vers l'agence de location de voitures. Là, on lui remit également une carte routière. Elle avait une distance d'environ cent cinquante kilomètres à parcourir. Une heure plus tard, elle était au cœur de la campagne irlandaise.

Van Drijd fut informé par téléphone que la femme que l'on avait prise en filature avait loué une voiture à l'arrivée à Dublin et qu'elle était maintenant sur la route. On ne l'avait pas perdue de vue, mais celui qui la suivait se demandait si elle ne s'en était pas aperçue. En effet, s'étant à un moment un peu trop rapproché d'elle après un virage assez serré, il lui avait semblé qu'elle s'était retournée et lui avait fait un petit signe de la main. Il l'avait tout de même suivie jusqu'à un cottage où elle se trouvait encore et dans lequel il avait cru pouvoir distinguer que logeaient un homme et deux enfants, dont l'un était de couleur et l'autre paraissait d'origine asiatique. Ceux-ci correspondaient assez bien à la description de la famille de cette avocate. Peut-être s'agissait-il d'enfants adoptés ?

D'une voix lasse, van Drijd répondit qu'il pensait que oui.

Il n'y comprenait vraiment plus rien.

Au même moment, Mikael, Stefan et Krister poussèrent un ouf de soulagement presque simultané. Elsa était en train de taper les dernières lignes du dernier papier. Stefan venait de procéder aux ultimes vérifications auprès de son collègue de Västerås. Les collaborateurs de celui-ci devaient le rejoindre dans quelques minutes. Tout serait terminé dans le courant de la journée. Stig, pour sa part, avait dit qu'il ne pouvait plus servir à grand-chose, maintenant, et était parti.

Trois quarts d'heure plus tard, Thompson appela van Drijd au téléphone.

— Viens ici tout de suite, se contenta-t-il de dire. Tout de suite !

Il lui fallut tout de même une heure et demie pour arriver car, malgré les vacances, il rencontra un certain nombre d'embouteillages.

Il gagna immédiatement la salle de réunions. Au passage, il remarqua que plusieurs chercheurs étaient en train de discuter avec vivacité dans divers endroits. Il pressa le pas.

Thompson et Bolsov affichaient leur air habituel, seulement un peu plus renfrogné, peut-être. Lewin, lui, était effondré. Les deux avocats Bengtsson et Jensen étaient là, plongés dans des papiers qui formaient toute une pile devant chacun d'eux.

— Qu'est-ce qui se passe ? demanda van Drijd qui, bien que ne comprenant rien, subodorait tout de même certaines choses.

— Nous sommes assignés en justice !

— Assignés en justice !?

Il les regarda comme s'ils avaient perdu la raison.

— Assignés en justice ? Pour quel motif ? Enfin quoi, bon sang, on aurait dit qu'il était arrivé une catastrophe, à entendre Thompson au téléphone. Assignés en justice — bon, et puis après ?

Bolsov le regarda d'un air coupable en disant :

— Attends un peu, tu vas comprendre. Ces citations n'ont peut-être rien de bien grave en elles-mêmes...

— Eh bien, qu'est-ce qui est grave, alors ?

— Elles portent sur plusieurs points différents, tu vois.

— Non, je ne vois pas. Alors venez-en au fait, bon

dieu, dit-il en se tournant vers Jensen. Tu dois quand même bien pouvoir m'expliquer de quoi il s'agit.

Jensen était encore à moitié plongé dans ses propres réflexions lorsqu'il répondit :

— Lewin est accusé d'avoir causé la mort de quelqu'un.

— Quoi ? De qui ?

— D'une personne qui est officiellement morte de pneumonie.

— Celui-là ! Le mari de cette vieille folle. De ce côté-là, on ne risque rien.

— Tu oublies les témoins, dit Bolsov.

— Quoi ?

— Dans ce pays, on peut forcer n'importe qui à témoigner sur des faits en rapport avec l'affaire, expliqua Jensen.

— Mais... ?

— Enfin quoi, réfléchis une seconde, siffla Thompson. Si jamais nos chercheurs devaient être obligés d'apporter leur témoignage...

— Mais le seront-ils ?

— Ils sont déjà cités à comparaître. On a reçu toute une liste de noms, avec les points sur lesquels ils doivent être entendus, et ainsi de suite.

— Mais comment est-ce possible ? On avait bien pris toutes nos précautions pour qu'ils ne puissent pas...

— Personne ne leur a parlé. Mais ça n'empêche pas qu'ils soient cités à comparaître. Et qu'ils soient dans l'obligation de se présenter.

— Tout un tas de noms ?

— Il semble que la partie adverse ait procédé de façon très méthodique.

Ce n'était peut-être pas précisément le mot que van Drijd aurait choisi à ce moment-là, étant donné le caractère plutôt désordonné des déplacements d'Inga-Lisa ces derniers temps.

— Et s'ils refusent de se présenter ?

— On les y contraindra.

— Et si nous leur disons ce qu'il faudra qu'ils répondent... ?

— Nos chercheurs ? dit Thompson d'un ton de mépris. Ils feront dans leur culotte rien qu'à l'idée de se présenter devant un tribunal. J'ai d'ailleurs bien l'impression qu'ils ont déjà commencé. Non, van Drijd, le coup est déjà porté du simple fait qu'ils savent qu'ils sont convoqués. Et qu'on va leur demander des comptes.

Van Drijd regarda Lewin, ce chercheur si prometteur qui avait caressé des rêves de prix Nobel.

— Mais la plainte est déposée contre Lewin. Et s'il...

Les deux avocats négligèrent avec beaucoup de tact le cynisme de cette proposition.

— Plusieurs plaintes ont été déposées, dit Bengtsson. L'Institut lui-même est assigné par plusieurs personnes, avec demande de fermeture immédiate pour cause de manipulation de substances risquant d'entraîner une épidémie. Sur ce point également, bon nombre de nos chercheurs sont cités comme témoins. En outre, les plaignants se réservent le droit de compléter ultérieurement les motifs de leur assignation.

— Ils ont vraiment le droit de procéder comme ça ?

— De déposer ce genre de plainte ? Oui. Ça ne se fait que rarement, mais c'est légal. C'est peut-être pour cette raison que nous n'avons pas vraiment envisagé cette éventualité, dit Bengtsson, l'air gêné.

— Est-ce que c'est cette Östergren qui a... non, elle peut difficilement avoir apposé sa signature.

— Nous avons affaire à plusieurs juristes différents, un pour chacun des plaignants.

— On ne peut donc pas partir à la chasse aux avocats, ça ferait un peu trop de victimes, ironisa Bolsov.

— Ils doivent avoir travaillé très vite mais aussi de façon très professionnelle, dit Jensen, non sans une pointe d'admiration. Il n'est pas possible de porter plainte pour homicide avec constitution de partie civile tant que le procureur n'a pas décidé de porter plainte pour le compte du ministère public. Je ne sais pas comment ils s'y sont pris, mais la chose a été réglée aussi bien auprès de la police que du procureur au cours de la journée d'aujourd'hui.

— Nos chercheurs ne vont plus être en état de mener leurs recherches de façon efficace, dit Thompson.

— Est-ce qu'on va être prêts, malgré tout ?

— Non !

Van Drijd s'aperçut alors qu'il n'arrivait plus à réfléchir aussi vite qu'avant.

— Alors, on ne pourra pas y arriver ?

Personne ne le contredit.

— Est-ce qu'on pourrait acheter...

Jensen et Bengtsson eurent l'air gêné. Thompson, pour sa part, secoua la tête.

— Étant donné la façon dont sont composés les tribunaux, dans ce pays, je ne crois pas que ce soit faisable. Et, même si c'était possible, ça ne résoudrait pas notre problème : les chercheurs eux-mêmes.

Van Drijd le regarda, l'air de ne pas comprendre ce qu'il disait.

— Les chercheurs eux-mêmes, tu es sourd ? C'est notre point faible. Ils ne seront plus en état de fonctionner véritablement. Et nous non plus, par la même occasion. Même si nous devions gagner tous ces procès, nos adversaires sont déjà parvenus à leurs fins. Ils ont joué, eux aussi, sur les faiblesses de ces savants, sur leur égoïsme et leur goût du prestige. Et sur leur incapacité à supporter qu'on puisse mettre le nez dans leurs affaires. On ne va plus rien pouvoir faire. Va voir un peu ce qui se passe là-bas, bon dieu ! Quelqu'un est déjà entré dans le bâtiment — je ne sais pas qui — pour déposer toute une liasse de copies des citations. Afin que les chercheurs puissent en prendre connaissance dès aujourd'hui, a-t-il dit. Pas mal joué. Ils savent quelles pièces il faut prendre, pour employer le langage des échecs.

Le sarcasme n'était peut-être pas intentionnel. Il est difficile de dire s'il fit de l'effet ou non. Mais van Drijd se demanda pourquoi diable il n'avait pas prévu cette perte. Et c'est probablement à ce moment qu'il se rendit compte qu'il ne lui restait plus aucun coup à jouer. Il avait perdu. Lui et toute cette opération. Les Blancs d'Afrique. Tout ce qui était important.

Il voulut pourtant tenter une ultime manœuvre. Il se tourna vers les deux avocats et dit :

— Je crois que je peux vous promettre un million de dollars sur un compte numéroté en Suisse si...

Les deux hommes se regardèrent. Tous deux secouèrent la tête en même temps, l'air aussi peiné l'un que l'autre. Tout le monde comprit alors qu'il n'y avait plus rien à faire.

— Tu ne comprends donc pas ce qui se passe, entreprit de nouveau de lui expliquer Thompson. Les chercheurs laissent tomber, tout simplement. Tu ne peux pas remédier à ça avec des astuces juridiques. Ils sont KO, ou bien ils le seront demain ou après-demain. Pense à leur ego. Regarde Lewin, à côté de toi, par exemple. Il est déjà mort, tu ne t'en aperçois pas ? Ce qu'on leur a fait miroiter flattait leur vanité, leur goût du prestige et leur appât du gain. Mais nos adversaires ont visé les mêmes objectifs et ont fait mouche.

— On peut mettre fin à la filature, maintenant, dit Bolsov, avec son habituel sens pratique.

Van Drijd resta silencieux. Il avait toujours été fasciné par les échecs. Mais il avait joué cette partie sans reine.

XLIII

À l'écoute dans sa voiture, Stig Eklund entendit que la réunion était terminée. Il attendit un moment et alla se garer à quelques centaines de mètres de l'Institut. Là, il fit demi-tour et attendit.

Il était très satisfait de la tournure qu'avaient prise les événements mais, en même temps, il avait été ébranlé par ce qu'Inga-Lisa lui avait appris ce matin-là. Il était difficile de croire que cela puisse être vrai. Inga-Lisa avait dit que c'était extrêmement vraisemblable et qu'il fallait absolument mettre fin aux activités de l'Institut sur la base de ce simple soupçon. Il était bien d'accord, se demandant seulement combien de van Drijd, combien de Lewin et combien de Lindström étaient en ce moment occupés à des tâches semblables. En ce qui concernait van Drijd, il s'agissait d'assurer la supériorité d'un groupe humain sur un autre et des possibilités d'exterminer ce dernier. Quant aux chercheurs — Stig ne parvenait pas à trouver ce qui pouvait les motiver.

Au bout de vingt minutes, Lewin passa au volant de sa voiture devant Stig, qui mit son moteur en marche et le suivit à distance respectueuse. Lewin conduisait de façon manifestement dangereuse. Stig éprouva une curieuse sensation à l'estomac. La vitesse augmenta. Puis augmenta encore un peu plus. Stig regarda son compteur. Il indiquait 125 km à l'heure. Il laissa alors l'écart grandir un peu et conserva ensuite cette distance. Deux minutes plus tard, Lewin oublia de tourner son volant à un endroit où la route, elle, faisait un coude. La voiture alla percuter un rocher, rebondit par-dessus celui-ci et poursuivit sa course dans la forêt. Stig freina avec prudence, se prépara au pire et se dirigea ensuite vers l'endroit où se trouvait l'épave. À son grand soulagement, Lewin était déjà mort. Il revint lentement sur ses pas et appela une ambulance à partir de son téléphone de bord. Puis il reprit la route.

Personne ne saurait qui avait passé ce coup de téléphone, pensait-il. Personne ne chercha même à le savoir.

— Je me demande comment Stig a pris ça, au juste, dit Mikael, ce soir-là, à Krister.

— Comment ça ?

— Il était jadis fiancé à une Namibienne. Je crois bien me souvenir que c'était une militante politique. Elle a disparu sans laisser de traces, là-bas, il y a quelques années. Il a terriblement accusé le coup. Elle avait un enfant, aussi — mais pas avec lui. Il n'a jamais su ce qu'était devenu l'enfant. Stig est quelqu'un de très gentil et de très doux, tu comprends.

— Ahah. Je me posais bien des questions à son sujet. C'est une chance qu'il ne soit pas violent, quand on pense à tout ça. On dirait donc que cette histoire n'a eu, pour conséquence, sur la fin, que deux suicides.

— Deux ? Qui d'autre que Lewin ?

— Il s'avère que le patron de l'entreprise qui avait la haute main sur l'Institut, à Stockholm, s'est ouvert les veines. On l'a retrouvé mort dans sa voiture, à la sortie de la capitale, il n'y a pas longtemps.

Inga-Lisa et Torkel étaient toujours en train de parler. En fait, c'était elle qui parlait et lui qui écoutait. Elle parlait de Lisbet, de l'île, des enfants, et disait que Mikael ferait un parfait assistant juriste et que Kerstin était peut-être amoureuse. Par contre, elle ne lui dit rien de ce que Phyllis Peterson et elle avaient compris, alors qu'elles se trouvaient bien haut au-dessus de l'Atlantique. Elle ne désirait qu'une chose : oublier cela.

Elle lui dit qu'il lui avait manqué. Puis elle se tut, lui prit les mains et les porta à son visage tout en se penchant vers elles. Il cligna des yeux, car elle dormait. Il écouta longuement sa respiration.

DU MÊME AUTEUR

Aux Éditions Christian Bourgois

L'INSTITUT DE RECHERCHES, 2003 (Folio Policier, n° 358).
CHANT POUR JENNY, 2003 (Folio Policier, n° 369).

Composition IGS-CP (16)
Impression Novoprint
à Barcelone, le 10 fevrier 2006
Dépôt légal : fevrier 2006
Premier dépôt légal dans la collection: janvier 2005
ISBN 2-07-031417-0./ Imprimé en Espagne

143424